本书的出版得到广州市番禺区工商职业技术学校（广州社区学院番禺分院）和番禺社区网的大力支持，并作为广州市番禺区工商职业技术学校“社区教育课程及教材开发与建设”项目中“本色番禺”系列社区教育读本之一

本书献给我的故乡和我故乡的亲人

我是沙湾女

一位八旬老人的民国记忆

何瑞澄 著

暨南大学出版社
JINAN UNIVERSITY PRESS
中国·广州

图书在版编目（CIP）数据

我是沙湾女：一位八旬老人的民国记忆/何瑞澄著．—广州：暨南大学出版社，2016．11
ISBN 978－7－5668－1956－7

Ⅰ．①我…　Ⅱ．①何…　Ⅲ．①回忆录—中国—当代　Ⅳ．①I251

中国版本图书馆 CIP 数据核字（2016）第 244383 号

我是沙湾女：一位八旬老人的民国记忆
WO SHI SHAWANNV：
YIWEI BAXUN LAOREN DE MINGUO JIYI
著　者：何瑞澄

出 版 人： 徐义雄
策划编辑： 周玉宏　黄志波
特约编辑： 林　梓
责任编辑： 黄志波　周海燕
责任校对： 王嘉涵　黄　颖
责任印制： 汤慧君　周一丹

出版发行： 暨南大学出版社（510630）
电　　话： 总编室（8620）85221601
营销部（8620）85225284　85228291　85228292（邮购）
传　　真：（8620）85221583（办公室）　85223774（营销部）
网　　址： http：//www. jnupress. com　http：//press. jnu. edu. cn
排　　版： 广州良弓广告有限公司
印　　刷： 佛山市浩文彩色印刷有限公司
开　　本： 890mm×1240mm　1/32
印　　张： 11
彩　　插： 2
字　　数： 260 千
版　　次： 2016 年 11 月第 1 版
印　　次： 2016 年 11 月第 1 次
定　　价： 38. 50 元

作者离开家乡上大学的第一年（摄于1948年春）

作者记忆中的二十世纪三四十年代的沙湾（邓任飞绘）

序一　我的母亲是沙湾女

林　梓[①]

刚上大学的第一个周日，迫不及待地回了外婆家。那是1978年了。

那个时候的沙湾，还保存着好些朴拙古雅的味道，就像在母亲今天的文字里感受到的一样。

我以为，那是我第一次回外婆家，后来才知道，在我五六岁的时候，母亲和父亲曾带着我和弟弟一块回去过的。那是母亲离家十一年后第一次回去，物转星移，都是伤心事。逗留的时间很短，我又还太小，没什么印象。读了母亲的文字，却朦朦胧胧记起了一些零碎的感觉。都是水，到处是水。我在水上漂，摇摇晃晃，惊恐，又兴奋。我看见了船，有大船，也有小巧可爱的船。还看见了大片大片的芭蕉树和甘蔗……

我的记忆，终于和母亲的文字重叠。

一切的感觉都是真实的。母亲的故乡是水乡，到处是水。水上有来来往往的船，小巧可爱的船叫艇仔。还有蕉林蔗林。母亲说，那叫蕉围蔗围……

上大学那年回外婆家，是成人了。所有的印象都变得深刻、

---

① 林梓，1954年生，大学历史教师。2003年开始在《人民文学》《钟山》《江南》等发表小说。2016年出版小说集《夏天的倒立》。

真实而新鲜。包括满天的雨，满街的水，俏丽活泼的女孩和漂亮的油纸花伞，还有，母亲爱唱的儿歌。“落雨大，水浸街，阿哥担柴上街卖，阿嫂出街着花鞋……”（广东咸水歌《落雨大》）

印象最深的，却是一老妇人的话，无论你母亲走多远，不返家，她都永远是沙湾女……

这句话，以及老妇人犀利的眼神，如暗夜中的雷电撞击心怀。

此后，便开始去了解母亲的一生。那是20世纪70年代末80年代初，许多东西在试图重新修正，历史的真实面貌也渐渐在浮现，细腻，又残酷……

母亲五十八岁生日时，我将此番回外婆家的感想写成《沙湾女》一文，作为生日礼物送给母亲。母亲读后泪雨纷飞，之后病了半月有余。父亲告诉我，后来长长的日子里，母亲反复翻阅那篇文字，每读一回流一回泪。

听来惊惶不安。母亲表面柔弱，却从不轻易落泪。

其实那篇文字，自己从不敢回头细读。过分堆砌、华丽而虚幻的辞藻，只能是刻意掩饰那些陈旧了的、深藏我们三代人心中的伤痛。

我开始试图去了解母亲与故乡之间那种难以言状的情愫。

我惊讶地发现，在我小时候的记忆中，沙湾这个地名是陌生的。是不是因为母亲从不主动提起自己的故乡，不说与故乡相关的任何事情？

我还发现，母亲在那个小城里，竟没有什么特别亲近的朋友，关系密切的都是学生。才华出众的母亲心地善良，性情温柔，待人诚恳，身边的人都尊敬她喜欢她，但母亲与人的交往总是有距离的。很久以后才知道，我出生的第二年，母亲就在政治运动中横遭厄运，戴上了莫须有的罪名。或许就是自此开始，母亲谨慎处事，低调隐忍，不多说话，甚至不穿一件花色鲜艳的衣裳……

直到今日读了母亲的回忆文字，才多么惊讶地发现，自幼饱读诗书聪颖过人的母亲，天性自由不羁，活泼伶俐，爱说爱笑，爱唱爱跳，爱玩爱闹，爱交朋友，也爱闯祸，爱撒娇，爱穿漂亮时尚的花衣裳……

在大学学了历史后，发现历史书上往往只记载了时代变迁带来的进步与辉煌，而从没有记述那些作为个体的人与家庭在历史的变迁革命的洪流中经受了什么样的创伤。

母亲出身富家，大学期间正遇上 20 世纪中的社会大变动，年轻的母亲向往光明，向往进步，向往新中国，做出了那个年代里和很多年轻人一样的举动，与家庭决裂，并将所有的衣服首饰都寄回了家乡的土改队……

外婆说，那时已经入冬了，真怕她冻坏了……

外婆不知，那个时候的母亲是不会感到寒冷的。她扭着秧歌打着腰鼓流着热泪迎接进城的解放军，满怀真情地为一个旧时代的结束而高兴。她在舞台上载歌载舞，满怀激情地为一个新时代的诞生而欢呼。她要以和家庭与亲人的决裂，来向新时代证明她的赤忱之心……

于是，一切都改变了，那个曾被家人视为掌上明珠的“珠女”，由此斩断了十七岁之前的历史，抹去了十七岁之前的生命痕迹。

我们，也因此在长长的时间里，从来不知道母亲十七岁之前的生活曾是如此的绚丽多彩，不知道十七岁之前的母亲曾是一个多么天真可爱的孩童，一个名誉故乡的才女。却记住了母亲曾经受的屈辱和伤痛，记住了母亲胸前的那块黑牌子，记住了身边的人突然变了的冷漠眼神……

写小说《乱红》时，不自觉地将母亲的形象融合进去。朋友学生都问过，小说里那些描述母亲的文字让人印象深刻，痛彻心扉，是你真实的记忆和体验吗？

我往往避而不答。我仍然不愿意过于明白地正视时代的洪流中人性与爱是如何地被伤害。

母亲这代人，历经战争、革命、社会动荡、历史变迁，他们的青春、激情、爱情和亲情，都与革命、信仰、集体、社会联系在一起，纠缠难分，融合一体却又相互抵牾相互冲突。这种抵牾和冲突，给个体生命打上的烙印是如此的深刻而沉重。

从小到大，我们熟悉了母亲忘我工作的形象。却不知道，母亲内心里，永远背负着十字架一般沉重的赎罪感。

到了今天，她那许许多多的学生总是怀着崇敬与爱对我们说，母亲是一个多么好的老师，一个多么有才华的老师，一个多么美丽、善良而坚强的女性……但他们也无法了解，那些深藏母亲心底长长的愧疚与痛。然而，他们会常常缅怀在课堂上聆听母亲讲解古诗词的美好情景。古人那份离愁别绪思乡情怀，自母亲的口中讲出来，一样的柔肠寸断叹离愁，一样的溅泪惊心恨别情。“不忍登高临远，望故乡渺邈，归思难收……”（柳永《八声甘州·对潇潇暮雨洒江天》）

当年的决然而弃，又岂能斩断生命的根源？内心隐秘处，故乡永远是梦绕魂牵的地方，是生命的一部分，是永远的痛。

母亲爱说家乡话。和父亲说，和祖母说，和同乡说，和身边许多的人说。所以母亲在那个小城里，很长时间都学不好当地话。母亲说起家乡话，声调格外好听，像她在讲台上吟诵诗词，柔和婉转，如水般温柔清澈，如雨般绵绵长长……

母亲爱吃甜食，绿豆水，红豆沙，莲子百合，马蹄甘蔗，糯米汤圆……都是甜甜糯糯的味道，都是从小熟悉而喜爱的家乡味道……

母亲爱听爱唱粤曲。晚年的母亲，依然能大段大段地将那些名曲名段完整唱下来。听来吃惊，又深感熟悉。原来都是我们还躺在摇篮里的时候，就听母亲轻轻慢慢断断续续哼唱出来的优美旋律……

母亲爱水，爱游水。我小学五年级的那年，县里总工会组织了一次县直机关职工游泳比赛。快满四十的母亲也参加了。一群年轻人中间的母亲远远落后，但依然坚持游到了终点。我清楚地记得，母亲游的是蛙泳，动作舒缓轻松，从容悠闲，不像参加比赛，更像享受在水中的乐趣……

在我们生活的那个小城里，也总是下雨的。每当夜深人静的时候，听到屋外淅沥雨声，细细碎碎，嘈嘈切切，母亲会怎样刻骨铭心地回忆起家乡的雨，家乡的水……

家中挂着母亲的一幅旧照片。那是几年前母亲的一位老同学寄过来的，我们如获至宝，小妹将之翻晒出来以镜框装好。三年前搬新家，特意挂在了父母卧室的墙上。女儿第一次看到，惊讶地叫嚷，外婆一点不变哟……

十七，八十二，怎么能不变呢？不变的是那笑容，是那眼神。用女儿常常喜欢说的，外婆的眼睛总是水汪汪的，还像天真无邪的少女……

从小到大，我熟悉母亲这样的眼神，水一般的清澈、温柔、恬静。有一天突然醒悟过来，但凡女人能拥有这样的眼神，就永远不会老，会永远像十七岁的少女，单纯的，真挚的，诗意的，美丽的。

母亲告诉我说，照片上的她刚上大学一年级，是在校园里的相思湖畔拍的，因为喜欢那水，喜欢那树桃花……

大学一年级，是母亲刚离开家乡的第一年。

突然想到，那个春天，是不是母亲一生中最后一段快乐而无忧无虑的日子呢？那个十七岁的少女，还决然不会想到后来长长的岁月里，将是"沧海漫，朔风迷，任东西……"（弟弟《贺母寿　调寄诉衷情》）

一个个不眠的夜晚，母亲听到屋外阵阵雨点敲打着芭蕉叶的声响，轻轻重重，嘈嘈切切，温柔动人，是否想起了故乡那座青砖古老大屋，那一个个雨夜里的琴音袅袅欢歌笑语，还有祖母母亲笑吟吟端上来的豆沙糖水糯米汤圆……

记得我下乡前后的那几年，母亲一直在校园里活最脏最累的猪场里劳动。很长的时间里，那里甚至只有母亲一人在打理。母亲每天要做的一件事，是挑着大桶到食堂里盛那些泔水回猪场。食堂里进进出出的，是她熟悉的同事和学生，但没有人和她说话，都会远远地避开。不仅仅是因为泔水难闻的味道，更是因为悬挂在母亲胸前的那块涂抹着黑字红叉的牌子。那叫黑帮牌子。那块牌子，在我的记忆中如此清晰，它重重地坠挂在母亲娇小的身躯上，总是显得太大太丑陋。那块牌子，在我的记忆中又是如此模糊，从来想不起那上面都具体写了什么。

那样的日子持续了多久呢？完全没有了清晰的记忆，只留下那些零碎的、混乱的、模糊的图景。每天母亲拖着疲惫的身体回到家，进到屋子里，她会小心翼翼地摘下那块牌子放到墙边。于是，我们坐下吃饭或进进出出的时候，眼睛都尽量不往那个角落看去。还记得那些偶然从乡下回家的日子，祖母会叫我到猪场帮帮母亲。母亲每回看到我都特别高兴，但不让我进猪栏，就坐在大灶前看火。坐在那里，能看到猪场外面的景致。那是一面池塘。池塘的水总是满满的。春天的时候，水边也有开花的桃树和梨树。或许会让母亲想起当年大学校园的相思湖畔，想起她在花树下写下的那些美丽词句。“多情含笑倚东风，斜照绿波倒影一枝红。”（《虞美人·春桃》）

我和弟弟都说，最喜欢母亲那个年纪写下的诗词。

母亲笑了。那个时候的母亲，年轻气傲，对身边众多的追求者不屑一顾。我相信。母亲的学生和同事都说过，当年大学毕业到小城中学来的母亲，容貌秀丽，才华横溢，在舞台上唱歌，演剧，跳非常好看的朝鲜长袖舞……

很长时间里，我们从没有读过母亲的诗词，甚至不知道十七岁的母亲会写许多这般美丽的词句。母亲这张十七岁的旧照片，竟也是没有了印象。或许是，照片早在那些动乱的年月里遗失了。

照片上的母亲，十七岁如花年华，书香人家的气度，水乡女子的风韵，温柔娴静，又活泼率性。漂亮的衣裙，是心灵手巧的外婆一针一线缝制出来的。娇憨甜美的笑容里，分明蕴含着亲人给她的百般宠爱与柔情……

几十年过去了，我们终于看到了母亲的这张照片。看到了那个十七岁的沙湾女，站在春天的花树下。仍然是熟悉的。熟悉的是那笑容，那眼神，单纯，真挚，诗意，美丽，从来不变，始终陪伴我们，让我们能在那些艰难的岁月里，保留心底的一片宁静与温暖。

2016 年 6 月 26 日　广州

水乡景色（邓任飞绘）

序二　多情含笑倚东风

王力坚[①]

“多情含笑倚东风”，是母亲早年所作《虞美人·春桃》词中的句子，姐姐撷之嘱我以此为题给母亲《我是沙湾女》作序。或是心有灵犀一点通，这个句子恰是母亲在我心目中的形象：一位美丽而才华横溢的女性。

是的，虽然母亲一生的职业是教师，从中学教师到大学教授，乃至退休后任老年大学兼职教授，表现十分优异，深受各年龄层学生欢迎。可惜阴差阳错，我从未有幸领略过母亲在教学上的风采，于是，对母亲的才华，我更多的是从母亲教学以外的方面得以认识。

在我童年的记忆中，母亲颇为能歌善舞，常指导、带领学生们排练、表演歌舞；而印象最深的，则是母亲的写作才华了。犹记得，在“文革”前那个强调传统教育的年代，母亲在教学之余，常写些革命传统教育的文学作品（小说、话剧剧本之类），还不时跟随在县文化馆任职的父亲一同下乡采访，编写出歌颂新时代英雄人物的大型歌剧（剧本）。我们小小年纪，也近水楼台先得月，第一时间阅读了这些作品，常常读得热泪盈眶，心潮澎

---

① 王力坚，1955 年生，1994 年获新加坡国立大学博士学位，留校任教逾 10 年，现为台湾“中央大学”教授，出版专著 12 种，发表学术论文逾百篇。

湃，激情满怀。当时确实就是这种感情状态，在那个年代，并非矫情，而是常态。

“文革”开始后，上述洋溢革命激情的作品一夕之间成为毒草，也理所当然成为已是黑帮分子的母亲众多罪名之一。当然，我也因此懊悔自己的革命警惕性如此低下。或许应了“塞翁失马，焉知非福”的古话，“文革”后期，母亲却也因有此写作才华，在获“解放”不久，便被召进县某写作班子，采写革命传统教育的故事。不知是否“戴着脚镣跳舞”，母亲写得艰难，我们也看得艰难，再也没有“文革”前那种激情状态了。

“文革”结束后，母亲的写作才华迸发，而且一发不可收：教学心得，学术研究，旧体诗词……相继发表数百万字的各类文章与论文，并相继结集出版了《清诗词赏析》《吟唱·赏析·教学》《实用诗韵》（合著）以及《自怡斋杂钞》（包括《闲云集》《求索集》《春泥集》《舒卷集》）等专著；还写成九十多万字的长篇小说《幻影》（初稿）；同时，还努力作诗词吟唱的探讨研究。近年来，年迈多病的母亲在悉心且艰难地照顾更为年迈多病的父亲之际，专力写作起回忆录，先是协助父亲撰写出版了《万里归来》，之后便是全力以赴写作自己的回忆录。写作的时间，常常就是在夜深人静的时候。“虽然很累，却是最幸福的时候。”母亲如是说。于是，就有了这本《我是沙湾女》。

如果说，母亲以往的作品，总或多或少带有当年“激情燃烧岁月”的痕迹，那是历史的惯性使然，亦是必然的常态；那么，到《我是沙湾女》，已是“繁华落尽见真淳”。此所谓“真淳”，除了母亲始终秉持的“以天下为己任”的使命感责任感，以及“苍生在我心”的人文关怀，更多的便是以平和素朴的笔触，陈述岁月斑驳的水乡古镇，奇风异情的节日习俗，缤纷多彩的学校生活，没齿不忘的良师益友，风云变幻的社会景象，骨肉情深的家族亲朋……细细览读，如历乱世，如临险境，如沐春风，如融秋月。当然，古话云：诗无达诂；西谚曰：一千个读者有一千个哈姆雷特。亦即任何感受都是见仁见智的，要得出自己的感受，还请拨冗览读一遍《我是沙湾女》。

2012 年，我在加拿大温哥华英属哥伦比亚大学访学，时值母亲八十二寿辰，填词一阕，隔洋贺寿，现特录于此，作为此序结语：

贺母寿　调寄诉衷情

岁次壬辰春壬寅戊午于加拿大温哥华

人生八二未为稀，祝祷竞期颐。悠然回首来路，明慧惜相依。　沧海漫，朔风迷，任东西。沙湾才女，葛岭词宗，吾辈慈仪。①

2016 年 6 月 16 日　台湾桃园

① “明”与“慧”分别为母亲及父亲相互间的爱称；“沙湾”为母亲家乡；“葛岭”为母亲任教学院所在地。

今日的沙湾镇全景（图片来自广州番禺站）

目录

Contents

第四辑 良师益友

第五辑 社会景象

今日沙湾水道

第一辑 水乡古镇

沙湾是水乡，我家就住在水边。出门不到50米，有一条小河，叫大巷涌……听大人说，这是从珠江的支流西江流来的水，所以水一涨，人们就说『西水大了』。

——《西水大，笠去卖》

沙湾古镇（2016 年）

西水大，笠去卖[1]

沙湾是水乡，我家就住在水边。出门不到 50 米，有一条小河，叫大巷涌[2]，大概有两丈宽，把一条大街分割成了两半。河面横卧三条木桥，水涨时，能把桥面淹没。听大人说，这是从珠江的支流西江流来的水，所以水一涨，人们就说“西水大了”。

西水大了，船只来往更方便，养猪人家往往把养大了的猪仔放入猪笼扛去卖。我们乡下叫做“笠去卖”（当然卖的不一定是猪仔）。于是有“猪仔大，笠去卖”和“西水大，笠去卖”的口头语。不知怎的，有些大人捡起这句话来吓唬小孩子：“不听话？西水大，就笠你去卖！”

我小时候很爱玩水。西水大时，我激动地守候在涌边，一见水“哗哗”地涨起来快齐岸边，就欢快地飞跑去告诉左邻右舍的小伙伴。小伙伴们欢叫着，一个追赶一个地跑出来。我们光着脚丫蹚进水中，双手使劲地泼水，在水花中追来追去地打水仗……往往弄得一身湿透，像落汤鸡，回家少不了挨顿骂。

有一回西水大，我正好跟母亲去对门的五公家。五公为人豪爽，每逢家中摘果子或捉鱼时，都送不少给街坊，我们家当然少不了。五婆是个很和善的人，同我祖母很谈得来，她的大媳妇我叫大婶，只比我母亲大几岁，但已守寡几年，带着个与我同年的

---

① 笠：用竹笼或布袋把东西套进去之意。

② 20 世纪 50 年代初已把大巷涌填平作大路了。

小儿子阿海，她很爱找我母亲聊天和帮忙裁剪衣裳。这时候我喜欢跟着母亲过去，是觉得她家的东西样样比自家的新鲜好看。

印象最深的，是她家很大，房子多，也大。正座的大客厅能摆得下两台麻雀牌，连通的大饭厅可容两台餐桌，厨房里除了大水池和灶台，中间还可放上一张大饭桌。过了正座前的天井，是一条通道，向左通往一座大花园，园里长着荔枝、龙眼、黄皮、杨桃、番石榴等果树，向右通往一个大禾塘，常有农民在此晒谷子或花生。有个大鱼塘，东南两面连着花园，北岸是天井前的通道与禾塘，东岸是大巷涌的街道。那天碰上西水大，大鱼塘一下子就水满齐岸，眨眼间水哗哗灌入花园，没过小腿。大婶带着阿海用簸箕捞鱼，还递给我们两个簸箕。我跟着大人蹚水摸鱼，又不会挨骂，实在快活，只是一味地尽情玩水罢了，哪里能捞到鱼？母亲可真行，居然捞到了一条大鲤鱼。“今晚加菜了！”大婶爽朗地喊。“不，这是你家鱼塘的，留着你们吃吧！”母亲把鱼放回阿海的篓里。我玩够就满足了，鱼嘛，是不在乎的。

过不了几天，西水来势更猛，不仅一下子漫上大巷涌的两岸，还飞速地涌进我家的头厅来，天井变成大水池了。大人们慌起来，赶紧把东西往客厅和后堂里搬。我却开心了，蹚着水玩。忽然发现有鱼影子，赶紧找来簸箕，居然捞到了两条小鱼。我高兴极了，喊来母亲。“这么小，喂猫吧！猫刚生了三只仔，当妈妈是要补养的。”母亲这一说，我倒犹豫了：猫仔有妈妈，我有妈妈，难道鱼仔就没妈妈吗？蓦然想起了端午节时祖母带我去涌边“放生”，说让鱼仔回妈妈家。于是，我捧着两条鱼仔冲出门外，想往涌边去“放生”。谁料一出门口，下了三层石级，水已齐腰深，我一下站不稳摔倒在水中，“哇”的一声喊起来。父亲疾步冲出来一把抱我回屋，祖母一面给我擦身换衣服，一面喃喃骂道：“这么调皮，趁着西水大，笠去卖了吧！”

落雨大，水浸街

落雨大，水浸街，阿哥担柴上街卖，阿嫂出街着花鞋……

我刚认识几个字，就从母亲口中学会了这首歌，并常挂在嘴边。

“落雨大，水浸街”是我们沙湾常见的景色。奇怪的是大人们很讨厌，而我们小孩子，都很喜欢。

有一次放学回家，半路遇着下大雨。沙湾地势从北向南倾斜，下大雨时沟渠水溢上地面，浸街的水像一条银龙，滚滚而下，虽无“飞流直下三千尺”的壮观，但也非常好看。特别是蹚着冰凉的水，逆流而上，又顺流而下，水花飞溅，雨点拍打，扑得满身满面的，舒服极了。我和两个女同学，一面唱着“落雨大，水浸街”，一面打着水仗闹着笑着走。沙湾的街巷狭窄，又都是石板铺的路，下雨天更滑，我们三个人推来打去，嘻嘻哈哈，冷不防我的雨伞被路旁一堵蚬壳墙①钩住了，“唰——”一下子撕破了个大口。三个人七手八脚的好不容易才拆开。

走出滑石巷，两个同学各自回家去，我穿过十字路口，往南走不远就可以回到大巷涌家里。这十字路口有一口水井，名“清水井”，是当时沙湾的著名标志。我横穿路口时，一阵大风刮起

① 蚬壳墙：用大蚬壳砌起来的墙，听说是用糯米粉、石灰拌泥水来砌才粘得结实。

了我的雨伞，“呼啦啦——”地一直掉落到“清水井”去了。我急忙冲到井边，一看，“清水井”已经变成了“浊水井”，满街流淌的水，如顽皮的孩童从四面八方欢腾着跃入井里，溅起一片白茫茫的水花，井水顿时比往日溢满了很多，雨伞浮在水面，似乎触手可及。我趴下身子，想捞起雨伞，但还是手太短了，总也够不着。我又急又慌，不由放声哭起来了。此时，身后忽然响起了母亲的声音。

“调皮鬼，你又干什么啦！”

也像往常一样遇上水浸街的日子，母亲总要冒着大雨出门接我。她知道我爱玩水，爱闯祸，常常是不弄出个动静回不来家。

回到家，母亲一面唠叨，一面手忙脚乱地为我擦头发换衣服。母亲说话柔声软语，责备人也像唱歌一般好听。这种时候，我通常是不吭声的，静静地听着，有时听着听着就笑了。

水浸街

“是骂你哩，还笑！快喝点姜糖水！”祖母从厨房赶出来，把姜糖水喂到了我的嘴里。

父亲站在一旁直叹气：“都是你们宠出来的嘛！”

我只管一个劲地笑，心里是满满的欢喜和得意。

母亲和祖母宠我，人人皆知。在家中是事事由着我，护着我，就是出门回娘家了，也一定要带上我，带我去见一个个她们娘家的亲人。

有一回，母亲回紫坭娘家，带我去见一位二舅父。二舅父是老师，很有学问。他和母亲谈的事我多数听不懂，却清楚记得他讲女侠秋瑾在“古轩亭口”从容就义的故事，让我听得十分入迷，至今印象深刻。二舅父和母亲还谈诗词。此时我早读过《三字经》《千字文》和《神童诗》，虽然听起诗词来半懂不懂但也很感兴趣，并落落大方地给二舅父唱起“落雨大，水浸街”的歌谣。二舅父听着拍手叫好，说：“将来又是个才女！”

此后，我就再也没见过二舅父，听母亲说他出广州教书了。

想不到，时隔半个多世纪，有一次我应邀去参加广州诗社主办的关于岭南韵文的研讨会。会上我唱了“落雨大，水浸街”等几首水乡民谣，会后，一位白发苍苍的长者拉住我，问明我的身世后，竟然老泪夺眶而出，说：“我是你健白①二舅父啊！你母亲怎样了？”

“过世多年了！”我低声说。

“啊！可惜啊，你母亲也是个才女！”

此时，外头也正下着大雨。

---

① 健白：又名张采庵，诗人，曾任广州诗社副社长。

脚印

大巷涌两岸，重重叠叠的不知留下多少我儿童时代与青少年时代的脚印。

清水井①

这些脚印，有光着脚丫的，有穿着木鞋（木屐）的，有穿着胶鞋的，极少皮鞋的。而且都是平底鞋，绝没有高跟鞋。因为上

① 昔日大巷涌就在清水井的正南面。

大学前，家里没给我买过一双皮鞋。高三那年，一位教书的堂姑姐送了我一双她不合穿而淘汰了的旧皮鞋，平时我舍不得穿，只在有盛会或者演戏需要的时候才穿。高跟鞋穿过一次，是我在演戏中扮演一位少奶奶时穿的，由于平日里没穿过，在舞台上差点就摔跤了。奇怪的是，那个时候我从来没有穿过布鞋。大概是因为布鞋对水乡人来说不太合适，天上地面常是水淋淋，多好看的布鞋也糟蹋了。印象中，家里是没人会做布鞋，多数的沙湾人大概也如此，所以同学中穿布鞋的并不多。

穿木鞋是最普遍的。因为这里地处岭南，雨水多，加上又是水乡，“落雨大，水浸街”是常见的事，“沙湾出色，雨水滴滴”也几乎年年如此。就是学校里，也不禁止学生穿木鞋。在运动场上，我们把木鞋整齐地排列在周围，就进场去打球、跳高、跳远、玩千秋①、打钢架……好不快活。谁料有一次跳高训练，我被玻璃割伤了脚，感染化脓，耽误了参加运动会。体育老师深为惋惜，说以我的成绩肯定能拿到名次的。从此，他要求学生上体育课时尽可能穿鞋。后来学校开设了童军课，到了高中还有军训课，都一律要求穿鞋了。这样一来，学生们穿胶鞋穿布鞋的逐渐多起来，木鞋也就少穿了。我自然也随着大流变化。

不过，除了上学，平时我还是喜欢穿木鞋，甚至喜欢光着脚丫到处跑，自由嘛！我小时候很顽皮，家人叫我“三步跳”，没耐性好好地一步一步走路，因而木鞋也就容易被我穿坏，来不及买新的，我就光着脚丫到处跑。尤其是喜欢光着脚丫玩水。西水大时，我往往站在大巷涌边，等水涨漫上岸来，我就会笑着跳着跑去喊小伙伴来玩水。稍大点，我就和同学跳进大巷涌里学游

① “千秋”即“秋千”。玩千秋、打千秋皆为粤语俗称。

泳，即使水脏也毫不在乎，拨开垃圾就闯过去。所以，大巷涌两岸，重重叠叠的，不知留下多少我湿淋淋的光脚印。

当然，大巷涌两岸也留下许许多多别人的脚印。但我不会去注意大人的，只记得我的小伙伴和我要好的几个同学。一个是贞姐，她是我的邻居，又是我的小伙伴、好同学，可惜她因家里穷，高小都没毕业就去外地打工了，留下的只有大巷涌两岸那稀稀落落的布鞋脚印。贞姐平日里上学多是穿木鞋甚至光着脚丫，偶尔才穿一回布鞋。贞姐说，布鞋是她的老祖母戴着眼镜做的，舍不得多穿。这难得见到的布鞋脚印，却给我留下极其深刻的印象。

与贞姐的布鞋脚印相反的，是闽儿漂亮的波鞋（球鞋）脚印。闽儿的家与我家隔涌相对，记得她家的门很高大，走进去是个大院子，一面宽宽敞敞的大地坪，地坪北面是一座小祠堂，我说它小，是与留耕堂来比，后来想起来还是蛮大的。那个祠堂我没进去过，是害怕里面摆着的那些黑乎乎的神主牌。穿过大地坪有一个月亮门，往里走就是一幢漂亮的高楼了。我从来不敢进去，因为那高楼门前经常蹲着一只大狼狗，清幽幽的眼睛瞪着来人，我一看见腿就发抖。因为这个，我很少去找闽儿玩，放学时一同走到桥头，就分手各自回家了。有一段时间去她家找她，是为了学骑单车。那时，在沙湾有单车的人家极少。我们几个同学，就在她家院子里的大地坪上学车。那地坪是石板铺成的，我常常为了轻便光着脚丫来学，一摔起来膝盖小腿就会磕伤流血，但我还是学得很着迷。可惜，我单车刚学会，闽儿就离开家乡跟家人到省城去了，留下来的，只有大巷涌岸边那漂亮的波鞋脚印。

与贞姐、闽儿分别后，就再也没见过了，也没音信，但她们的脚印却永远留在我的脑海中，还是那样清晰、生动。

疍家寮

十七岁以前，我一直生活在沙湾，村里的大街小巷差不多都走遍了。街巷的地面，绝大多数都是长方形的白石铺成。至于房子，除几间洋楼外，几乎都是青砖墙灰黑瓦的老屋。金字形屋顶是普遍的。也有很特别的，如大蚬壳砌的墙，如镬耳形的屋顶。后来才知道，镬耳屋象征着官帽两耳，有“独占鳌头”之意，唯有功名的人家方能采用，也显示家境的殷富。

那时听大人说，有些房屋是泥土垒的或竹织批烫的墙，还有用茅草搭起来的茅寮。但在沙湾村①内，我都没见过。

有一次，二叔乘公差之便，带家人去大涌口、万顷沙一带玩，父母也带上我去了。我早就听大人们说过，大涌口、万顷沙一带是一脚踩得出油的好地方，留耕堂的田产大部分都在那里。

我们是坐小电船从大巷涌口炮台脚下出发的，经过小河涌，很快就出海，其实不是海，是比小河宽阔得多的西江吧。“突突突……”小电船乘风破浪飞快向前，白花花的江水，在船底下迅速让开一条大路。我过去只坐过乌篷船，从没见过更没坐过电船，眼前的情景让我兴奋极了，不断做着猜想：大涌口、万顷

① 那时沙湾作为行政区域是叫乡，乡下面设里、坊、巷、街、居、市、路，例如石狮里、罗山里、侍御坊、三山巷、滑石巷、车陂街、翠竹居、安宁市、岐山路等。但人们习惯上不称沙湾乡，而称沙湾村，平日里叫起来也就是村头、村尾、村中心。

沙，一定比沙湾村大，一定有许多漂亮房屋和宽阔街市……

然而一上岸，却见不到什么街市，只有一望无际的绿油油的禾田，满是泥泞的道路。去到一间据说是最好的“茶居”里饮茶，吃海鲜。海鲜好吃，设备却很简陋，全是竹木旧台凳，碗碟也是很粗糙的。吃饱后出来看所谓的街市，只是疏疏落落的一些用茅草盖顶、用泥巴糊墙的屋。母亲告诉我，这叫“疍家寮”，那些疍家佬、疍家婆、疍家妹、疍家仔就住这些屋子的。有这样的屋子住就算好的了，有些人连这样的屋子都没有，长年累月住在船上。我一下子想到经常摇乌篷船送我去外婆家的四婆和阿狗哥，也许他们也是这样，心里顿时有些难受。母亲又说，这些疍家，除了种田，还要挤时间去摇船搭客，为的是挣些盐油钱。

母亲和几个疍家婆聊起天来。其中一个比较年轻的，热情地带我们进她家里喝水。一进门，“唔——”一头牛几乎挡住去路。我吓了一大跳，紧紧拉住母亲衣角。环视四周，堆放着一些我不认识的东西。主人对母亲说，这些犁锄都是新近才买的。那是我第一次认识农具。我心有疑惧地问，牛为什么不放在外面？人和牛住在一块怎么行呢？主人说，这头牛和这些农具，都是她丈夫摇船，又同人家合伙做些“走水生意”，积了几年钱，才买回来的，要是丢失，种田就难了。母亲在一旁直怪我多嘴。

此时，一个疍家妹牵着个小娃娃般的疍家仔走进来，小娃娃光溜溜的脑袋顶上却留着一撮毛，光溜溜的身子只戴个红肚兜，却背着个水葫芦。我好奇地问这水葫是用来干什么的，主人说这里的小孩都得背个水葫芦，即使掉进水里也可以浮起来，不致淹死。那水葫芦光滑漂亮，我反复抚摸，爱不释手。主人笑着说：“你喜欢？拿去玩吧！”我高兴得急忙鞠躬道谢。母亲一边责怪我，一边硬塞了些钱给主人。

出了门，拐弯不远处，散落着几间破茅寮，一位发髻苍苍、衣衫褴褛的疍家婆坐在树下看牛，一个只穿条牛头裤（近齐膝的短裤）的疍家佬，背着个鱼篓，撑着一条舢板仔过来，远远地朝疍家婆招手，不知说什么。

这就是一脚踩得出油的万顷沙吗？我不由心里直犯嘀咕……

船家

蕉围蔗围[1]

跟母亲回娘家是我小时候最快乐的事。

母亲娘家在紫坭，离沙湾不远，经沙湾的罗山里到平埠头（小码头）下水，坐一条乌篷船，沿着小河，驶去不远，出“海”，就是西江，宽多了，乡下人把“江”叫“海”。过“海”不久，就到紫坭埠头了。

我们坐的乌篷船，是外婆家的佃户四婆的，她带着儿子阿狗哥就住在船上。外婆家的田长期租给她种，所以和我们很熟。听母亲说，我小时候是要认四婆作“契娘”[2]的，后来我大祖母[3]不同意才没成。我每次去紫坭都是坐四婆的船，因为我会晕船，四婆总是把船舱弄得干干净净，让我舒舒服服地躺着，还一再吩咐儿子船要驶得平稳些，尽量不要摇晃颠簸。但我一旦好点就躺不住了，爬起来趴在船舷看两岸的风景。

两岸的风景很美，一望无涯的青纱帐，果树花树，蕉围蔗围，淡青浓绿，叠叠层层，上面是蓝天白云，下面是茫茫江水，时而有三两只鸟儿从水面飞起，划破长空，留下好看的身影……可惜我还小，不懂什么诗情画意，感兴趣的是那大片大片的蕉围

① 当地将大片的芭蕉林和甘蔗林称为“蕉围”“蔗围”。

② 契娘即干妈。

③ 我祖父为了有个儿子先后娶了三个太太，父亲是第二个太太生的。由此我将祖父的大太太叫做大祖母。

和蔗围。当然，我感兴趣的不是芭蕉，而是蕉蕾，芭蕉平时可以买到，蕉蕾却是买不到的。蕉蕾的外壳剥下来酷像一只小船，我在里面放些纸折的小人小马，然后放入水中，漂来荡去，可好玩啦！阿狗哥每回都会从蕉围里摘来一两个大蕉蕾，帮我做小船，我高兴得不得了。而母亲往往要劝阻，说大蕉蕾里面是有许多小芭蕉的，长大了就是一梳大芭蕉，可以卖得不少钱。四婆说那蕉围是她亲戚的，而且她会给回钱，但母亲还是不让。

甘蔗我是很爱吃的。这里的甘蔗多种多样，青皮的、黑皮的，粗的、细的，都很脆很甜。阿狗哥从蔗地里砍下来，在河里洗净，我就迫不及待大口大口地吃，一下子就吃完一根，根本还不用削皮。

多年前，有一次我当着丈夫和孩子的面，一下子吃完一根没削皮的甘蔗。丈夫愣住了，眼都大了（傻了眼），说："你怎么不用削皮的？还吃得那么快！简直是——"他这个善写散文的才子，竟然找不出恰当的话语来形容。大概他觉得这种吃甘蔗的粗野形象，与平时那"娇小玲珑""温文尔雅"的妻子很不合拍吧。

现在我老得只剩下一根半牙齿吃东西了，但还是很喜欢吃香蕉和甘蔗，而且靠假牙吃甘蔗，还可以不削皮。每逢吃芭蕉或甘蔗，我都会想起四婆和阿狗哥。我离家上大学后，就没见过他们了。听母亲说，阿狗哥也成家了，还搭起了自己的茅寮，不住乌篷船了。母亲还说，他们母子俩对外婆一直都很好。1951 年，外婆沿街讨吃，饿得几乎倒下，碰巧四婆看见，赶紧给她喂粥喝水，并叫儿子去向我母亲报信才救回来。我母亲向她千谢万谢，她说说谢就见外了，我外公外婆一直对她都很好的，何况我还是她的"契女"，虽然我大祖母不同意，但我亲祖母和外婆都同意了，所以她一直把我们看作"契家"，一直都惦记着我这个"契女”哪。我是后来才听母亲说起这件事的，心中是又感动又愧疚。我这个不孝的“契女”，却从来没有回去探望过契娘呀！我还清楚地记得，小时候每年四婆都会给我送来两三个又大又熟的金黄色的南瓜，因为她知道我非常喜欢吃祖母做的南瓜粉虫①。直至几十年后的今天，我还会一吃南瓜就想起“契娘”，正如一吃香蕉和甘蔗就想起阿狗哥一样。

那时河涌两岸都是蕉围蔗围②

① 南瓜粉虫是用南瓜和粘米粉做成的一种食品。具体做法大致是这样：先将揉和好的米粉（偏软）搓成大概两寸长一条的小圆粉条，两头小而尖，中间大而稍扁，然后和南瓜一起煮，放点盐油，味道很好。

② 翻拍自番禺博物馆展出的图片。

“三步跳”及其他

小时候，我有个花名（绰号）叫“三步跳”，是最爱我的祖母给我起的。因为我走路总是蹦蹦跳跳，从不爱稳稳当当一步一步地走。

一回父亲牙疼，祖母说豆腐西洋菜煲生鱼（花鱼）汤祛火，就带上我去买菜。从菜市出来时下雨了，我们一手撑伞一手提菜，脚上穿的都是木屐。我蹦蹦跳跳冲在前面，顺势单脚旋转了180度，脚下“唰——”地一滑，踩上了一块西瓜皮。我摇晃几下终于站稳没摔倒，但手中提的豆腐青菜却洒落一地，豆腐全碎了。

祖母手脚慌乱地赶上来捡菜，“啪——”的一声，她手中的生鱼挣扎着落了地，翻滚几下就跳到路边的沟渠里了。我眼疾手快，来个青蛙捕虫式的跳跃，一跳，一扑，把正要钻入阴沟去的生鱼一把逮住。然后，得意扬扬地回头看着祖母笑。“还笑！还笑！路这么滑，你还走三步，跳两步……”祖母连声责备。

“老师正和我们一起编个‘水乡舞’准备校庆演出，里面要有几个旋转动作的哩……”我一边分辩，一边来了兴致，竟忘乎所以，手舞足蹈地跳跃旋转起来，“落雨大，水浸街……”

旁边多是熟悉的街坊，看着都笑了，还拍手叫好，“好个水乡舞啊……”

“哎呀，我的祖宗！这里是跳舞的地方吗？看你一天到晚，手不停脚不住，三步跳，没时歇……”

这样一来，“三步跳”这个雅号就不翼而飞了。

我听着却是不生气的。我不仅走路喜欢跳着走，还喜欢玩各种各样跟跳有关的游戏：跳飞机、跳方格（跳房子）、跳梅花、跳单绳双绳。样样我都玩得很出色。当时的沙湾比较闭塞，除了玩水打水仗，我们女孩子能玩的游戏也就是这些。其中跳绳更是我擅长的，随便拿条麻绳、草绳、布带、胶带、皮带，甚至把烂裤带接起来，我都可以拿来跳出各种花样：单人、双人、多人、打圈等等。小伙伴们都很愿意和我一起玩，不仅因为我玩得好，还因为我很乐意让着他人，从不争吵。记得有一次学校的跳绳比赛我拿过第二名，体育老师说我技术好，又灵活，花式多，只是体力不足。其实我是有意让那个第一名的。因为她告诉过我，得第一名就会得到父母亲奖赏，平时却一分零用钱都不给她。平日里我们俩关系就很好，有两粒糖我都会给她一粒。

其实除了跳，我们女孩子还喜欢玩打玻珠、打绳圈、抛沙袋、抓石子、掷葫芦棋、摆骨牌阵、砌麻将宝塔、摆麻将乌龟等，都是训练手指灵活的游戏。至于那时的男孩子都玩什么，我却印象模糊了，好像除了陀螺和铁环，多数是玩水打水仗了。大一点的孩子，还喜欢驾着小艇冲出海（西江）。说起男孩子玩陀螺玩铁环，也想起时有陀螺和铁环不小心就滚下河涌的现象。而玩陀螺的花样也多，比如多个陀螺同时在地上转，由几个孩子来掌握，就像激烈的交战，玩的人特别兴奋，看的人也纷纷起哄。记得有一次大弟弟和邻居两个孩子玩，他的陀螺输了，陀螺也烂了，伤心得哭个不停，我买了两块酸泡萝卜才哄好他。

也有女孩子和男孩子一起玩的游戏，比如“娶新娘”。玩起来很认真，新娘、新郎、媒婆、抬轿的，各个角色俱全，仪式也似模似样。记得一回轮到我当新娘，觉得盖着红绸很别扭，就一下子扯下来了。媒婆赶紧要我盖上，说这样是不吉利的，我就是不肯。到下轿时新郎要我跟他回“家”，我也不愿意，说：“你跟我回家不行吗？干吗一定要我跟你回家！”这跟以往的玩法不一样了。小伙伴们一时愣住，不知如何是好。正巧母亲和两个舅父来找我回家吃饭，见状笑了。母亲说：“我这个女呀，真是玩都玩出格！”二舅父说：“好啊，男女平等嘛！”我还不懂什么是男女平等，只听懂舅父说好，就更加得意了。

小巷深深

不过，我也因为爱玩常常惹出各种麻烦。一回我约了几个同学在我家门口的灰沙地坪玩跳房子。门前有三级台阶，还可以跳台阶，我们正玩得起劲，大祖母骂骂咧咧走出来，我一时走神跳错了脚，一个同学大喊起来："火烧屋啦！"大祖母惊叫："什么火烧屋！"我们急忙解释说是这种游戏的说法，大祖母听不明白，更是生气，说我们说些"不吉利的话"。碰巧十几天后，邻居家失了火，幸好及时扑灭未成大祸。大祖母责怪是我们乱说话，从此就不准我们在门前跳了。

玩这些游戏我们通常是赤脚跳，而我为了玩花样，还穿着木屐跳。因此我的木屐损坏得特别快，少不了挨家里人骂。那时沙湾的木屐是很讲究很精致的。特别是女装木屐，木质细而轻，油漆光滑，色彩鲜丽，还有各种花纹，多种款式，不仅有平底的，还有高跟的，后跟细小灵巧，可与城市小姐穿的高跟鞋媲美。当然，这种高跟的女装木屐价钱就比较贵了，母亲只给我买过一双，再三叮嘱我走路要像女孩子家稳重斯文，不要穿着来跳。我很喜欢这双漂亮的木屐，确实也舍不得穿着它跳来跳去。

但也因为我从小练就这"跳"的基本功，就爱上了跳舞，好些高难度动作男生做不了的我也能做。在大学时还当了文工团舞蹈组组长，要不是因为自己正在积极要求入团，组织上极力挽留，差点就进了部队文工团了。

如今想起来，那时候孩子们喜欢在外头成群结队地玩，大概也因为家中没什么好玩的。在我记忆中，我的玩具也只有一个洋娃娃、一个玩具小人和一盒积木。而大多数的小伙伴是连这些都没有的。

那个洋娃娃是我刚懂点事时母亲托人从省城买回来的，很漂亮，金黄色的卷发，眼睛会动，躺下闭起，坐起来就睁开，还会叫声"妈"。买回来时是赤条条的。母亲给她做了两套衣服，一件是绿底红黄碎花的连衣裙，一件是天蓝底红白相间柳条的衫搭裤鸽仔衣，并用花丝线织了一双袜子给娃娃穿上，甚至因为我担心娃娃被蚊子咬，还做了一张圆顶的伞状蚊帐，上面钉着些闪闪发光的金银胶片。到我家玩的小伙伴没见过，都争着抱她亲她。我自己更是爱不释手。

那玩具小人是一个从香港回来的契妈（干妈）送的，很特别，是个一身戎装的青年军人，双手持枪，单脚半跪作瞄准的姿势。一拧机关发出“哒哒哒哒……”的响声，它就随着响声有节奏地向前冲锋。父亲告诉我，这是打日本兵很勇敢的“十九路军”。当时日军还没南下，但我看过那些流亡学生演戏，唱《松花江上》等抗战歌曲，知道日军是残杀我们中国人的大坏蛋，心里恨透了他们。因此特别敬爱那玩具小人“十九路军”，将他端端正正摆放在床前的桌面上，有时就让那女娃娃坐在他旁边，觉得这是最安全的。

到了我上小学，母亲听老师说玩积木可以发展孩子智力，就托人在省城给我买了一盒积木。我喜欢极了，变着心思砌出不同模样的房屋、大楼和凉亭。对门两个小伙伴海哥和B仔爱来我家玩，玩起纸飞机时把我精心砌好的大楼“炸”毁了。海哥一溜烟跑了，B仔吓哭了。我虽然很生气，但不忍心打他。因为我听母亲说他父亲被日机炸死，母亲带着他逃难来租了五公家的房子住。我拿了糖哄他，他边哭边说：“我家的房子就是这样被日机炸毁的，我爸爸就没了……”我听了，也陪着他一起哭了。

学游水

儿童时在地面踥水，少年时在河中游水，这是我玩水的发展历程，也是快乐有趣的美好记忆。

小时候，我经常看到一些男孩子在大巷涌游水，是很羡慕的。那些大一点的，只穿条“牛头裤”（将近齐膝的短裤），而小不点的，都是光溜溜赤条条的，在水中就像泥鳅一样。有时，一两只乌篷船或“三板仔”（没有船篷的小艇）开进大巷涌来，还有疍家妹下来游水。这让我更是吃惊和向往。母亲说，她们可不是玩水，是抓鱼摸虾。有一回，我看到一个疍家妹在桥底摸到虾，顺手掐掉头尾，就塞进了嘴里。我惊讶地喊起来：“生虾也能吃呀?”疍家妹看着我嘻嘻笑道：“可甜哩!”回到家我兴奋地对母亲说起，母亲说，这有什么奇怪，跟你爹爹吃鱼生是一样的呀——

那个时候很多广州人都爱吃鱼生，是要加上很多配料的。对吃鱼生我没兴趣，感兴趣的是女孩子也能游水，就约了几个小姐妹，搭档着要学游水。家里人知道了都极力反对，说是太危险了。我们正在苦恼的时候，突然听说亭涌淹死了一个小孩。说是两个小孩打闹着滑下了涌里，会游水那个爬上来喊人，等大人赶来时，那个不会游水的已淹死了。这个不幸的消息让大人们很震惊。五公的儿子五叔到家中来，跟我父母亲说，让孩子学会游水看来是有好处的。五叔是五公几个儿女中最有涵养最有文化的，可惜身体不好，听说是痔疮长期出血。他与我父母亲很好，常来我家和我父亲走象棋。他的话把我父母亲的心说动了。祖母担心地说，没有熟水性的人来保护恐怕不安全。五叔说，那叫十二叔来保护最好了。大祖母一听就急了：“男女授受不亲，不行！”五叔笑了，说，那就让十二叔站在岸边教吧！

就这样，我们几个女孩子，在十二叔的岸边护驾下，开始学起了游水。我们都没有游泳衣，只穿着比较薄的短衫裤下水；也没有塑料游泳圈，连水松木造的都没有，只是抱着木桥凳或木板木条，让身子浮起来，双脚使劲打水。十二叔在岸边比画着教，我们自己就揣摩着一步步学。可十二叔没多少耐心，来了几次就不来了。不过游了一段时间，我总算能横游过大巷涌了，尽管只是狗刨式，仰泳和潜水也会了。后来，还学会了蛙泳和自由泳，虽然都不规范，但自己感觉挺得意的。当然，水太深没过头顶的地方我还是不敢下去游的。西水大的时候，就更不敢游了。

有一天，阿燕姐妹和阿琏来邀我去游水，我身体不舒服，就站在岸边看她们游。阿琏已游得比较熟练，顺流而下，很快就游到木桥那边去了。阿燕姐妹攀着木凳在上游木桥这边，“嘭嘭嘭”地打水花学浮水。不知怎么搞的，阿燕攀着的木凳一下被水冲开了，她大喊阿琏，阿琏根本听不见。她妹妹吓坏了，哭着喊我。我来不及想什么，外衣裤都不脱就跳下水去，一手拖住要被冲走的木凳，一手抓住阿燕的衣服，硬扯着把她拉上岸来了。

我一身水淋淋地跑回家换衣服。祖母见状大惊，着急地问我是否掉进水里了。我把事情原委说了一遍，祖母听了大赞我一番。大祖母却说，小心是水鬼要拉“替身”，你去救，就连你也会被拉下去的……还言之凿凿地讲了一个这样的故事，救人的与被救的都淹死了，还把那水鬼讲得有眼有鼻，怪吓人的，听得我毛骨悚然。母亲柔柔怯怯地说："那，那就见死也不能救啦?"大祖母一时答不出。正和父亲走棋的五叔搭话过来："要救的，但要注意，切莫让人紧缠住你——"接着，五叔细细和我说了一些如何在水中救人的方法。

20 世纪 50 年代的河涌①

我会潜水后，就学跳水，感觉特别痛快。小弟见我跳得那么开心，也跟着我站到木桥中间来跳水。他比我灵活，姿势也比我好，正规的"针式"，我的同学跟着喝彩，他更来劲了，不停歇地"表演"。谁料鼻子突然出血了，我慌了手脚，不敢带他回家。阿燕把我们带到她家里，摘了些树叶塞住他鼻孔，又用冷水敷额头，弄了半天才止血。这回把我吓坏了，从此不敢再带他去游水。但他瞒着家里人偷偷去，而且很快就能和同学一起，划着

① 翻拍自番禺博物馆展出的图片。

“舢板仔”出海去游。我的游水技术却停滞不前了，深一点的河涌都不敢横渡。我总是记得五叔的话：学游水，要大胆，更要小心。可我胆子不够大，又过分小心，加上体力不够好，所以总是游不远，也游不好。

今日沙湾水道

爬的乐趣

“成日（整天）爬高爬低，看你是马骝精①托世的！”祖母见我爬堂栊，就骂开了。

“姑妈说不能叫马骝精，要尊称‘齐天大圣’。”我坐在堂栊的横木上，摇着双脚，做了个鬼脸。

“牙尖嘴利，看我打你不！……”祖母唠唠叨叨地往厨房走去。

祖母嘴里骂，心里爱，我知道她是不会打我的，我伸伸舌头，又往上爬高了两三格，尽量多看些街巷的风光。即使只有单调的人来人往，也觉得好看。因为有各种各样的人哩。有匆匆忙忙赶路的，有悠悠闲闲散步的，有挑担卖果子的，有铲刀磨铰剪（剪刀）的，有阉鸡补锅的……那卖果子的六伯有时会递个“胭脂红白囊花粘”（番石榴）给我，又香甜又漂亮，我真想要，但身上没有钱，只好望着吞口水。我最想看到的，是沿街拉琴卖唱的盲公盲妹。如果有钱，就可以叫他们来门口坐着唱，但我身上没钱；想跟在他们后尾走，好听好学，但又出不去。都是这死鬼堂栊，我恨死了它，是它困着我不得出街！

沙湾的古老大屋几乎都有这样的堂栊。我跟父母亲去亲戚朋友家，见有些大户人家的堂栊比我们家的漂亮多了，木质很坚

---

① “马骝”是粤语中对猴子的俗称。

实，油漆更光滑，有的还有好看的花纹。我问祖母，都有两扇厚厚的大门了，还要这些堂栊干什么？“要来防贼呀！还要防你这调皮鬼！”祖母点着我的鼻尖说。

沙湾老屋的堂栊①

有一次，趁着大人不在，我就忍不住试着把双腿伸出外边，从下到上，慢慢探身出外，但到了肩头，就不敢再伸出去了。因为有过一次也是这样尝试，最后发现头无法出去，想慢慢缩回来，但由于双脚腾空，使不上劲，单凭双臂又不够力，眼看就几乎卡住脖子了，我急得大哭。父母亲闻声赶来，两人合力才把我救下来。“你要死呀！不知天高地厚！”父亲又急又恼。

此后我不敢爬堂栊了，但我见木梯有点像堂栊，就去爬木梯。特别是想从木梯爬上天台，去看那五颜六色的花坛。大人们当然不准。我家后座与中座之间，隔着一个天井，天井两旁的房顶上，是两个天台。右边天台上，摆满花盆，靠街一边搭着高高的竹篱笆，也挂着碧玉般的夜来香和紫玉似的牵牛花。可惜这两个天台没有门通去，淋花、晒衣服都要爬木梯上去。平日里，那

① 沙湾的古老大屋几乎都有这样的堂栊，有防盗和通风的作用。

木梯是放在屋檐下的。

有一天，大人们都不在，正好阿娟姐淋花把木梯放在天台边，走去打水未回来，我赶紧跑过去抓住木梯，三下两下就爬上了天台，先在花盆上摘了一捧花，然后攀上篱笆，摘夜来香和牵牛花，踩断了竹子，钩烂了衣服，还差点摔下来，幸亏娟姐提水上来看见了，急忙扶住我，大祖母在下面却骂开了："阿娟，要死啊，怎么带她上去！""我自己爬上来的，关娟姐什么事！"我一面应着，一面甩脱娟姐的手，三下两下就跳落到地上，大人们看着眼都大了。

大祖母气冲冲地吼："把她关起来，认错才给饭吃！要她讲以后不再爬高爬低！"父亲正接过鸡毛扫，就被我亲祖母夺过来，说："让我来吧。"

亲祖母拉着我往前座右边的小房走，一边打旁边的台凳，一边骂："还不认错！还不认错！以后还爬不？还爬不？"然后把我锁在小房。

虽然我根本没挨着打，但我不服气，竟放声大哭，还喊着："我没错，我没错！……"吃饭时，祖母端饭来，我不吃；母亲端饭来，我也不吃。姑妈数着佛珠走过来，劝着说："孙大圣也跳不出如来佛掌心啊！你就别那么硬颈（犟）了！认句错有什么难？"我正要说什么，忽然听见大祖母在后堂打娟姐的声音："都是你带她上去的……""我没有——"娟姐哭着。"把饭送去，哄不到她吃，你也别想吃饭！"大祖母呵斥。

我一转念，对姑妈说："你放我出去，我去后堂吃饭。"进到后堂，我跟大祖母说，我要娟姐陪我一起吃饭，爬梯上天台是我自己爬的，不关娟姐的事，如果说是错的话，那要打就打我好了，我不走了。说完我就拉娟姐坐下来，陪我一起吃饭。我亲祖母和姑妈在一旁说这说那，把大祖母劝回房间去。

我始终没认错，以后一有机会还是爬，不在家里爬，我跑到外面去爬。爬什么呢？爬树。这是最方便，又最好玩的。沙湾树木多，有各种各样的树，我就练习各种各样的爬法。

园子里常有大树

家乡最多的是龙眼树和荔枝树，这两种树不是很高，皮粗糙，枝丫密，叶浓果多，最好爬，坐在树丫上摇着脚吃果子，最是开心。花稔（番石榴）好吃，但树枝质脆易断，爬时要很小心，不敢坐在上面摇。玉兰花清香白净，是我最喜爱的，但树高皮滑不好爬。有时旁边有较矮的树，我会先爬上矮树，然后跨过去摘花。要是附近有竹子就好办多了，我会先爬上粗大的竹竿，抓住竹尾脚一蹬，轻轻一下就荡过去了。我们家的邻居五公家和大启先生家的花园都有玉兰树，我都爬过。而最吸引我的是一树红花的木棉树，记得亭涌边有一棵，下面还有个“社公”[1]，时常有人在那里上香拜祭。另外文昌阁里面的大天井里，也有一棵。但这两棵木棉树，我都不敢爬。一是太高太直，难爬；二是怕众人骂，因为这是犯“社公”、犯文曲星的大事。我虽爱红棉花，但只能站在树下痴痴地看。不过，在树下捡落下来的木棉花，串起来做花环、花冠，也是一种乐趣。

那时，我喜欢去外婆家，是因为那里有个多树的园子。在那里认识了租舅父家房子住的一位大哥哥，叫全哥。他夸我很聪明，连爬树都会讲出一套套道理来。他带我和他的两个弟弟以及我的两个表哥表弟到小学校去，教我们打单杠双杠打千秋玩吊环等，由此使我慢慢爱上了体育活动。后来我去考大学，全哥介绍我去大学里找他的胞妹三妹姐姐，三妹姐姐热情招待了我两个晚上。那时我还在发高烧哩，幸好有她的悉心照顾。我上大学后，就一直没与他们联系了。只是隐约知道三妹姐姐当时已是地下党员，而全哥在一次什么运动中犯了事，后又到了越南边界那边行医，悬壶济世，很受当地民众的欢迎。当年全哥教给我许多新鲜的道理，还给了我好些帮助，我至今也忘不了他。

有了爬树的本领，我就敢去爬戏棚了。

我小时候沙湾没有电影院，也没有戏院。记得我看过两次无声电影，是外地人用手摇的机子放映的，好像是在“三叠祠”和“昏头祠”（郡侯祠）里面放的。内容我全忘了，只记得是打仗的，抗日的。

唱大戏（演粤剧）倒是看过很多次了。几乎每年农历三月三北帝公神诞日，都会从外地请来戏班，连唱好多天的戏。唱戏的

---

① 民间拜祭土地神的地方。

舞台，都是临时搭起的戏棚戏台。有好几次，就搭在了我家巷口，先搭条浮桥横跨大巷涌，而戏棚，就搭在浮桥上了。一头是戏台（包括前台后台），一头是“地台”（没有座位的看台）。“地台”这边，观众是站着看戏，不用买票，因此人一多了还会发生打架的事。而大巷涌两岸搭起的高台，是二楼厢座，有座位，要买票，对号入座。我曾经和几个小孩一起，吃完晚饭就扛着条凳放在“地台”前面，占个好位置来看戏。谁知看了两晚，第三晚就被一些恶人硬挤倒下地，哭着回家，还被大人骂。我不甘心，偷偷跟着邻居的十二叔和海哥，爬上戏棚去看戏。我拿出爬堂栊、爬木梯的本领来，稳当而灵敏地轻而易举就爬上戏棚顶。我小心地选择了竹竿又粗又扎得牢固的地方，还要靠近戏台，看得清楚，听得明白。这样一来，又安全，又凉快，还没人来干扰，简直乐极了！我还不满足，在前台看够了，又爬到后台去看，看人家化妆，看人家训练，看多了几次还真学会了一点。

后来，不是“三月三”神诞日，也偶尔会有些外地戏班来演出了。我记得黄鹤声、黄超武、王中王等班子都来演过，花旦有谭秀珍、谭玉真等。这个时候不是搭浮桥的戏棚了，而是搭在我家对面五公家的大地塘（禾塘）上，还延伸了一半大鱼塘做戏台。这里没有“地台”，整个地塘都摆满竹床（竹织的长椅子），编有号，观众要买票对号入座。票还比较贵。我家买票多是用来招待外地来的亲戚朋友，我能坐上竹床看戏的机会很少，而我又是个戏迷，于是，只好继续爬戏棚了。戏棚搭在大院里，外人是爬不进去的。我是跟着五公的小儿子十二叔和他的孙子阿海哥，爬上他家花园里的大树，拉着树枝，跳过围墙，进入地塘侧角，才能爬上戏棚看戏。我初时以为地塘是他们家的地方，他们可以随便出入，就叫他们带我进去看戏。谁知十二叔说戏班是一个财主佬请来的，出钱租他们家的地塘做戏棚，他家的人来看戏也要买票的。他家的大人又不喜欢看戏，所以他们要看戏也只好爬戏棚了。

阿海哥的母亲我叫大婶，她与那戏班的老板娘好像是同乡。有一天，大婶带那老板娘来到我家，请我母亲为这老板娘裁一件衣服。不知怎的，大婶讲到阿海哥带我爬戏棚的事，母亲骂我太不像话，我争辩着说我不仅看戏，还学到很多东西，当场就舞起了一套“云手”“水袖”“走碎步”“跨一字”“打大翻”“后弯腰”。母亲和大婶当即看傻了眼，那老板娘却连连喝彩，说我是块天生的好料子，培养起来可以当担纲花旦，很想收我为徒弟，担保几年后我会红起来。我听着又兴奋又激动，是满心愿意的。那时的我不懂什么“红起来”，只是迷看戏，觉得演戏好玩。母亲对此事也有点动心了，但父亲坚决反对。大祖母抿抿嘴，骂了一声“下九流”，更是断然反对。当然，我也就去不成了。

什么叫“下九流”，我不懂，就问母亲。母亲说了。我当时不懂什么道理，但总觉得这样鄙视戏子不对，我记得母亲说过梅兰芳、薛觉先这些有名的大佬官（名角）都是爱国的，宁愿不演戏也不肯与日本人合作。觉得凭这一点，就不应该鄙视戏子。

三稔厅

保存至今的三稔厅[1]

春节期间，我偶然认识了两位沙湾老乡，他们把沙湾古镇的许多照片在手机上翻出来给我看，当我看到“三稔厅”那张照片时，一棵苍劲挺拔绿叶婆娑的三稔树[2]一下映入眼帘，我立即触电般喊起来：“这棵树，我爬过！”旁边的人都惊奇地问个究竟。

那是几十年前的事了。

---

① 村里有个颇有名的地方，叫三稔厅，是一些爱好音乐的人聚集的地方。

② “三稔”是杨桃的一种，但很酸。

我祖母生病，给我几个铜仙，叫我去买两个三稔回来给她做药。我去熟人二叔婆的水果摊买。二叔婆说她卖的是杨桃，是甜的，三稔是酸的；并告诉我“三稔厅”的三稔是最好的，最正宗的，叫我去那里买，既然是做药用的就不要在街上随便买那些假货。于是，我就找到“三稔厅”来了。

门是虚掩着的，我进去就喊：“有人吗？我想买三稔！”喊了几声都没人应，见桌子上有纸笔，有张纸上写着什么“工尺合士上……”① 我不懂是什么，就在边上写了一行字：“这里六个铜仙，我买两个三稔做药。”回头就爬上树去，摘了两个三稔。本来可以走了，只因为我从小就喜欢爬树玩，此时见这棵树枝丫多，好爬，就上蹿下跳，趁机玩个够，想不到，正当我爬到树冠抓着树枝，像荡千秋似的，玩得正起劲时，突然，脚下传来一声吆喝：“谁偷三稔！”我急忙跳下来，只见一位穿着灰长衫的老伯，正抱着一个什么琴，睁大眼睛看着我，好像很凶恶。我有点怕，但又马上镇定下来，因为我想我不是小偷。

“我不是偷，是买，买来做药的，我阿嫲②病了。——钱在那里哩！”我指着厅里桌子上的几个铜仙分辩说。

老伯看看那铜仙压着的纸条，马上放宽了面容，把钱拿回给我，说：“走吧，跌伤了没有？”

“没伤，谢谢！”我深深地鞠了个躬，赶快走出门，好像听见他说：“算是二十四孝吧！”

“二十四孝？”我马上想起外婆家里母亲闺房墙壁上贴着那版“二十四孝图”，什么“卧冰求鲤”啦，“哭竹生笋”啦，心头一

---

① “工尺合士上”相当于简谱“3、2、5、6、1”。

② “阿嫲”是当地人对祖母的称呼。

热，觉得自己干了一件了不起的大好事，有点飘飘然，就唱着跳着，一阵风般飞回家去，把两个又大又熟的三稔和那几个铜仙一起塞给祖母，然后像开连珠炮般描述我的“英雄壮举”和“爬树的乐趣”。祖母一面把三稔切成薄片，和着盐来搓，一面笑吟吟地听我讲“故事”。父亲却走过来板着面孔说：“你这马骝仔真不懂事，你知道‘三稔厅’是什么地方吗？是沙湾大音乐家弹琴作曲的地方，他们把那棵三稔树视如珍宝，说它有灵气的，给他们创作灵感。你好大胆，居然敢去爬树玩，还摘果子，真有渎神灵，要受村人骂的！……”我一听害怕起来，“哇”地哭了。祖母护着我说：“她不是为了我吗？要骂你骂我好了！”父亲不再吱声了。父亲是有名的孝子，村人都是这样夸他的。

正在神台前念经的姑妈转过来插话：“快来拜拜神吧，求神原谅你年幼无知！以后不要再犯了！”说罢把我拉到神台前，推我跪下……

以后我不敢再去“三稔厅”，更不敢再去爬那棵有灵气的三稔树。

若干年之后，我读中学了。一天，校长带来一位历史老师，须发花白，戴着眼镜，但双眼还是挺有神的；穿件灰色的长衫，庄严而和善。校长让我们叫他眺先生①，说他很有学问的。的确，眺先生讲课内容很丰富多彩，讲历史中带出很多故事，特别好听。比如，讲到唐代，不知怎的带出了白居易的《琵琶行》，讲到琵琶女的技艺精深，像“大珠小珠落玉盘”，还讲了许多有关弹琵琶的技艺，很多我都听不懂。有一次，我们几个班干部来到

---

① 眺先生，大名何乾眺（或作条），又名何少霞。番禺三大音乐家之一，人称“琵琶大王”。

校长潜先生家里请示有关戏剧比赛和歌咏比赛的事，谈谈工作就聊天，不知怎的我提及眺先生讲琵琶技艺的事，潜先生说这有什么奇怪，眺先生是有名的音乐家，号称“琵琶大王”。还说有一次他走过“三稔厅”，隔了一堵墙也听见里面传出弹琵琶的声音，真的像“大珠小珠落玉盘”哩。

我不禁想起若干年前，我去“三稔厅”买三稔时，碰见的那位穿灰长衫的老伯，他抱着的那个琴难道就是琵琶？样子也有点像眺先生，只是没那么多胡须吧，那眼神，既威严，又和善……真像！我很想去问问，但始终不敢。不仅不敢直接去问眺先生，连对潜先生和同学们都不敢再提此事，因为当年的我对父亲的话半信半疑，我不信神责怪，只怕村人骂。而且生怕眺先生认出我，怪不好意思的，最怕影响了他的创作灵感，那真是罪过了。所以我尽量避开接近他的机会。

可是事有凑巧，越怕的事越来。有一天上体育课，我们几个女同学在操场玩排球，不小心把球抛到旁边一棵树上，搁稳在高高的树丫中，我爬上去拿到球，就往下扔。由于树叶挡住，看不见，正好扔在过路的潜先生和眺先生面前，他们“呀”的一声，后退半步，我从树上跳下来，正好落在他们面前。我十分狼狈，认错不迭。潜先生却“嘻嘻”笑两声，说：“不愧是小猴子啊！”眺先生点点头，似乎想起什么，摸着胡子慢悠悠地说：“真像当年在三稔厅——”他话没说完，潜先生却抢过来说：“你想收她当三稔厅的徒弟吗？她会唱会跳，可机灵啦！只是不会弹琵琶。”眺先生说：“肯学就会，我那儿子就是不肯学！老了，倒真想物色个承传人哩……”

“嘟——”体育老师一声哨子响，我赶快归队，听不见他们下面的谈话了。

过了两天，眺先生再也没来上课，听说他病倒在床，起不来了，不久就辞世了。

……

几十年后的今天，再看见这棵三稔树，我不禁百感交集。

想起眺先生逝世时，送殡的队伍很长，从他住宅一直排到“三稔厅”还没完。我们全班同学都去了，他的小儿子是我们班的同学，我不会说什么安慰的话，只会跟着他一起哭。那时，潜先生特别写了一首词，谱成曲，我们都会唱，唱着唱着，有些同学就忍不住哭了。其中有几句我到现在还记得：

……音乐论，正典章，弹琵琶、音响倍凄凉。举清觞，悼贤良，精神不死永留芳！

三怕

我从小有三怕。一怕虎头蜂，二怕蜈蚣虫，三怕蛇，尤其是金包铁（即金环蛇）。沙湾有山有水，树木又多，这三物都是常见的。

我小时候最喜欢去外婆家，在那里可以纵情地玩水爬树。可是有一次碰到虎头蜂，使我有两年都不敢去外婆家了。

应该是五六岁的时候吧。我在外婆家的天井玩气球，气球飘到了屋檐的瓦背上被挂住了，怎么也落不下来。我就拿石头扔，拿竹竿挑，好不容易把气球弄出来了，却想不到突然间一群什么东西跟着气球，一阵风似的朝我猛扑过来，我还来不及反应过来，就觉得眼睛脸庞一下子像被针刺般剧痛起来。

我又惊又痛，“哇”的一下放声大哭。

母亲闻声从房间冲出来，把我抱入大厅。我睁不开眼睛了，只听见母亲、外婆，还有女佣阿禅姑，七嘴八舌地讲什么“是虎头蜂，很毒的”“早该铲去了”“请不到人呀”……她们给我上药时，听见四舅父来了，说他请到人，下午就来。母亲见我不哭了，就开始骂我调皮，不听话，早就跟我说过，不要去捅马蜂窝，何况是虎头蜂！

是的，几天前，我望见屋檐下有一个泥褐色的半个篮球大像老虎头似的东西，就想拿竹竿去捅一下，看看里面是不是有什么鸟蛋之类，竹竿太短，够不着，母亲喝住我说：“调皮鬼，你想捅马蜂窝吗！”我不懂捅马蜂窝是什么意思，没有把话放在心上，结果真的吃了苦。这回我不敢顶嘴了，只有哭。还是外婆护着我："她都够痛的了，还骂！"母亲说："她爹爹说她这么调皮，担心她长大后也会去捅马蜂窝哩！"我听不懂母亲的话是什么意思，只顾着哭了。这次惨痛的遭遇，使我心生惧怕，有两年都不敢跟着母亲去外婆家了。

除了怕空中飞的虎头蜂，我还怕墙上爬的蜈蚣虫。

记得我刚上初三那一年，好像是1944年，还是1945年，记不清了，一天晚上，半夜，我睡得正香，突然，"嗡——"一阵响，我跳起来，外衣没穿就冲向后堂喊父母："飞机——"刚到天井，看见一道白光飞快地划过天空，不见飞机，只听见"嗡——"的声音渐去渐远，已很微弱了。父母亲也起来了。他们议论说不会是日本飞机，因为那时故乡已沦陷几年了。父亲说很可能是美国的陈纳德飞虎队，天空那道白光是照明弹，是侦察沦陷区日军情况的。这猜测不知对不对，反正我第一次听到美国的陈纳德飞虎队是多么厉害，觉得很新鲜，回去躺在床上想着很快就要打败日本，兴奋得怎么也睡不着了。

突然，我的手臂一阵激痛，像针刺一般。我用手一摸，天呀，一条硬硬的蜈蚣虫正爬在我的手臂上。"啊——"我一面大喊，一面不顾一切地跳下床来，把蜈蚣虫扔到地下。此时，睡在客厅的二祖母赶来问我什么事，我吓得说不出话，只会指着正爬上墙的蜈蚣虫。二祖母把蜈蚣虫打死了，还用纸包好。我恨恨地说："烧死它！"二祖母说晒干可以做药的，把蜈蚣虫的牙齿拔出来留着，生眼挑针（眼里生脓点）时，用它刺破脓点，眼睛就好了。我想起自己也试过这种手术，是很灵。但蜈蚣虫实在太可怕了。二祖母说幸亏我没睡熟，如果睡熟，被蜈蚣虫咬到要害地方，那就麻烦了。这么说来，还得感谢那飞机把我吵醒哩。

那天我惊魂未定，再不敢回房间里睡，而宁愿挤着和二祖母睡客厅。那时我已经是十四五岁了，个子不小，二祖母老侧着身子，让我睡得舒服点。但经过这么一再折腾，我也睡不着了，就和二祖母聊天。我说我们家天天打扫，那么干净，为什么还会有蜈蚣虫。二祖母说古老大屋都会藏蛇虫鼠蚁的，加上我们家门口就是大巷涌，西水大就浸到头厅来，湿气重，就更易发霉生虫了。

"去年你房间那个衣柜不是被白蚁蛀通了吗？我们家的猫几乎三五天就能抓到一只老鼠，蜈蚣百足爬出来也是常见的事。就差没见过蛇吧，大概是因为我们家没有花园没有树木……"二祖母轻轻松松地说，我听来却是越听越害怕。

我更怕蛇了！平日里看见蛇的影子都吓得撒腿就跑。我宁愿不要花园，也不要树木了。自那回起，我是不敢再在头厅那个房间住下去了，索性搬到客厅楼上，在爸妈的旧书柜面前搭了张木板小床，每晚才睡得安心一些。

都说童年的记忆会伴随一生，确实如此。离开家乡后长长的日子里，我依然不能摆脱此"三怕"。可事情往往就是这样，你越怕什么，就越会碰上什么。印象最深的就是"文革"期间，我被划为"黑帮"在学校猪场里喂猪，几年后终于得以重上讲台，但"帽子"还戴着，工作是诚惶诚恐，小心翼翼，焚膏继晷，不敢有半点怠慢。一天晚上我改作业至深夜，突然一阵头晕，笔掉落地上，我弯下腰去捡。——天啊，一条又粗又长的金包铁横卧在我脚下，贴紧墙根。我全身发毛，神经激烈震动一下，倒清醒过来，头也不晕了，我赶忙跳上椅子大喊起来。家人闻声起来，拿起锄头木棍等，关起门来，好不容易把大蛇打死了。丈夫幽默地说："这回是假蛇神制服真蛇神了。"①

---

① "文革"时将划为"黑帮"的人称为"牛鬼蛇神"。

打风

小时候，台风一来，大人们就说，打风了——

好像是读中学了，我才懂这叫“台风”。沙湾几乎年年都有台风，有时厉害，有时没那么厉害，那时也还没有多少级台风的说法。

台风厉害时，学校就会停课了。不用上学，是小孩子很高兴的事，但大人们不准小孩子上街玩，会郑重地说：“打风了，还会有龙卷风哩，呜——就把你卷上天去了——”

台风过后

大人们还会有眼有鼻地说，那一年打大风，有个小孩冒着风雨去捡被风打落的果子，突然一阵龙卷风扫来，把他卷上半空，又抛下来，正好落到了留耕堂前面的大池塘里，捞上来时都快没气了，后来有位老人提醒，灌他喝“童子尿”，用艾火薰肚脐，帮他按肚子，接着又吃了点什么药粉，竟活过来了。有人说，这是留耕堂里的祖先显灵了。又有人说，那老人当过清朝御医，回乡后救过好些人。有一年因为大台风带来大水灾，把一些田畿冲崩，淹毁了不少禾田，还引起了姓氏纠纷打群架，伤了不少人，其中两个重伤员也是这位老人救过来的。当时有人反对他救那个外姓伤员，他说医者父母心，不能分姓氏。由此，这位老人得到了不少村人的敬重。

但过了不久，听说老人离开沙湾跟他儿子去了，村人觉得很可惜。有人说他虽然姓何，但本来就不是沙湾人，离开也难怪。我也听父母亲谈论过此事。母亲还说，我们本来也不是沙湾本土人，是哪一代的远祖先人从中原逃难，一直逃到粤北南雄珠玑巷落脚。有一年那里打大风发大水，房屋倒塌，田地无收，我们的祖先只好再逃到粤南来定居。母亲抓起我的脚说我和父亲的小脚趾甲都是孖趾甲①，就是个明显的特征——南雄珠玑巷人。

这些事传来传去，也不知是真是假，因为有时候大人们会编些故事来吓唬小孩子的。不管是真还是假，反正我是怕打大风的，更怕龙卷风，虽然我始终没见过龙卷风。台风一来，我就躲在家里，不敢出门。

然而，我又喜欢台风来的日子，因为台风一来，大风大雨，

---

① 孖在粤语中是成对成双之意。据说从南雄珠玑巷迁居过来的中原移民，小脚趾上都是两个趾甲的，俗称孖趾甲。

西水便猛涨，听到屋外河涌水哗啦啦地震响，我就抑制不住地雀跃不已。台风一过，撒腿就往外跑，全然不顾身后祖母和母亲的大声叫喊。这个时候，满街满巷都是水，还有满地横七竖八的树枝树叶，不仅可以尽情地玩水，还能捡拾花果。我最喜欢的，是到对门五公家的大鱼塘边捡凤凰花。凤凰花在树上时一簇簇的红似火焰，可与红棉花媲美，而红棉花开时没有绿叶扶，凤凰花开时却有满树别致的绿叶衬托，更为迷人。台风过后，凤凰树下是落红满地，细碎的叶子也像绿豆黄豆般洒在红花上，像块漂亮的锦毯。还有花园里的玉兰树，那白玉般的玉兰花，既香又美，长在高高的树冠上，像高贵的白玉仙子。平日里，我这个善爬树的“小猴子”只能站在树下仰赏花容，深吸花香。只有台风一来，把那一朵朵花一片片花瓣扫落地面，我才能捡起来，放在亲手缝制的小香囊里，随身带着，走到哪里就香到哪里，就是睡觉的时候也放在枕头边。

这时花园里被台风打落的果子也很多，有龙眼、杨桃、花稔（番石榴）等等。但我抢不过男孩子，也不想去抢。因为我把赏花看得比吃果更重要。就是在家里，台风一来，我也把保护花看得比保护鸡更重要。我家有一条阳巷，是露天的，像天井那样；一条阴巷，是封顶的，可遮风挡雨。阳巷很宽，一排花盆，有海棠花、茉莉花、鸡冠花、灯盏花等，还有两个大缸种着两棵铁树。一旁有个小鸡屋。台风一来，大人们忙着把鸡放入竹鸡笼，放进阴巷去，我则忙着和娉姐或娟姐一起，把一盆盆花搬进廊头，还把门关上。听大祖母说，建屋时，那条阴巷本来是用来躲贼的。因为那时有过两三次“匪乱”，大祖母这样的三寸金莲很难往外逃，就建了这阴巷。但一直没躲过人，倒是台风一来，就让鸡躲进去，所以后来就叫成“鸡巷”了。它还有个用场，就是大人拿来吓唬小孩子：“不听话就把你关进鸡巷去！”小孩子一听，就会乖乖地驯服了。

山环水绕

“山环水绕好风光”，这是褒；“山环水绕好闭塞”，这是贬。

故乡沙湾在我的印象中，是在青山绿水怀抱之中。不仅水网密集，四周还有郁郁青山。北帝庙、留耕堂、象贤中学背后，是“峰峦耸翠气势雄”的青萝峰；远一点，则是逶迤磅礴的长大岗，当年沙湾沦落我们逃难，就是经过那里到独岗；坐船去外婆家的途中，还能眺望到高耸入云的大乌岗和金岗。

沙湾是个水乡，与外乡来往主要靠船了。我家在南村，出门三步就是大巷涌，这小河汊出到大涌口，一边是通向万顷沙，一边是出海通西江，经过紫坭、三善、碧江、古坝、陈村……到了西江口，转搭电船；后来还有大火船（又叫花尾渡），就可去到广州。大涌口以内那些小河汊是行不得大船的。日军打来时，就是从这条水路进，也只能坐橡皮船来。

如果向西走，经过王家、黎家，从村西门出去，就要走一条公路，沿途经过新村，去到渡头大码头，才可以搭船，向右可以搭乌篷船去市桥，向左可以搭电船或大火船出广州。

小时候，我对这两条水路都熟，一条是去紫坭外婆家，一条是去市桥大祖母家。去外婆家是经常的，去大祖母家却很少。每次回去都是搭乌篷船。那些船都很小，篷又矮，坐在船舱里总叫我气闷得作呕晕船。不过去外婆家不是在大涌口下船，而是经过罗山里，去到平埠头下船的，说这里近一些。去外婆家很方便，每次母亲牵着我赶去搭船，外婆家的老佃户四婆和她的儿子阿狗哥就早在埠头等着我们了。母亲说临时找船是很难的。坐四婆的船很舒服也很快活，因为沿途阿狗哥会陪我在船头玩，有时还靠岸买甘蔗芭蕉给我吃，煲番薯粥了也给我来一碗，甚至还给我烤小鱼小虾和蟛蜞，那味道香极了，叫我念念不忘。后来我才知道，他们在岸上没有房子，这条船就是他们的家。母亲说，水上人家（叫“疍家”）很多都是这样的，吃住在船上，还靠这条船来谋生：搭客、运货、做生意。有些人在岸上田头地脚用茅草搭间小屋住，叫“疍家寮”。

有篷的船主要是用来居住和搭客的，运输和做生意多数是用那种没有篷的小艇，村人叫“舢板仔”或“艇仔”。我经常见这些艇仔上载着用竹笼装好的鸡、鹅、鸭、猪等，有些是养大了运去卖的，有些是小小做种的。我最喜欢看的，是那些毛茸茸的像毛球那样的小鸡小鸭。我讨厌猪，叫得太难听了，而且让我想起“西水大，笠去卖”那句可怕的话，因为大人们经常拿这句话来吓唬小孩。艇仔还可用来运甘蔗、芭蕉、南瓜、番薯等。我看见甘蔗就要买，特别喜欢朗蔗，我可以一口气吃一条，从尾吃到头，不用削皮。疍家还用艇仔来撒网打鱼，下水摸虾，下田捉田鸡捉蛇，能卖得不少钱哩。有时父亲会买回一串田鸡，做出来非常美味。我虽然爱吃，但很怕田鸡皮，只吃肉。艇仔还用来运秧苗和肥料。肥料包括火灰（主要是草木灰）和大粪。运大粪的叫“屎艇”。“屎艇”一来，臭气冲天，大巷涌两岸的行人都掩着鼻子快快走过。还有是用来运砖瓦、木材、铁条、砂石等，建房修路。爱玩的青年后生，还爱划艇仔出海去游水。我读中学时，也跟着一帮男女同学去划艇仔出海游水。有一次，有个同学游到江中突然脚抽筋，大喊救命，幸亏两位“疍家佬”赶来救了起来。

这是我去外婆家熟悉了的水路。去大祖母家可麻烦了，要经过长长的一条公路到渡头才搭上船，而且最麻烦的是大祖母那三寸金莲的小脚，出门就要坐轿子。每次都是父亲先在村里找到一顶轿子，来到家门口，大祖母抱着我，坐上轿子，出了村，经过公路，来到渡头大码头才下轿，搭船。轿子虽有个小孔，但还是很闭气，我坐在里面就觉得闷得慌，而接下来坐乌篷船又是晕船，到了市桥码头还得坐轿子，这般折腾到了大祖母家，一下轿子，我都站不稳了，要人背着进屋。于是什么山珍海味我也吃不下了。大祖母很生气，说我有福不会享，就是爱靠两条腿噔噔地走路。

确实是的，我宁愿靠两条腿噔噔地走路，也不愿意受这样的折腾。我的亲祖母是丫头出身的妾侍，娘家在渡头，舅公是瓦窑工。祖母每回带我回去，都是靠两条腿噔噔地走的。有时公路上难得来一辆马车将我捎上，但那时的路很糟糕，满地的石子泥巴坑坑洼洼的，坐在车上颠簸得屁股都痛。所以，祖母和我往往都宁愿走路不坐车了。一路走，祖母还给我讲故事，总听得我津津有味。到了祖母家，舅公也兴高采烈地带上我去摸虾捉鱼做给我吃，我也吃得津津有味。

我从小喜欢靠两条腿噔噔地走路，也就走惯了。到读中学时，学校在新村附近办了个农场，每周我们要到那里去上一次农业课，都是要靠走路的。我一点也不觉得累。后来，个别男同学有时会骑着单车去农场，也是旧单车，而且是借来玩玩，抖抖威风而已。被同学一哄笑也就不骑了。

单车那时是稀罕物，在村里还很少见。偶尔见有个别人骑着旧单车驮货物经过街市，大人们说那是做生意的。极少见有新单车，都是那些有钱佬的子弟骑来玩的，郊游呀，野餐呀之类。我也沾光学过骑单车，摔得膝盖流了好多血，可惜刚学会，那个同学就转学出广州了。

沙湾都是石街石巷，地面漂亮，但街巷狭窄，骑单车还可以，人力车（黄包车）都不方便，有些小巷还通不过。更别说汽车了。我是去市桥才见到人力车，去到广州才见到汽车的。那个时候的我，是地道的“大乡里”①。

那时的沙湾，“山环水绕好风光，山环水绕好闭塞”，一点也没错。

蚝壳墙与镬耳瓦②

① “大乡里”即“乡巴佬”。

② 蚝壳墙壁、镬耳瓦脊是沙湾古老建筑极有特色的风格。

文化古镇

沙湾，不愧为一个美丽的文化古镇。

光从留耕堂里面高高悬挂着的那一个个金字牌匾，什么“翰林”“进士”“贡生”等，就可见一斑。紧挨着这大祠堂的就是何氏书院，后来变成德明小学、表正小学、沙湾小学、沙湾学校、沙湾中学、象贤中学、番禺二中，最后还是改回正名“象贤中学”。这里培养出来的莘莘学子，遍布全国各地，甚至远渡重洋。

留耕堂[①]

① 留耕堂门前的旗杆夹是古时为表彰考取进士、举人以上功名的族人所立，以此光宗耀祖。

沙湾的近邻有北帝庙，供奉着沙湾人世代膜拜的主神北帝公，为求一方土地风调雨顺，和睦平安。往南走下来不远，就是观音堂和文昌阁，善良的沙湾人祈求菩萨大慈大悲、救苦救难，祈求文曲星赐予人们聪明才智、文韬武略。

再往南走，就到村中心，全村最热闹的地方——侍御坊。这里有最显眼的关帝庙与郡侯祠。沙湾人崇拜关公的义气，关帝庙长年香火不绝，逢年过节尤其热闹。郡侯祠宽阔，在没有戏院、电影院的年代，这里曾放过无声电影，观众也很多。故乡沦陷期间，沙湾青年粤剧团曾在这里演过许多表现抵抗外侮反抗强暴颇具民族意识的爱国历史名剧，如《荆轲刺秦王》《卧薪尝胆》《冰山火线》《危城鹣鲽》等，很受群众欢迎，影响深远。而侍御坊、进士里这些地名本身，也记录了这个古镇在历史上曾经有过的辉煌。

往西走去罗山里，是三叠祠，没有留耕堂那么大，但也挺有名气。抗战期间，这里曾办过一所“觉社小学”，时间很短，对孩子们的影响却很大，老师们在课堂上宣传抗日思想，教我们唱抗战歌曲。好些歌我至今记忆犹新，如《保卫中华》《全国总动员》《松花江上》等。

往南走去，亭涌里有个叫“直文祖”的祠堂，原先很偏僻荒凉，后来由于沙湾中学的师生在这里办起“民众夜校”而热闹起来。这个民众夜校很受群众欢迎。扫盲成效很大，普及科学知识也很见成果，提高文化水平就更不用说了。

贴近亭涌里的石狮里，因为有条大巷涌流过，比较热闹。这里有间聚英堂，相当有名。听大人们说，那里曾是个习武练功的地方，但在日本飞机轰炸时是重灾区，死了好几个人，也就变成废墟了。

村里还有个颇出名的地方，叫“三稔厅”。那是一些爱好音乐的人聚集的地方。沙湾出了三位有名的音乐家：何少霞、何与年、何柳堂。何少霞人称“琵琶大王”，他曾经在中学教书，教历史，是一位慈祥的老人。我们都很尊敬他，他去世时，我们全班同学都去送殡了，我们的校长何学潜还写了一首歌悼念他。我仍记得末几句：“音乐论，正典章，弹琵琶、音响倍凄凉。举清觞，悼贤良，精神不死永留芳！”

沙湾人很多都会拉胡琴，唱戏曲，不识字的也会唱山歌水调、龙舟木鱼等，真是礼乐之乡，弦歌之声不绝。我记忆中的故乡，曾有过歌舞升平的美好景象。

也还记得，沙湾近郊有一座很漂亮的七层文塔。俗话说“救人一命胜造七级浮屠”。听大人们说，这座七层文塔是我们祖先救世行善建起来的。我没去过，每回站在学校的山顶或坐船去外婆家经过西江口时能远远看到，觉得十分雄伟庄严，绿色的瓦顶，鲜红的柱子和椽木，在阳光照耀下特别漂亮。我好几番求大人带我去，都因为路远又不好走而没去。到我八岁那年，姑妈特别做好了一道新符给我戴在身上，说是要带我去七层文塔拜神，求神在这符上赋予什么灵感，以后就是最好的护身符，能保我出入平安了。我不管姑妈说什么，只想着能去那漂亮的文塔玩玩爬爬，就高兴极了。谁料我刚换好新衫，跟着姑妈出到门口，就碰上了日军的飞机来空袭。“呜——轰隆——”震耳欲聋的轰炸声在远近响起，大人们的脸色都变了，赶紧把我拉入屋里，推入了床底……哪儿也去不成了！

那是唯一能去七层文塔的机会，最终也没有了。

一场敌机大轰炸，一次日军登陆烧杀抢掠，故乡沦陷了。这座文化古镇经历了战争的浩劫，许多美好的东西都被破坏了，但沙湾的音乐，水乡的歌声，古老美好的传统艺术，侵略者是消灭不了的。《赛龙夺锦》[①] 的美妙旋律一直流传至今，还唱到了大洋彼岸，将沙湾古镇的美名传播。

留耕堂门匾

① 《赛龙夺锦》是沙湾大音乐家创作的名曲，在粤剧中被广泛采用。

留耕堂

沙湾有很多祠堂，最大的是何氏宗祠留耕堂。

留耕堂

留耕堂在沙湾北边，背靠青萝嶂，坐北向南，紧邻一边是北帝庙，一边是学堂。听老人说，这学堂，清朝时叫什么书院，民国后不久，变成德明小学。德明好像是何氏四世祖的名字。我初小读了三年，就在这里读的。这学校是何氏蒸尝①办的，所以叫私立德明小学。学校和留耕堂只隔一条狭长的小巷，有两个小门口相通。留耕堂有前座、中座、后座，其间有两个天井隔开。前座与中座之间的天井两旁有两个厢房，我读小学一、二年级时教室就在这里。

留耕堂的大门很讲究，上有横匾“何氏大宗祠”，左右对联

① 蒸尝，即祖尝，指旧时大家族为筹集祭祀祖宗所需费用而留出的公田和筹集的钱款等产业。尝，原指秋天祭祖。

为“小宗异大宗同钦于世世，前人修后人续享之绵绵”。门前有石鼓，门上有门神，让人望之肃然起敬。走进去，前座、中座和天井，则是我们小孩子玩耍的快乐天地。屋子又高又大又空旷，没有楼，那时我矮小，仰头往上望黑乎乎的完全看不清楚屋顶，却能看到那些雕花的屋梁，觉得很好看，只是太高了，分不清是什么花草。印象最深的，是中座那四根稳稳顶住上面所有屋梁屋椽的大圆柱，非常粗大，我们两个小孩子拼命张开两臂，都无法环抱过来。上面的油漆又光又滑，深红的，没花纹。后来才听说，这四根大圆柱是当初建祠堂时专门从云南采买来的上等楠木，花费了好长时间和大量人力运回来的。我从小就有“爬”的本领，但在这大圆柱前，一寸也爬不上，只能和小伙伴们围着它跑来跑去，追这边，躲那边，玩“摸盲鱼”和“哩盲鸡”。①

有一次我们玩出了新花样，模仿“三月三”舞龙时的“龙转柱”（龙绕着四根柱子转来转去）。我们用两条长麻绳做龙脊骨，盖上一张旧花布做龙皮，拿我的小藤书包做龙头，拿班上搞卫生的小扫把做龙尾，然后用竹枝一节一节绑紧起来。我们七八个小孩子拿着竹枝，把龙撑起来，绕着柱子转来转去，边跑边舞，边叫边笑，好不快活……突然，“啪啦”一声，其中一人摔倒，即刻连带着全部人都摔趴在地，龙也瘫痪了。虽然有人碰伤头，有人跌伤脚，但谁都不喊不哭，只怕家人骂，因为衣服都脏了。我更糟糕，那龙头扁了，小藤书包可是二舅父从广州托人带回来送给我的，想到回家肯定会遭到母亲的责骂，差点就要哭了。

平日里，我们极少进后堂玩，是因为害怕长神台上那些被香火熏得黑麻麻的神主牌（祖先牌位）。那长神台比我们头顶还高，

① “摸盲鱼”“哩盲鸡”和后面提到的“捉密哩哩”皆为捉迷藏的不同玩法。

上面摆满香炉、香案和各种供品。有一次玩“捉密哩哩”，我和三个同学躲到神台下，忽然听见“吱吱”声，抬头看，是两只大老鼠在抢供品。我们吓得三步并作两步，惊叫着跑出来，从此再也不敢进去了。

后来有一天，祖母牵着我进去，指着屋梁上那些金金红红还雕着花纹的大牌匾，说：“你们的祖公就是当上这样的大官，才有这么大的祠堂，办得起这所学校啊！”我仰起头认真看，看到有“进士”“贡生”“翰林”（当时我不认识那“翰”字，是后来问父亲的）等牌匾。

“德明公的牌子也在这里吧？”我好奇地问。

“大概在吧。”祖母答。

“将来我也要读很多的书，像德明公那样！”我说。

“嘿，好大的口气啊，可惜你是个女的！”祖母低头看着我，嘴边的笑意似有似无。

“女的又怎么样？阿姑[①]说过，孟丽君还当丞相，穆桂英还当元帅哩！”

“啊——”祖母似乎有点惊愕，再没说什么。

---

① 阿姑，我对母亲的称呼。母亲说，本来小时候她是教我叫她妈妈的，我却因为听惯父亲叫大祖母“阿姑”，我就跟着叫她“阿姑”了，长大后也改不了。

中厅风云

日军占领沙湾时，留耕堂有没有被破坏我不知道，德明小学是被毁了，做了日军的兵营，老百姓不能进去，学校当然就停办了。

留耕堂中厅

日军走后，以前的德明小学变成表正小学，我在那里读完五、六年级。那时学校人少，把破破烂烂的校舍修理一下便够用了，用不着占留耕堂的厢房做教室。这样，我就很少去留耕堂了。直到读中学时，学生多了，有时搞活动演节目，学校礼堂太小，就去留耕堂的中厅搭起舞台。还记得有一年“双十节”（民国时期的国庆日）在这里开会，低年级的学生演过一个节目，穿着统一的服装——白上衣花短裙、白短袜白鞋子，步伐整齐，节奏感强，最后排成两个连着“十”字的造型结束，十分醒目。那舞蹈是用当时的流行曲《江边草》来配乐的，这曲子节拍跳跃，适合跳欢快的舞蹈。

后来，我们还在这里演过抗日话剧《黑夜红光》《烙痕》，反封建剧《五奎桥》等，观众都是挤得满满的。那时，留耕堂似乎对外开放了，好不热闹。

有一次在这里开会，也是挺热闹的，不过那是另一种热闹。是为争取校产而在这里开的一个辩论会。事情是这样的：

快毕业那年，听说因经费问题学校要停办，我们毕业班的同学急死了。为了争取留耕堂拨一部分田产给学校做固定经费，校长何学潜带领一帮何姓的师生，到留耕堂中厅参加一个辩论会。那天，留耕堂中厅的东西两边，分列着几排桌椅。西边坐着一些乡中的士绅、财主，还有一些拿枪的人；东边也坐有一些士绅和财主，潜先生坐在他们中间，我们何姓学生坐在他们后面的凳子上。潜先生那天的打扮与平时不同：那件灰色长袍脱下来了，穿上一套米黄色的笔挺西装，打起领带，脚蹬白皮鞋，头发似乎上过蜡，梳得油光发亮，配上那副金丝眼镜，俨然一副学者风度，也有点像派头十足的士绅。会上，潜先生从沙湾前途讲到学校前途，从培养人才讲到男女平等，滔滔不绝，义正词严，会上不时响起掌声。我们也听得热血沸腾。辩论的结果是我们这边取胜，双方达成协议。内容主要是把留耕堂的祖尝拨一部分做中学校产，从此“沙湾中学”改名为“象贤中学”，何姓子弟不论男女入学免收学费，外姓学生收一点学费。设“象贤奖学金”，由几家管祖尝的财主分头负责，每年支给考上国立大学的平均成绩80

分以上、操行乙等以上的象贤中学优秀生若干奖金。这等于打破了“女人不得吃蒸尝”的封建陋习，实行男女平等。

这个大会震动了乡里，许多人拍手叫好，也有人唧唧咒骂。我当然高兴，大学一、二年级时，每学期我都领到了“象贤奖学金”。

但光靠这份奖学金是不能完全解决问题的。读完大二时，我见家里实在困难，就想休学找工作。到处碰壁后，硬着头皮去找校长何学潜，想请他帮忙在附小谋个教职。校长口气肃然地训导我：“我看着你长大，从小学到初中，到高中，以至到大学，成绩一直优秀，是第一个领取‘象贤奖学金’的女生，人人都说你是沙湾才女。你应该读完大学，去留学，将来当大学教授，怎么竟然想当小学老师！这么没志气，对得起留耕堂的列祖列宗吗？对得起这份争来不易的‘象贤奖学金’吗？”

我哑口无言。最终重返学校，坚持读到了大学毕业。

十年后，我带着两个三四岁的孩子回故乡，专门到留耕堂去看看。中厅的大圆柱还在，当年演戏的舞台没有了；当年开辩论会的椅子、凳子，破破烂烂地堆在屋角，已经落满了灰尘；当年一起开会的老师同学，也不知哪里去了……眼前只看到我那两个不懂事的孩子绕着中厅的大圆柱欢快地跑呀，叫呀，笑呀，就像我小时候在这里读书时绕着圆柱玩那样。

我不禁惘然。

又过了若干年，两个已经当上了教授的儿女再陪着我回到留耕堂，那几根大圆柱依然屹立着，当日演戏的舞台、辩论会的椅子凳子全无踪影了，当年的老师同学也走过各自的沧桑了。眼前只见两个年轻人，在那里饶有兴趣地对着墙上那些“翰林”“进士”“贡生”等牌匾指指点点，说说笑笑……

不知怎的，我心头突然泛起一阵莫名的伤感。

庙堂·文塔

沙湾有几多庙堂文塔，我不太清楚。在我脑海中还有印象的，就只有北帝庙、关帝庙、观音堂和三层文塔。

北帝庙在北村安宅里，留耕堂隔壁。这座庙很大，大堂正中坐着北帝公和北帝仔，都是黄金塑像。北帝公塑像在后面，很大，有一丈多高，北帝仔在前面，只有两三尺高。他们的面貌，威严又慈祥，让人看着肃然起敬。听大人们说北帝公是沙湾的主神，但他有什么功德，我却一直不知道。问过几个大人，他们也说不清楚，只说他会保佑我们。

每年“三月三”是北帝公神诞日，庆祝活动会非常隆重。人们把两个塑像从庙里抬出来，扛着去游街，后面跟着飘色、彩马和舞龙舞狮……好不热闹。还要搭起棚来，从外地请来戏班演几天大戏（粤剧）。这些都是我最喜欢的。但我最怕到处烧炮仗（放鞭炮），多是大大的电光炮，特别响。尤其是那些“钬队”①，一放起来像闷雷，很可怕。我扮过飘色，也骑过彩马，虽然都很神气，很好玩，但往往那些“钬队”一来，我就吓得哭了。

因为怕炮响，所以很怕去庙堂。平时我自己是绝对不会去的，但每年正月初一，大人带着去拜神，就不得不去了。我印象最深的是去拜北帝庙和关帝庙。关帝庙在村中心最热闹的大街侍

---

① “钬”，又叫“火粉枪”或“火铳枪”，在这种庆典里是当礼枪用的。

御坊安宁市。每回都是先去拜北帝庙，然后折回头再去拜关帝庙。这两间庙都很大，关帝庙稍小一点。拜庙的人都很多，一进去就是香烟缭绕，人头拥挤，最讨厌的还是鞭炮声不断。我还怕那些“罗汉”，说是菩萨，我却觉得像鬼头。关公的塑像坐在大堂中间，大大的，红面孔，浓眉大眼，长胡子，挺威严的样子，但并不可怕。我还一直喜欢听母亲讲关公的故事哩。我怕去关帝庙还有一个原因，就是有一次，在跪拜的人群中，不知为什么，突然吵起来，母亲急忙把我拉到一旁避开。那些人很快就打起来，误把靠着柱子坐的一个盲眼乞丐打破了头，血流满面。“打死人啦——”有人大喊一声，打架的人一哄而散，谁也不管这乞丐。我当时吓得大哭起来，以后我再也不愿意跟着大人去那里了。

保存至今的庙堂 · 文塔

当然，拜庙时有两个地方我是喜欢的，一处是观音堂，一处是文昌阁。

观音堂好像是在安宅里翠竹居一带，记不太清楚了。那里比较安静，去拜的人不是很多，好像都是女人，她们参拜禀神都是低声细气，不会大喊大叫吵吵闹闹。而在大堂中间坐在莲花座上的观音菩萨，更是十分慈祥和蔼，一副救苦救难的模样。她两旁的金童玉女尤其可爱，我曾经拉着母亲的衣袖问："能叫他们下来跟我玩玩吗?"母亲笑了，说我是"傻瓜"。姑妈不高兴了，骂我"污辱神灵"。

文昌阁离观音堂不远，在一条小巷里，叫什么我忘了。只记得进门后要上好多层石级（台阶）的。文昌阁是个三层文塔，红墙绿瓦，金黄屋顶上有个葫芦，旁边还斜长着一棵青绿的小树。在外面看很庄严美观，里面也是很干净而安静，来这里拜的人很少，而且都是些衣着举止斯文的人。里面供的是文昌帝君，叫文曲星，也是一副书生文官的模样。父母亲带我来拜，说是为了让我聪明点，读书能顺利长进。我记得里面有一位神叫"魁星"，右手拿着像是一支毛笔，左手拿着一个墨斗，叫"魁星踢斗"。这位神的面目很难看，简直有点狰狞，我不喜欢，甚至有些害怕，所以每回拜完就快快跑出门外去玩了。门口有一棵木棉树，很高大。木棉花开的时候，我都喜欢和小伙伴到这里来玩，捡落下来的花，好的做花环，戴在脖子上，残的拿回去给祖母晒干做药。

还有一个七层文塔，是在沙湾村外的，我从来没去过，因为离村子远，路又不好走。从远处看去，这七层文塔是很漂亮的。我只在两个地方能看到这塔，一是站在学校最高的山上，一是坐船去外婆家，经过出"海"（西江）那地方的时候。远远地望去，觉得那塔好高大漂亮，在太阳照射下金光闪闪的。母亲告诉我，古人说"救人一命胜造七级浮屠"，就是指这样的文塔。经常有人去那里进香拜神。日本飞机轰炸沙湾时，在这里炸死了许多来进香拜神的善男信女。

蚬壳墙·镬耳瓦

镬耳瓦脊，蚬壳墙壁，[①] 这是沙湾古老大屋中极为稀罕的建筑。

因为要有功名的或殷富的这样有名望的人家，才能用镬耳瓦脊。而蚬壳墙壁，则是因为材料难找，又很费人工。蚬壳的大小、颜色、硬度、质地等都得十分讲究，砌墙时要用糯米粉拌石灰来黏结才稳实。所以这两种建筑形式，都不多见。记得站在我们学校的山顶，只能看到两三处的镬耳瓦脊，不知是哪户人家的。蚬壳墙壁在我印象中，见过两处。一处好像是在罗山里，一处好像是在滑石巷，就是我经过清水井往北走，去上学那条小巷。因为有一次放学时下大雨，那蚬壳墙把我的花雨伞钩烂了，所以我印象很深。

我和这两种建筑物结缘，主要媒介是风筝。小时候父母亲用竹篾和砂纸做风筝给我玩，画上花，挺漂亮的。我牵着线，在家门口的街巷笑着跑着，挺开心的。后来有了弟弟，跟弟弟一起玩更开心了。再后来，弟弟大点，和他的同学去放风筝，是用玻璃粉蜡过线来放的，目的是要割断别人的风筝线，获取胜利。我觉得很好玩，也加入他们的行列。有时我们的风筝被人家割断了线，随风四处飘，我们就四处去找。这个时候，就得爬树爬墙爬

① 镬耳瓦脊，在“人”字形的尖形瓦脊两端改成圆形的镬耳形状；蚬壳墙壁，用坚硬的大蚬壳代替砖石来砌的墙壁。

屋顶。每逢爬到镬耳瓦脊和蚬壳墙壁，就觉得特别好玩，兴高采烈地跑回来跟祖母说，我会飞檐走壁了！

“又吹牛皮了！看武侠小说看迷了，是不是？”母亲瞪了我一眼。

母亲还真说对了。我特别迷武侠小说，崇拜书中那些本领高超的武侠。对《五鼠闹东京》里的飞天鼠、钻地鼠、锦毛鼠最感兴趣，因为他们不仅功夫好，还扶助弱小、劫富济贫。对御猫展昭尤其佩服，他武艺高强，制服了五鼠，帮助包公破了许多冤案，救了许多好人，惩治了许多坏蛋。而他们都有个共同特点，都很重义气，都会飞檐走壁。我暗下心愿，要学他们。我从小就喜欢爬高爬低，胆大心细个子小，人家说我跳舞跳高，都身轻如燕，所以我想，学飞檐走壁也一定不难。

我很快就发现，镬耳瓦脊和蚬壳墙壁是练习飞檐走壁的好场所。但我家没有镬耳瓦脊和蚬壳墙壁，亲戚朋友家里也没有。所以我就借捡风筝、找风筝的机会去攀蚬壳墙壁，爬镬耳瓦脊。

有一天，我去同学家借书，那同学不在，只见他家的小丫头哭着走来。一问，原来老夫人的一件新衫晾在天台上，没用夹子夹稳，被风吹到邻居屋顶上了，邻家的人又去了省城，门紧锁住。新衫捡不回来，小丫头挨了打，说今晚还捡不回来，就不给饭吃。我听了很不平，想找她主人理论，但想想，怕惹麻烦，倒不如帮她捡回来了事。我就绕着周围走，观察街巷与屋子，看见巷尾有一堵破烂的蚬壳墙，可以爬上那邻居的屋顶。我二话不说，就爬上去把那新衫拿下来了。我的花衫撕破了一个口子，手腕擦出了血，自己也不知道，心里却乐滋滋的，觉得自己也当了一回“锦毛鼠”似的。

第二辑 节日习俗

有一年我一个表姐从外地来，看见沙湾舞鳌鱼，她很奇怪，指着问我：『这是什么东西啊？鱼不是鱼，龙不是龙。』

——《元宵看鱼灯》

舞鳌鱼

除旧好迎新

记得小时候，家里每逢过年都要进行大扫除，重新布置好房子。

第一件事是擦地板。家里除中间大客厅是花砖地板外，其余都是用红方砖做地板，两个天井则是用白麻石铺的。平时天天扫地，大约一个月才用水擦一次地板。而到了要过年了，就得认真用水大洗刷。那个时候，村里还未用拖把，地板就要蹲着来擦，天井则是用竹扫把来冲洗。

第二件事是擦香案、香炉，清理神台、神位。香案和香炉的洗擦法是特别的，要用酸醋和一种什么渣一起和着来洗擦，能把香案香炉擦得银光铮亮。这个工作是祖母亲自带着丫头来做的。有时我想插手，祖母立即阻止，说我皮肉嫩，这种东西会损伤我的小手。有一次我趁她不在，硬插手去干了一下，的确手就感到辣辣的难受，但我不敢叫喊，怕挨骂，只好自己偷偷放点什么油来涂涂。

第三件事是擦桌椅，为桌椅穿新衣，迎接新年。我们小孩子最喜欢这些桌椅的围裙和那张圆台的大桌布，是玩躲猫猫捉迷藏的好地方。但大圆台上，往往是摆着父亲买回来、母亲细心养的水仙花。所以大人一旦发现我们在这里玩躲猫猫，我们就会被厉声赶走。

与美丽的水仙花遥遥相望的，是插在一个大瓷花瓶里的一枝

门神·石鼓·对联①

幽雅的吊钟花或腊梅花。那大瓷花瓶是放在客厅左侧靠墙的长桥台上的，是祖父留下来的古玩之一，白底五彩花的，有两三尺高，配上那吊钟花或腊梅花，十分高雅好看。我见许多人家都是插桃花的，就问母亲我们家为什么不插桃花，母亲说，桃花艳丽得有点俗气。

母亲说，祖父做古玩生意初时赚了些钱，才建得起这间大屋，买得起这些家具。只可惜后来被人骗了，死得早，大祖母为保住这根独苗，一直把我父亲困在家，不准他出去做事，靠变卖家底来维持，坐吃山空，家道衰落，这些漂亮的香案和家具都差点被变卖了。是姑妈说卖香案冒渎神灵，才不敢卖。大祖母哭着说这套家具是祖父的心血，好不容易从老远的地方运回来的，也不准卖。父亲急得几乎去上吊。我不明白为什么家里那么困难，父亲不是从大财主那里讨了些田转给农民耕，从中赚得些钱的吗？母亲说，那是因为有一年天旱，收成不好，父亲收不够租谷，大财主不宽容，借支枪给父亲，叫他逼佃户交租，父亲不忍这样做，而且他也不会打枪。大财主叫人转告我父

① 门神是民间信仰里守卫门户的神灵，有驱邪辟鬼、卫家宅、保平安、助功利、降吉祥等含义。石鼓又叫抱鼓石，庙宇祠堂和官宦人家门前摆放石鼓，是门第身份的象征，也具有驱邪避灾的法力意义。

亲，说交不够租就拿我家那套家具来顶替，还骂我父亲是“软脚蟹”，怕那些“笪家佬”。父亲气病了，最后是母亲把她的嫁妆一双玉镯和一条珍珠项链卖了。母亲一面擦椅子，一面叹了口气说：“破财挡灾吧！”

我想，父母亲也真可怜！我真不明白，父亲不是没能力的，算盘打得“的得”响，满肚子的“四书”“五经”，又写得一手好字，为什么那么怕大祖母，总不敢出去做事。村人称他是“孝子”，但二祖母——他的亲生母亲是支持他出去做事的。只是大祖母当家，又很恶，全家都怕她。母亲背地里说她是《红楼梦》中的贾母。

可不是吗，每逢过年，连父亲写什么“挥春”（春联）都要问过她的。本来街上有“挥春”卖，但父亲非得自己写，还帮一些亲戚朋友写。父亲写“挥春”，要用最好的徽墨和研盆。我往往抢着帮磨墨，磨得乌亮乌亮的，要起坑，胶胶黏黏的才行。然后拿上好的狼毫笔，铺好红纸，给父亲写。父亲动起笔来总是很认真细致，从不会写错。每写好一张，就小心地铺到大八仙桌上晾。全写好全晾干后才贴上墙去。父亲会亲自爬上木梯去贴，我和母亲在一边帮忙。我们从大门口贴起，门楣上贴的是“紫气南来”，两扇大门上贴的是“秦将”“魏相”。我不懂是什么意思，母亲说是指唐朝的将军秦琼和丞相魏徵，这一武一文，是辅助唐太宗李世民打江山建王朝的。我听得津津有味，要母亲把故事讲下去。父亲却催着我们把“挥春”贴完才讲。贴到中间厅，就是两张“高朋满座”“胜友如云”。最后贴后座大堂，是两张“万事胜意”“金玉满堂”。到了后门口，就贴了一张小小的“出入平安”。剩下的两张父亲说等到除夕那天才贴，写的是：“涤尽旧污除旧岁，展开新运过新年。”

守岁

点鞭炮

除夕晚上，习惯是守岁，守到十二点钟，合家吃团年饭。

团年饭的菜很丰富，祖母在入夜前就先准备好了。全鱼、全鸡、全鸭都有。鱼先煎好，上席前再炆。鸡是酱油鸡或白切鸡，也待上席前才切。此外是腊味，有腊肠、腊肉、腊鸭、金银润（猪肝肥肉所制）、鸭脚包（即每个鸭脚中间都裹以一条腌香的肥猪肉和一条猪肝或鸭肝），上席前才切好装盘。扣肉蒸香芋和芙蓉肉炒粉丝也是不可少的。有时还有一个团蹄炆发菜（应发财之意）。偶尔也有蚝豉或鱿鱼。汤是生菜鱼丸汤或肉丸汤。有时姑妈还做一个鱼角汤，这个汤特别鲜，我很爱喝。当然，青菜也要有的，多是生菜或菠菜。生菜是不可少的，取生财之意，也因为过年吃油炸煎堆油角等热气东西，生菜清凉降火，故要多吃。

团年饭的菜照例都不能吃完的（青菜和汤例外），剩下的要再炒好摆整齐，留到第二天年初一吃，取“年年有余”的好意头（好兆头）。而年初一早上大家都要出门去拜年逛街，也可以不用做菜了。记得年初二那天还要吃开年饭，是用切碎的腊肉腊肠香菇等和着煮的糯米饭，味道很好。冬至那天也吃这样的饭。

除夕那晚，大祖母通常是早早就上床睡觉的，姑妈忙着念经拜佛侍候菩萨，而父亲往往喜欢去跟邻居朋友聊天，就剩下二祖母（我的亲祖母）、母亲和我，还有母亲的陪嫁丫头阿娉姐。几个女人就围着大圆台，坐在吊灯下，一面聊天，一面包过年的红包。这些都是准备打发给一般小辈的小红包，或给丫头，或给乞丐，或去拜庙时给庙祝，都是包铜仙，而且都是用割成四方形的红纸包起来的。而另外的大红包，是用买回来的漂亮的封包皮，里面是钞票，那是大人们各自准备的。

聊天的内容丰富多彩，除了天南地北、漫无边际又无中心的谈天说地之外，最有趣的还有讲故事、猜灯谜、唱歌等等。好些片段我至今记忆犹新。

有一年，母亲讲的是门神“秦将”“魏相”的故事，什么“秦琼卖瘦马”“魏徵十谏唐太宗”等，听得我津津有味。有一年，是讲苏小妹三难新郎的故事。大舅子苏东坡如何救了新郎等等。因此我从小就知道了“闭门推出窗前月，投石冲开水底天”这副对联。

有时候，母亲让我们猜灯谜，好些我都记得清清楚楚。

最简单的是“春雨绵绵妻独宿”这个字谜，初时我们像狗咬龟无从下手，不懂怎么猜。后来母亲耐心地教我们把“春”字拆析：“春雨绵绵”的时候就无“日”光，“妻独宿”就无丈“夫”。那么“春”字，抹去“日”，再抹去“夫”，不就剩下个“一”字么？

母亲接着又给了一个比较复杂的字谜：“有女无地嫁，嫁到禾脚下。晚晚同鬼瞓（睡），问你怕唔怕？”母亲先提醒我们，这次不是拆散，而是要拼合。我按这路子去思考，很快就猜出是“魏”字。大家都夸我聪明。我兴致更高，嚷着求母亲再出字谜。

母亲想了想，说：“有两个灯谜是用诗来写的，你们可能一时猜不出来，不过可以先记下来，以后慢慢去想。”

第一首：“待月西厢一寺空，张生普救去求通。崔莺失了佳期遇，只为红娘不用工。”

母亲提醒我，第一句拿“待”字拆，第二句拿“张”字拆，第三句拿“崔”字拆，第四句拿“红”字拆。经过母亲这一提示，我仔细琢磨了一会儿，还是猜出来了，是个“徽”字。

接着她讲第二首，就比较难了，我只猜出一半。第二首是这样的：“普救寺，草离离。空花园，或寄居。夫人有病头难起。一炷香，卜神祈。薄暮日沉西。张公子，长别离，虽有约，失佳期。疑是白马将军至矣。”

从这两个灯谜，母亲又引出《西厢记》的故事：张君瑞与崔莺莺在“月上柳梢头，人约黄昏后”地幽会啦，小红娘挨老夫人打啦等等。我从故事中逐步理解这些诗句的意思，所以能猜出一些来。最后母亲亮出谜底，是一句古书上的话：“晋国天下莫强焉。”我只猜出“国、天、下、莫”四个字。那时是用繁体字，“国”字是“口”字里面一个“或”字。

其实，猜字谜可以说是母亲对我的考试。娉姐在母亲教导下识一些字，祖母是半文盲，但也笑吟吟地听，好像也听得懂似的。

猜谜猜累了，我们就开始唱歌了。母亲往往怂恿祖母先唱。祖母虽识字不多，但会唱不少民歌、儿歌、绕口令之类。她一开口，总爱唱那几首从小哄我睡觉唱的歌：

“嗳（抚养）姑乖，嗳女大，嗳大姑女嫁横街。横街有乜嘢（什么）卖？有的鲜鱼鲜肉卖，重（还）有鲜花戴。戴唔晒（不完），丢落床头老鼠拉；拉去边（哪里）？拉落醒，醒口窄，夹得只老鼠仔口哑哑。”

“摇忽摇，摇到外婆桥。外婆问句好宝宝：阿爸阿妈好不好？宝宝话：阿爸阿妈都很好。外婆听咗眯眯笑，再给宝宝摇几摇，摇忽摇呀摇忽摇，摇，摇！”①

“再唱个‘鸡公仔’！”虽然都是很熟悉的歌了，但我还是很爱听。

“过年了，还是唱些开心的歌好。唱个‘月光光’吧！”

“月光光，照地堂，三舅父，卖槟榔。槟榔香，买子姜。子姜辣，买芋达。芋达苦，买猪股（腿）。猪股肥，买牛皮。牛皮薄，买菱角。菱角尖，买马鞭。马鞭长，起屋梁。屋梁高，买张刀。刀切菜，买锅盖。锅盖圆，买只船。船无底，浸死阿公两只金狗仔，一只噗（浮）头，一只沉底。”

阿娉姐笑得把嘴里的茶都喷在祖母身上。祖母说要罚她也唱一首歌。她就唱了一首《菊花园》，她听祖母唱多了，也就学会唱了。

“凼凼转，菊花园，炒米饼，糯米团。阿婆叫我睇（看）龙船。我唔睇，睇鸡仔；鸡仔大，捉去卖，卖得几多钱？卖得三百

---

① “忽”为粤语中的助词，相当于普通话里的“啊”。

六十钱。”

母亲接着自创新意加上两句：“三百六十钱，要来做乜嘢（什么）先？”然后，要我们一个一个回答。

祖母想想就说：“我要来买火砖，帮舅公补好灶头边。”

娉姐接着说：“我要来搭艇去陈村，看看我爸的大口园。”

“轮到你了，怎么不作声呀？”母亲奇怪地盯着我问，因为平时我都是抢着答话的，这回却迟迟不开口。原来我有我的盘算：“我要用在你们想不到的地方！”

“什么地方？”她们都抢着问。我大声说：“我要来做抗—日—捐—献！”“啊！”母亲的确有点意外。“放假前老师给我们讲过抗日捐献的事哩。”我不假思索地回答。“好！难得你小小年纪就懂得抗日爱国！”母亲满口赞许。

娉姐叫我唱几首抗日歌曲，我满口答应，一连就唱了几首。

一首是《全国总动员》：“动员，动员，要全国总动员！反对暴力侵占，挣断压迫锁链，要联成铁阵线！民族出路只一条，生存唯有抗战！”

一首是《枪口对外》[①]：“枪口对外，齐步前进！不伤老百姓，不打自己人！我们是铁的队伍，我们是铁的心，维护中华民族，永做自由人！枪口对外，瞄准敌人，一枪打一个，一步一前进。我们是铁的队伍，我们是铁的心，维护中华民族，永做自由人！”

一首是《保卫中华》：“保卫中华，保卫中华，誓死保卫我们的国家！保卫我们五千年、辉煌的文化，保卫我们全民族、同生死的家！来，来！团结起来大众一条心！来，来！杀敌争先拼这

---

① 即《救国军歌》，塞克作词，冼星海作曲，作于“一二·九”运动期间。

一条命！看锦绣河山，依旧青天白日红旗飘扬。听四万万大众唱：自由，平等，解——放！”

我兴致勃勃，准备继续唱刚学会的《义勇军进行曲》和《松花江上》。“噹……噹……”壁上的大钟响了十二下，祖母叫起来：“吃团年饭了——”

祖母和娉姐赶去厨房准备。我和母亲也忙着收拾桌上的东西。

“过年了，新春大吉！”

迈进屋的父亲朗声大喊。“噼噼啪啪”，外边的鞭炮响起来了……

沙湾人家中多有神台

童年过春节

一般小孩子都喜欢过春节，我可不喜欢，甚至害怕。一怕鞭炮，二怕叩头，三怕拜庙。

一到春节，到处都放鞭炮。有些顽皮的男孩子，专门跟在女孩子后面放炮，甚至把点燃的炮丢到女孩子头上身上脸上。有一年初一，我和两个小伙伴去逛街，有几个男孩子就追着我们丢鞭炮。一个小伙伴的新衣服被烧烂了，我的脸被烧伤了。我“哇”地大哭起来，把那群顽童吓跑了。我哭着回家，祖母疼爱地帮我擦伤口，涂药。母亲担心地说：“将来不知道会不会留下痕迹啊，女孩子家……”父亲的一位朋友风趣地说：“幸亏不在眼眉上，不然将来要找个张敞[1]了。”母

过春节怕拜庙

---

① 出自“张敞为妻画眉”的典故。

亲说："谁知她有这个福气不。"

我听不明白这些话，只是觉得脸上还疼，就不敢上街了。

但大人们还是要牵着我上街，为的是向亲友拜年。本来一般小孩子都喜欢去拜年，因为可以得到"利是"（红包）。可我看不起这些"利是"，也怕去拜年时要受叩头的苦。年初一清早起来就要在家里给祖母、姑母、父亲、母亲一一叩头拜年，已够烦的了，又要去亲友家拜年，什么伯公、叔公、伯父、叔父、伯母、姑母、姑父……数不清的名堂，叩不完的头，叩得头都昏了；加上还要背熟父母亲教的一串串"恭喜发财""万事胜意"之类的话，又生怕说错了挨骂，神经真是极度紧张。而得来的那些"利是"钱，回家后是要给母亲收起来的。

有一年初一，我跟父母亲拜年回来，在路上，碰上一个断腿的乞丐，身旁跟着一个四五岁的小孩。乞丐一边爬行，一边哭喊求乞："奶奶小姐，好心哪，福心哪，救救苦孩子啦……"那喊声凄惨极了。我害怕极了，赶快躲到母亲身后，推她快快走。但走了一段路，那撕肝裂胆的喊声使我不忍再走。我毅然转身跑过去，把身上那几个红包掏出来，统统塞给那小孩。乞丐拉着那小孩说："跪下，给小姐叩头……"叩头？我吓了一跳，我都怕给别人叩头，怎能要别人向我叩头！我心里一震，赶快跑回母亲身边。父亲说："这样的喊街佬到处都是，你能救得几个！""唉，阿女[①]有善心，积德积福啊！"母亲叹了口气。

唉，春节，也不是所有人都快乐的。我在心里也叹了口气。

给人叩头叩够了，还要去给菩萨叩头哩。

每年春节，我都要跟着父母亲去拜庙。沙湾最大的是北帝

① 阿女，家人对我的爱称。

庙，北帝公好像是沙湾人的主心骨。北帝庙就在何氏大祠堂留耕堂的隔壁。庙堂很大，装修得也很讲究。北帝公的塑像很大，样子很庄严，前面还有个小的北帝仔。大小两个都是金身雕塑，金光夺目；加上神桌上的铜香炉、金宝鼎、红蜡烛，各式各样五颜六色的供品，香烟缭绕，金碧辉煌，给人一种肃穆之感。

其次就是关帝庙。关帝庙在侍御坊，这里是当时乡中最热闹的街市中心。大堂上关公的金身塑像很威武，两旁还有周仓、关平二将，更显出主帅风度，看了使人肃然起敬，只是关帝公那张红脸让女孩子有点害怕。

北村有个观音堂，大堂神位中央是观音大士坐莲花，一手捧着个甘露瓶，有时瓶子里还有水喷出来，怪好玩的；一手拿着条杨柳枝，据说是用来把甘露水洒向人间的。还有个“童子”拜在观音前面，很虔诚的样子。隔了个天井，对面的小厅有个韦陀菩萨，所以人称“观音对韦陀”，给观音烧香的同时必须也给韦陀烧灶香。为什么这样，我不知道。我很喜欢去拜观音，因为观音像很漂亮，又很慈祥，韦陀的样子也很和善，而那“童子”像天真的小弟弟，挺可爱的。

从观音堂走下来不远有个文昌阁，那是在一个三层文塔里的。到这里来拜的是文曲星，是求赐给孩子聪明的，所以小孩子一定得去拜。那文曲星的神像看上去文质彬彬的，但对面有个叫“魁星踢斗”的神像，却是蓝脸孔、红头发，怪可怕的，他踢着一个“墨斗”，因此得名。我只去拜文曲星，不去拜魁星。这文塔前有一棵木棉树，花开的时候很漂亮。我喜欢到这里来捡木棉花，不单是玩，而且为了拿回家给祖母晒干来做药。

还有一些庙堂我已记不起名称了。但在无数次的拜庙中有一件事我的印象特别深，事情是这样的：有一年初一，好像是在关帝庙里，我看见一个乞丐靠着柱子，从额头到脸庞都是血，双眼半闭着，哼哼地呻吟。有个凶神恶煞的人还要打他，幸亏有人阻止说："别打了，要出人命的，今天是年初一啊！"才没把人打死。父亲问这是怎么回事，人家告诉他，说是因为那个乞丐偷吃了供品。

"菩萨不是很慈悲的吗？那施舍一点东西给穷人不行吗？干吗要打！"我在路上唠叨着。"小孩子别管那么多事！"母亲捂住我的口，还看看旁边，生怕别人听见似的。

在往后的日子里，不知为什么，一到春节我就想起这件事，那个乞丐，那一脸血，还有打人者那张凶神恶煞的面孔……那时候我还小，只会害怕地用双手捂住眼。慢慢长大后，我开始憎恨那个不公平的社会。当我读到鲁迅作品时，看到阿 Q 在土谷祠被欺负，就想起了那个满脸是血的乞丐；读到《记念刘和珍君》中"真正的猛士，敢于直面惨淡的人生，正视淋漓的鲜血"时，又觉得心中惭愧；而读到《聪明人和傻子和奴才》时，我崇拜那"傻子"，他敢于打烂黑屋子，解救奴才……而在现实中，庙里的菩萨还比不上那"傻子"哩！

元宵看鱼灯

每年我都盼元宵，一是为了吃汤圆，二是为了看鱼灯。比较起来，我更喜欢看鱼灯。因为汤圆一下子就吃完了，而看鱼灯可以玩一个晚上。平时，父亲是很少和母亲一起带我出去玩的，只有元宵节，他会和母亲一起带我去看花灯，也叫看鱼灯。因为绝大多数是鱼灯，极少数是圆形或多角形的宫灯，上面也画有金鱼戏水、鲤鱼跳龙门之类的图画，下面还会吊着一条小鱼。

鱼灯有多种多样，最多的是大鲤鱼、大头鱼、大鲈鱼、大草鱼，还有些我叫不出名称来的鱼，五颜六色，漂亮极了。奇怪的是没见过有黄鳝鱼。大概是因为黄鳝鱼像条蛇，太丑了，让人害怕。而鱼灯中最引人注目的是那大鳌鱼。舞狮子是常见的，舞鳌鱼却只有在元宵节才能见到，所以我特别喜欢看舞鳌鱼。

有一年我一个表姐从外地来，看见沙湾舞鳌鱼，她很奇怪，指着问我："这是什么东西啊？鱼不是鱼，龙不是龙。"平时我没注意，她这一问，我认真一看，倒也觉得奇怪起来。其他的鱼灯一般我都认得出来，而这鳌鱼，在现实生活中就没见过。鳌鱼的样子很难描绘，头特别大，比大头鱼的头大多了，看上去更像龙头或狮头，身子和尾巴却像鲤鱼或草鱼，而尾巴也是大大的，高高地翘起来，有些还散开来像把剪开三叶的大葵扇，十分威武。的确是"鱼不是鱼，龙不是龙"。人们舞鳌鱼也像舞狮舞龙那样，非常生动好看。我总看得津津有味，好奇地追问母亲鳌鱼是什么东西。母亲说查过书，说是海里的大龟或大鳖，据说是很久很久以前，有个大力神把天撞塌了，女娲娘娘就砍了鳌鱼的四只脚作为柱子，把天撑起来，然后又炼五色石，把天幕的破孔补上。我听得兴奋起来：“女娲娘娘真有本事，找到这样的师父就好了!”“真是异想天开!”母亲不禁笑起来。其实直到现在我还是想不明白，为什么鳌鱼没有一点龟或鳖的样子呢?

鱼灯

那时看鱼灯一是在街市看，一是在祠堂看。人们提着或举着鱼灯，在街市上来来往往地游走，不单是戏耍，还有相互攀比的意思。加上舞鳌鱼，放鞭炮，十分热闹。父母亲带着我跟着熙熙攘攘的人群，看了街上的又去看祠堂的。我们进进出出好几个祠堂，最好看的还是要数留耕堂的。从门口一直挂到头厅、中厅、后厅。中厅挂得最多，也最漂亮，真是金碧辉煌。大门口也是五彩缤纷，金光夺目。挂在高处的鱼灯，将厅堂里那些“翰林”“进士”“贡生”的牌匾都照亮了。父母亲指着那些牌匾饶有兴趣地聊天，初时我只顾着看鱼灯，没注意听他们讲什么，后来偶然听见他们说什么“独占鳌头”，就产生兴趣了，一再追问是什么意思。母亲耐心地对我说，以前皇帝宫殿门前的台阶上有鳌鱼浮雕，翰林学士等大官员朝见皇帝时都排列着站在这里，所以人们就把那些考试名列榜首并当上大官的叫“独占鳌头”。我说：“这不是很简单吗？有什么难懂的，将来我也要独占鳌头。”父母亲都大声笑起来。“真不知天高地厚！”父亲边说边摇着头。“她有这志气就好嘛。”母亲微笑着摸摸我的头。

“不能让她任性子，她也长大了，该教她读四书五经了。”父亲说。

“这么小的孩子，哪听得懂四书五经？浅一点的唐诗宋词她倒能懂些。”母亲说。

“阿女聪明，三本红皮书（那时的儿童启蒙书本：《三字经》人之初、《千字文》天地玄黄、《神童诗》天子重贤豪）她都背熟了，应该读得懂四书五经。读唐诗宋词没多大用的。”父亲坚持着。

“怎么没用？……”

我见父母亲争个不休，忍不住插嘴：“我不读四书五经，我喜欢读唐诗宋词。”

“为什么？”父亲奇怪地问。

“诗词很像我读熟了的《三字经》《神童诗》，很好读，你看，阿姑（我对母亲的称呼）昨天教我的一首《元夕》：去年元夜时，花市灯如昼。月上柳梢头，人约黄昏后。今年元夜时，月与灯依旧。不见去年人，泪湿春衫袖。我都背得出了……”

父母亲还在争论，一些话我听不懂，就不管他们了，只管玩我的小鱼灯。

那时我已六岁，不久就入了小学，读的是学堂的新书了。父亲不教我读四书五经，母亲也不教我读唐诗宋词了。但在往后的岁月中，我一直读诗词，并在这方面发展。想不到几十年前这件小事，竟连接着我的一生。每逢元宵，我都会想起家乡的鱼灯，想起这些往事。

三月三飘色

“沙湾出色，雨水滴滴。关埋门，避亲戚。”这是旧时代“三月三”出色时，沙湾人一句讲笑的话。

“沙湾出色，雨水滴滴。大开门，迎亲戚。”这是新时代“三月三”出色时，沙湾人一句真诚的话。

飘色是番禺一门古老的传统艺术。记得小时候，每逢“三月三”，沙湾都很热闹。听说是北帝公节。那天一群腰扎彩带，上穿白线衣，下穿黑短裤，装扮得像武士般的大汉，抬着北帝公游街，前前后后还簇拥着很多人，有敲锣打鼓的，还有吹喇叭和笛子的八音队紧跟在北帝公后面。然后，是一些“钬队”。再跟着的，就是彩马队。彩马队的马都是经过挑选的皮毛光鲜的高头大马，而且装扮得很漂亮，马笼头和马鞍都是金丝银线绣五彩花的；马上的“骑士”是穿着华丽、各式装扮的男女儿童，两旁都有一些衣装整齐的大汉做卫士，是保护那“骑士”的。因为有些马听到大的声响会受惊而失控腾跳，会把“骑士”抛下马。我就亲眼见过这样的事发生。

走在最后的，就是彩色队了。这是最重要、最引人注目的。大概也是因此将这种庆典活动统称“飘色”。飘色由色柜和色梗两部分组成：色柜像个大箱子，大概有一丈长，五尺宽，四尺高，用坚实的木板做成；色梗有一丈多高，是用铁做的，而且要用熟铁，说生铁脆，容易断。因为色梗的顶端要支撑一个一岁左右的孩子在上面。孩子盛装打扮，穿着宽大的衣服，把色梗的上截盖住。从外面看，就像站在那拇指般粗细的色梗顶，实际上是坐在一个小架子上的。游街时，还有几个人走在两旁做护卫，他们手拿一根长长的竹竿，是用颜色纸包装起来的，顶端有个叉，可以托着小孩的两腋，这样小孩就坐得更稳，不致掉下来；有些小孩在游街时会睡着，有这护卫，就不要紧了。不过一般是不用这护卫叉的，特别是走到人多热闹的地方，往往把叉放开，使孩子在上面像腾空表演，给人一种惊险感。色梗下端连接着色柜，整根色梗都用有色丝绸缠起来，不让铁枝露出来。而且色梗又是从色柜上站着或坐着的一个较大的孩子衣服中穿过，从衣袖或衣领中穿出来，直连到顶段的。色梗露出来给人看到的只是中段的一部分，而有些花草之类掩盖着，装饰得非常巧妙艺术。色柜上站着或坐着的那个孩子，五六岁或七八岁，作各种古装打扮。每个色柜上的那个大孩子与头顶上的那个小孩子，都扮演一个故事或小说中的某个场面。如嫦娥奔月、貂蝉拜月、贵妃醉酒、童子拜观音等等。这个大孩子不仅在衣服和头饰上要与这个故事相配，还要根据这个场面来做相应的动作。

被选去在飘色中表演的孩子称“色仔”“色女”。可以说，飘色最大的亮点就是这些“色仔”“色女”，他们的装扮和表演影响着整个活动的水平。因此这些“色仔”“色女”都是要经过精挑细选的，容貌俊俏，精灵乖巧，还需要有一定的表演天分。

有一年，我被选去扮色。第一天，扮的是“童子拜观音”。“观音”是坐在莲花里的，我坐在上面舒服极了。想不到第二天要我去扮“嫦娥奔月”，那“嫦娥”不仅要站着，而且要做出“奔月”的姿态，这可就累多了。初时我不肯，母亲七哄八哄我才答应了。原来是这样的：第一天扮“嫦娥”那个女孩子的母亲是我母亲的朋友，那个女孩子比较胖，又娇气，且做不出“奔月”的动作，那些组织出色的人商量，说我长得秀气，又会跳舞，换我来做最合适。这样一来，就把我换上去了。结果我就当了两天“嫦娥”。虽然获得一片赞扬声，却把我累坏了。我连声嚷道：“明年我再也不干了！”

沙湾飘色①

到了第二年，我个子高了一截，人家也不要我扮色了，却要我去骑马当“骑士”。一般骑彩马的孩子都是穿中国古装戏服的。我母亲却别出心裁，因为她去过广州、香港，见过洋场，她就设计洋服给我穿。她亲自买衣料，亲自设计，亲自拿去广州洋服店加工，做了两套西洋“洒浪裙”②给我。一条是粉红底白柳条的连衣裙，一套是浅绿底彩色花上衣，白底水红浪套裙；头上一是织花大边草帽，一是丝绸大蝴蝶花。母亲还亲自帮我化面部的妆，临时又用发钳给我弄卷了头发，因为那时沙湾没有烫发的地方；又给我特制了一根用五色丝绳缠起来的马鞭。这一来，我一跨上马，举起马鞭一挥，旁边一大帮人就喝

① 20世纪80年代，作者外甥女曾在沙湾飘色中扮色。

② 洒浪裙，长到拖地的百褶连衣裙。

彩不绝："好靓的番鬼妹[①]啊！"

半个世纪后，想不到我的侄女也有机会扮色，我母亲还坐在色柜上和她照了张相，寄来给我。看着这张照片，我百感交集，更怀念我的母亲。

在"三月三"的游行队伍中，除了飘色和彩马，还有一样很好看的东西，那就是舞龙。

"三月三"舞的那条龙，特别长，特别大，也特别活。据说舞这条龙的人是要经过精选的，而给龙盖皮与揭皮的人还得是乡中有脸面的大户人家。传说有一年，一位大财主的大少爷去揭龙皮，结果把他老婆腹中女儿背上的一大块皮也撕去了，这女孩一出世背后就没了一大块皮。人们闻之议论纷纷，他不是为北帝公神诞节来揭龙皮的吗？北帝公为什么不保佑他呀？有人就说，也许他平时作了什么孽吧……

旧时沙湾的街巷都很窄小，所以舞龙过街时不方便自由舒展，只能直通通地行走，不是很好看。而最好看最有意思的，就在两个地方了。

一是在大巷涌过浮桥的那段路。

在此得先说说那浮桥是什么。原来的大巷涌很长，中间有两条木板桥，一条石拱桥，都是窄窄的，根本过不了"三月三"的游行队伍，所以要在大巷涌中段岐山路口临时搭一条浮桥，是用结实的竹木搭起来的，大概有两丈宽。这样游行队伍不仅可以顺利通过，舞龙的还可以在这里大展身手，做出各种各样的花样。我最喜欢看的是"跑龙套"，在高高昂起的龙头带动下，龙身一卷一卷地波浪式前进，就好像一套扣一套似的，龙尾也随之上下

---

① 番鬼妹，村人把西洋的女孩子叫做番鬼妹。

左右摆动，活灵活现，像极了一条真龙！尤其是大巷涌水涨时，倒映在水里，仿佛“游龙戏水”，真是好看极了！

还有另一处好看的，是在留耕堂的中央大厅。

舞龙时，在龙头的带领下，龙绕着四根大柱子转，叫做“龙卷柱”。每绕一根柱子，都有不同的动作，有时像爬柱，有时像俯冲下地，有时又像寻找什么东西，绕完柱之后，又在大厅中央舞出各种花样。神龙来往绕转，银鳞闪闪发光，看得眼花缭乱，目不暇接。

沙湾飘色在改革开放后已恢复多次了，但不知有没有舞龙。大巷涌已填平，成为宽阔的大马路，当然不用搭浮桥了。小时候我很喜欢在浮桥上玩，爬呀跳呀，而现在沙湾的孩子根本不知道浮桥是什么。舞龙那么好看，也不知现在的孩子看过不。

端午划龙船

我们家乡把龙舟比赛叫划龙船。端午节一到，我最向往的是去看划龙船。

母亲和祖母都给我讲过，五月端午划龙船，把粽子丢入河里，是为了祭奠大诗人屈原。其中的道理我不明白，祖母也不知道，母亲说等我长大了，读多些书，才会明白的。我也就懒得多问了，只管吵着去看划龙船。

有时候父亲高兴，会带我去看划龙船。沙湾没有大河，小小的大巷涌是装不下大龙船的。所以端午节看划龙船，一定要到渡头的大埠头去，那里有条西江经过，可通往市桥和广州。

祖母的娘家在渡头，我们去看划龙船就会见到舅公。舅公是烧瓦窑的，高大壮实，脸庞黑黑的，嗓子粗犷。我初见他时有点怕，躲到父亲身后，但后来见舅公很和善，还抱我，亲我，我就不怕了。当时看龙船的人很多，埠头上挤满人，岸边两旁也站满人，我这么矮，只听见锣鼓声，根本看不到龙船；父亲把我抱起来，也只能看到彩旗顶，看不见人划船，我急得哭起来。舅公一手把我举到头上，让我骑在他的肩膀上，这回我看清楚了。只见几艘龙船在江中比赛。龙船是红的，龙头高高昂起，龙尾高高翘起，龙身细细长长的，就是船身。划船的都是些壮实大汉，他们的装束有几种。有些光着上身，穿条黑短裤或白短裤，中间扎条红腰带或绿腰带；有些上身穿着白线衣；还有些穿一套像武士般的衣服。有些头上扎条白毛巾，有些把白毛巾搭在脖子上，样式不一。但每艘龙船上划船人的服饰都是统一的，船桨也都统一在把手上结一朵红绸花。船上插着彩旗，船头上还插着一面写着地方名的旗幡，这旗幡下有一个大鼓，一个大汉使劲地擂鼓。旁边一个大汉有节拍地吹哨子，划船的大汉就按节拍有节奏地奋力地划，口中还有节奏地大声吆喝着，威势很猛。比赛到最后阶段，争夺很激烈，冲刺也更猛，龙船冲波击浪，水花四溅飞腾，有一丈多高。此时，船上的擂鼓声更响，吆喝声更大；两岸的助威声与喝彩声也更强烈，和江中的擂鼓声吆喝声混成一片。最后夺锦了，达到高潮，就听见一串串的鞭炮声在江中和两岸炸响。我赶快捂住耳朵，要舅公把我放下来，扑过去紧紧抱住父亲的大腿。有一次我听见父亲激动地对舅公说："沙湾赢了，这就是'赛龙夺锦'啦!"

"我怕，我不要'锦'了!"我想要父亲抱。

"又要看，又要怕，真是的……"父亲半嗔着说。

"女孩子嘛……"舅公摸着我的头嘿嘿笑着。

"就是嫲嫲[①]把她娇惯了。"父亲说着，就与舅公说起祖母的事来，说祖母看着我就开心，身子也比以前好多了，又从口袋里摸出点钱来塞给舅公，才带着我回家。

若干年过去了，当我听到《赛龙夺锦》这曲子的时候，当我兴高采烈地和一帮同学打着节拍唱起《赛龙夺锦》的时候，我就想起那个看"划龙船"的场面，想起我那个和蔼可亲的舅公，想起那最慈善最疼爱我而苦了一生的祖母。

---

① 嫲嫲，我们乡下对祖母的称呼。

香包袋

香包袋[①]

到了端午节，我最喜欢玩香包。

沙湾的香包又叫香包袋，多种多样。最普通的一种，是四四方方、一边叠两下把口收紧，有点像现在的手袋形状，大约只有一方寸大小，多是纯色的，也有花的，有的袋口还镶上一条边，里面装的是松软的棉花，中间夹点五香粉。其次一种，是鸡心形的，比较精致，也有纯色、两色的或杂花色的，里面一样包紧棉花，夹放着一点点五香粉。而最精巧的一种，叫“刘全进瓜”。那是用布包紧棉花，做成一个小人形状，小人的头用

① 从网上360图片中选择并经处理而成。

白绸来包，上面画上五官和头发，身上用彩色绸子来包，腰间还缠着一条纯色的腰带。这个小人的手脚合抱着一个大金瓜（沙湾把南瓜叫做金瓜），能稳稳当当地坐着。那大金瓜是用黄色或绿色的绸子来包，瓜上还用与瓜不同颜色的丝线间开分成几瓣，酷像一个扁形的大南瓜。小人的手脚合抱着紧捧住瓜。他的后脑勺有一条用黑丝线编成的小辫子，长长的，可以挂在孩子的颈上。而其他的香包，都是用杂色的丝线来编挂带的。

这些香包街上都有得卖，但比不上我母亲做的精巧好看。比如那“刘全进瓜”，街上卖的都很粗糙丑陋。那小人有两寸高，衣服与金瓜多是同一色，或配得不调和，里面的棉花也扎不紧，松松的，小人坐不起来，面谱又画得很难看，像个瘪三。而我母亲做的，却是又精巧又漂亮。那小人只有一寸高，衣服、腰带与金瓜的颜色都配得非常调和，里面的棉花扎得很紧，小人坐得很稳，面谱也画得很漂亮，像个文质彬彬的书生。母亲做的鸡心香包，也一样好看。街上卖的比“袁大头”（有袁世凯头像的光洋）还大，多是单一色，可我母亲做的比大拇指还小，还是色彩斑斓的。我挂着母亲做的香包走出去，小伙伴们往往围着我转，赞不绝口。我不禁飘飘然。

与香包一起挂在我身上的，还有臭丸（即樟脑丸），臭丸是装在一个用彩色丝线织成的网袋里的。我织臭丸网倒是织得比较好。大人们说，将臭丸和香袋挂在身上，是为了驱邪祛病。除此之外，小孩子还要在肚脐处涂上朱砂，说是做“红猪仔”，也是同样的作用。还有哩，每逢端午节，家家户户的门口都挂上一束菖蒲叶，叫“龙泉剑”，其中夹有一些龙泉花。看上去红花绿叶的，非常漂亮，也说是为住家守住大门，斩鬼驱邪；有些人家为了杀虫除病，还在屋头屋角洒些硫磺粉。每到这个时候，大人们都要警告小孩不得靠近硫磺粉和龙泉剑。

香包、臭丸、朱砂、菖蒲叶、硫磺粉，本都是为了驱邪祛病清洁卫生，但经过大人们联系上一些鬼鬼怪怪的故事，什么钟馗举起龙泉剑捉鬼啦，什么白蛇精在端午节碰着硫磺粉，现出原形吓死许仙啦，玄乎极了，倒使我害怕起来了。

祖母说，不怕不怕，善有善报，恶有恶报，要多行善事。每年端午节，她都带我到家门前大巷涌的一个渡口去“放生”。所谓“放生”，就是从街上买几条小鲤鱼回来，然后放回河里去。每逢看着小鲤鱼摇头摆尾地游向河中心，我就产生一种满足感，暗地里为它们庆幸，也为自己祝福：“善有善报!”

放完鲤鱼回家，祖母往往会给我吃粽子。家乡的粽子有两种：一种是碱水粽，包成三角形，里面只有糯米而没有味道，要蘸着糖来吃；一种是咸肉粽，又叫“裹蒸粽”，里面是糯米包着绿豆、板栗、五香肉，有放冬豆、鸡肉之类的，可好吃了。我两样都爱吃。人们还模仿三角粽的样子做成一种挂饰，先用硬纸皮叠成拇指大的小三角粽模样，然后用彩色丝线密密地缠在表面，看上去就成了一只好看的五彩三角粽。再在其中的一个角安上一根穗子，而另一个角安上一根小绳子，这样既可以悬挂在房子里做装饰，又可以和香包臭丸一起佩挂在身上，也同样有驱邪除恶的作用。母亲说，端午吃粽子佩戴三角粽挂饰，都是为了纪念爱国大诗人屈原。听多了母亲这样说，我从小就对这位爱国大诗人的名字有了深刻印象。

摆“七夕”

摆“七夕”，是我们家乡的传统习俗，我有一个心灵手巧的母亲，从小就大饱眼福了。记得是四五岁时，七月七的晚上，母亲说带我去看牛郎织女。

我一听高兴坏了，满怀好奇地跟着母亲走到中厅，只见两张大大的八仙桌连着摆在中央，上面盖着一条绸子。母亲笑吟吟地说：“牛郎织女就在里面了。”

我忙不迭地掀起绸子。哇，好漂亮啊！原来里面整整齐齐地摆着两套“七夕”公仔呢。公仔就是用布做的小人。有五六寸高，用铁线弯曲做成人形，再用白绸子裹上棉花，包扎紧，然后插上用白蜡做的头和手脚。最后穿上衣服和鞋子，戴上头饰，就成个人了。根据不同场景的安排，那些公仔就有不同的打扮。

前面的一套公仔，标题是“鹊桥会”。母亲告诉我，这就是牛郎织女在天河的鹊桥上相会。果然一条拱桥上站着一男一女，都是古装打扮。仔细看，他们的衣服都是绸子做的。牛郎穿的是蓝上衣白裤子，织女穿的是粉红上衣杏黄裙子。牛郎头上戴着草帽，织女头上裹着淡绿的丝巾。衣服的领子、袖子、边上、裤脚、裙下边都钉上一圈闪亮的玻璃小珠子。牛郎衣裤上的珠子是纯色的，织女衣裙上的珠子是五彩的。牛郎脚上穿的是草鞋，织女脚上穿的是五彩绣花鞋。两人的双手都向前伸出，好像要相拉或相拥的样子。母亲说，他们天亮前又得分开了。“为什么？”我急切地问。母亲说："王母娘娘玉簪一划，银河就风急浪高，一下就把鹊桥卷毁了，哪能不分开？你看这鹊桥和银河像不像？你猜是怎么做的？"我细心一看，原来那鹊桥是用铁线弯曲成个拱桥的架子，然后用褐色的绸子包缠起来的，所以上面站着两个人也是稳稳当当的。而那银河，是先稀疏地铺一些大小不同的小石头在桌面上，然后铺上一块湖水蓝色的绸子，那上面凹凸不平，还真像水的波浪！

第二套公仔也很有意思，标题是"斗贪官"。主角是一个姑娘和一个贪官。贪官坐在中间的小桌子后面，两旁站着四个官差。姑娘站在前面，侧身面对贪官。母亲耐心地给我解释，这姑娘名叫水冰心，她正睁圆双眼指着那贪官骂："你这个芝麻绿豆这么大的梅知府，贪污枉法，草菅人命，就不怕报应？"我听得津津有味，觉得这姑娘的打扮比织女漂亮，上身是粉红缎子衫，绿色间黄色的玻璃小珠按图案形状钉上花，下面是一条白绸裙，用绿色的珠子钉出一棵草样的花纹。上衣与裙子都用金色和银色的珠子滚边。头上挽着偏侧发髻，还插着一支有垂珠的金钗。脚上穿着一双粉红缎子底绣上五彩丝线花的薄底鞋。那贪官八字眼眉，斜嘴歪鼻，面目可憎，头上戴的乌纱帽两翼也是歪的。他身上穿着一件蓝色缎子做的官袍。用黑色的缎子镶着圆形的大衣领边。两个衣袖还有一段白绸子垂下，此时，他的两只手伸出来搁在他面前的桌子上，做出审案的样子。他脚下穿着一双厚厚白底的黑靴。两旁站着的四个官差，一身黑色衫裤，扎着腰带，穿着黑布鞋，戴着黑帽子。每人手中还拿着一根棍子，都是凶神恶煞的样子。

母亲摆的"七夕"，精巧漂亮而生动，多少年过去了，我依然忘不了那些栩栩如生的人物形象。以后两年母亲都摆"七夕"，我记得有“精忠报国”“嫦娥奔月”“杨门女将”等，也是各有特色，惟妙惟肖。当时沙湾有好几处摆“七夕”的，母亲都带我去看过，但远没有母亲做的好看。母亲给公仔做的服装就精致得多，主要用玻璃珠穿钉在绸子上，又夹着用胶片和刺绣，而且都是根据人物和故事的需要来细心设计，做出来自然是不一般了。人人都赞母亲的手艺好。可惜我没学会。母亲说，这不仅是“手艺”，更重要的是“心艺”，我心不专，所以学不好。到了如今想起母亲的话，心中是好多遗憾的。

老屋的花雕屋檐

鬼节

农历七月十四，俗称“鬼节”，有个雅号叫“盂兰节”，我那时年纪小，不懂是什么意思。

在我印象中，每逢农历七月十四，家里人都要认认真真地做一番拜祭的事情。而这拜祭，又和其他节日的拜祭很不同，既不是在家里祖先灵位前拜，也不是上山在坟前拜，却是在家门口外拜。那拜祭的仪式很特别：在门口的地坪上放一条有丈把长的四方木条，这木条上面钻有很多的洞孔。拜祭时，就在这些洞孔上插上一把把的香和蜡烛。点燃后，烟雾迷蒙。还将熟肉和生果等祭品，摆在矮凳子上放在前面。后来我才明白，这是用来拜祭四面八方的鬼神的。此外，还要用一张凳子放在家门口的门槛处，四只凳脚要跨着门槛的内外，叫“级出级入”。凳子上面也放上点燃的香和祭品，说是专门用来祭拜那些死了的出嫁女和没出嫁的女儿，还有那些夭折的孩子。还记得家人曾经叫我在这里为两个人烧过香。一个是我嫡亲的二姑妈，我没见过，听祖母说她很漂亮，嫁给碧江的一个大户人家的大少爷，感情很好，可惜生孩子时死了。另一个是我大祖母的丫头，是沙湾沦陷时被吓坏后病死的，大姑妈说她家里没人了，我们就每年给她烧点纸钱吧。

这样的拜祭要一个多钟头，完毕后还要在门口放鞭炮，把那些香烛连同一些金宝纸钱之类堆在门口烧，烟雾弥漫，好久不散。而那些祭品是不带回家的，就丢散在路边。我看见有些乞丐等着捡来吃，有时还有一两条狗闯过来抢。有一次，一个小乞丐挨狗咬出血了，哇哇大哭。我正坐在门槛吃饭，听着哭声觉得心里难过，就把饭倒给他了。祖母说我好心，会得好报的。我不懂什么叫“好报”。祖母是丫头出身的，她经常教我要同情穷人，我见过好几次她把自己的饭倒给乞丐，就很自然地学样了。

七月十四那天祖母还总忘不了叮嘱我，一到天黑就千万不要出门，说那天晚上很多鬼都出来游荡找吃的，有些鬼会伏在街边巷头的墙壁上，有人走过它会翻过身来，好吓人的。又说我们街口那条大巷涌几乎每年都会淹死人，那是水鬼找替身。有一个七月十四的晚上，两个大汉晚上从这里经过，见一个黑影从埠头上来，以为是水鬼，就冲上去抓，原来是一只水獭，正要用绳子绑住，水獭却“噔”地跳入水里了。人们都说那是水鬼变的，要不然，小水獭怎么可能逃出两个大汉的手呢？

那事发生后，为求大众安宁，村人就在大巷涌搭起一座浮桥，上面搭一个棚，请来一大帮道公佬，打醮，打斋，做法事，以超度亡灵。那场面可热闹了，不仅有许多穿着奇异服装（道袍）的南无佬（道公佬）集体大声念经，旁边还有八音队吹吹打打配合。由此招来了不少小孩子整天跑来跑去地看热闹，也引来了不少大人。那些大人多是来捐钱做善事的，也为求家里出入平安。住在大巷涌两岸的人家几乎都来了，特别是有孩子的人家。做法事的地方就在我家的巷口，所以我经常去，主要是去听南无佬念经，我觉得他们念经有些像疍家妹唱咸水歌，也有些像我姑妈念金刚经。有时我还跟着哼哼，回到家里也不知不觉地喃几句，姑妈和祖母在旁边笑，父亲笑着骂我：“你想当和尚还是当尼姑!”

……

现在大巷涌没有了，水鬼也没有了，也不需要打醮超度亡灵了，不知道故乡还有没有“鬼节”呢。

中秋赏月

中秋节赏月，也是我小时候最期待的。在我印象中，中秋节的月亮总是迟迟才出来，一家人围坐在天井一边吃月饼，一边等待月亮出来，其乐融融。

那时沙湾的月饼就有各种不同的味道。最有名的是蛋黄莲蓉月饼，以咸鸭蛋黄和莲子泥为馅。蛋黄莲蓉月饼也分两种，一种是双黄莲蓉，一种是单黄莲蓉。单黄莲蓉还有一个美称：西湖醉月。此外，有以红豆沙、绿豆沙为馅的豆沙月饼。以榄仁、杏仁、瓜仁、核桃仁、麻仁为馅的五仁月饼，也有单纯用榄仁做馅的果仁月饼和单纯用黑芝麻白糖做馅的行饼①。

而从皮来区别，除一般月饼外，还有冰皮月饼和脆皮月饼之分。冰皮月饼的皮白色而软和，脆皮月饼的皮则焦脆而香。

各种月饼都是配料考究，皮薄馅多，十分可口。而我最喜欢吃的是双黄莲蓉、五仁、冰皮、脆皮几种。

制作月饼用的果仁需要预先剥好，这是细碎工，每年都是提前早早的日子由各家的女人领回家中去做。我家也一样领来做。祖母、姑妈、母亲还有屏姐和娟姐都一起动手，一面干活一面聊天，很热闹。我也跟着干，一不小心锤子砸到手指，痛得我哇哇哭。祖母心疼得不许我做了，母亲说我只会帮倒忙，我不愿意，

① “行饼”是月饼中最普通的一种，皮一样，馅则单一，故价格便宜。

我说我也要挣钱。到了中秋夜吃月饼的时候，我觉得月饼里也有自己的劳动，那心情是很兴奋的。

赏月的时候，我就爱缠着母亲和祖母问各种问题。比如，为什么中秋节要吃月饼呀？为什么中秋节的月亮会特别圆特别亮呀？

“那是因为嫦娥要上月宫了，所以月宫的门大开，月光就特别亮了。”祖母认真地回答。

“姐嫲（我对祖母的称呼），那你就说说嫦娥上月宫的故事吧！”我搂着祖母的脖子撒娇地说。

祖母笑了，慢声慢气地说开了。她说，嫦娥原是一家穷苦农民的女儿，天天上山打柴。一天遇上大雨，柴全湿了，背不回去，天又快黑了，她坐在路边哭。此时一个小伙子走过来，劝她不用哭，将他背上那捆干柴给她，并送她回家。走着走着雨停了，月亮也出来了。到了家嫦娥邀小伙子进去喝杯茶，小伙子谢绝了说还要赶回去，不然会挨罚的。嫦娥问他家在哪里，小伙子指着月亮说自己因为得罪了天帝，被罚守月宫护理桂花树，还得天天砍柴做酒。“没人帮你吗？”嫦娥问。“谁愿意去那又高又冷的地方啊！”小伙子叹了口气说。“小哥哥，你叫什么名字啊？”嫦娥问。“我叫吴刚。”小伙子双脚一蹬，全身腾空而起，转眼不见了。此时，月亮穿云而出，闪烁出一道银白色的光，一下显得特别亮也特别圆。嫦娥愣神看着，父亲从屋里出来了：“怎么才回啊？吃月饼吧，今天是中秋节了。”嫦娥奇怪问道：“哪来的月饼呀？”父亲一面叹气一面抹开了眼泪。原来村里的财主派人来，硬要娶嫦娥做妾，不从就把她父亲拉去官府，月饼就是那些人送来的。

如晴天霹雳，嫦娥哭着说死也不去。父亲也不愿意女儿掉进狼窝，决定连夜逃走。不料财主家的人闻讯追来，父亲为了救嫦娥引开追赶而来的坏人，被大狼狗活活咬死。眼看嫦娥也快被追上了，月亮猛然冲出乌云，射出一道银光，把坏人的双眼刺痛了，什么也看不见，大狼狗汪汪叫着团团转，也不会咬人了。嫦娥大叫："吴刚哥哥，快救我！""我来了！"嫦娥听到吴刚的声音，就感到自己双脚离地，腾空而起，一下子就飞上月宫去了。

我听得津津有味，却十分奇怪："姐嫲，为什么你讲的'嫦娥奔月'故事不一样呀？阿姑（我对母亲的称呼）说嫦娥是偷了灵丹才飞上月宫的。是不是有两个嫦娥呢？"

"谁都没见过神仙，神的故事还不是由人来编的？"母亲笑了。

"那神的故事可以随便编，人的故事也可以随便编吗？"我又冒出一个问题来。母亲想想说："有些可以，比如小说；有些不可以，比如写真人真事的报道。"那时我还小，听不懂母亲的话，就又缠着祖母说："姐嫲你也讲讲你自己的故事吧。我听舅公说你小时候可漂亮了，是生过了病后脸上才有这些痘痘的……还说你小时候当过人家丫头，经常挨打，又是给人当妾侍，很苦，叫爹爹要好好孝敬你……"

"小孩子家说这么多干什么？"母亲急急打断我的话，"看，月亮出来了！姐嫲唱个山歌，快快乐乐过中秋吧——"

"唱个'月光光，照地堂'——"我高兴地叫起来。祖母会唱很多山歌，都是我爱听的，也爱学。

祖母笑了，柔声柔气地唱了起来：

"月光光，照地堂，三舅父，卖槟榔。槟榔香，娶二娘。二娘头发未曾长，过得（待过）两年梳大髻，滴滴打打娶返归——"

“啊，我知道了，姐嫲，你是二娘，是不是舅父卖了槟榔给阿爷（爷爷），阿爷就把你娶回来了？”我听着灵机一动，打断了祖母的话。

“哎呀，你怎么又乱套一气啦！别惹姐嫲伤心。”母亲轻轻打了我一下。

“没关系。”祖母倒平静了，喝了口茶又说，“不过在你阿嫲（大祖母）管督下，我这个小妾侍也是不好当啊！有首歌正好唱出我的处境。”

祖母又轻轻地唱起来：

“鸡公仔，尾弯弯。做人新妇（媳妇）甚艰难。早早起身（起床）都话晏（迟），眼泪唔（不）干入厦间（厨房）。厦间有个冬瓜仔，安人（太太）又话蒸，老爷又话煮。蒸蒸煮煮都唔中意，拍起台头闹（骂）几番。三个阿姑三把（张）嘴，犹如一个恶家婆。”

“我也唱个‘鸡公仔’。”我的兴头来了，情不自禁地唱起来：

“鸡公仔，尾婆娑。三岁孩儿学唱歌。唔使（不用）爹娘教导我，自己精乖（聪明）无奈何。”

“是咯，是咯，你精乖咯！老鼠上天秤，自称自秤。”母亲又批评我骄傲了。

“阿女就是精乖嘛，来，再唱一个！”祖母又护着我。有祖母宠着，我又来劲了，不假思索地又唱起来，“落雨大，水浸街——”

“唱呀，怎么啦？”祖母见我突然停下来，奇怪地问。

“我不记得了！”我有点颓丧地低声说，转过身向母亲撒娇，“再教教我嘛——”

“不能自吹自擂了吧？”母亲笑着摇摇头，轻轻唱起来：

“落雨大，水浸街，阿哥担柴上街卖，阿嫂出街着花鞋。花鞋花袜花腰带，珍珠蝴蝶两边排……”

母亲的歌声很甜，我听入迷了，连声说：“再唱那首《背解红罗》！那个好听！我还一点不会哪——”

“哎呀，你还有完没完呀！太晚了吧？”

“就唱吧！”祖母说。母亲又轻轻地唱起来：

“提起笔，泪纷纷，血书频写告儿闻。上写你先王开拓兴邦国，四百余年度至今。皆因进宝江南国，红罗包袱贡到御林。满朝紫贵解不开，你娘为国上金阶。满朝文武急等待，你娘背解红罗反惹祸灾。皆因你父王将我收入深宫蒙宠爱，招人妒忌进谗来。十月怀胎生下你，一场大祸躲不开——”

“咳！咳！”忽然响起阿嫲（大祖母）的咳嗽声，母亲赶快停了口。

“都什么时候啦，还不睡！我都睡醒一觉了——”阿嫲颠着小脚走出房门口来，望一眼又回房睡觉了。

“改天再唱吧，乖，睡觉去！”祖母轻声说。“我还想听‘共婵娟’哪——”我嘟囔着不高兴。

“刚才我们都是共婵娟一起唱的啊，只是婵娟在天上，我们在地下。你快点睡，睡着了，婵娟姐姐就下来和你一起唱了……”母亲柔声柔气地哄我。

躺回床上看看窗外，月亮已躲入云层了。母亲轻轻拍着我，低声哼起了“但愿人长久，千里共婵娟……”

我在甜甜的歌声中很快睡着了。

滴珠沙湾原牛奶

沙湾牛奶，是我乡恋的情结。

沙湾牛奶，远近闻名。尤其是“滴珠沙湾原牛奶”，更是难得的珍品。

我虽是沙湾女，小时候也很受家人钟爱，叫我“珠女”，有掌上明珠的意思，但因家境不宽裕，要喝上一碗真正的“滴珠沙湾原牛奶”也并不容易。有时母亲带着我和弟弟去小店，要来一小碗，母亲只喝两口，就给我和弟弟分着喝。弟弟喝完后还要伸长舌头舔几下，母亲笑着说“馋猫”。

沙湾牛奶和沙湾白饼①

① 从网上360图片中选择并经处理而成。

今日姜撞奶

直到我读中学时，因身体不好，医生说要补钙。怎样补钙，父母亲都不懂。一位学医的朋友说喝牛奶最好。母亲就找到一位养奶牛的表叔，每天带我去他家，看着他挤奶，当堂就给我喝，不冲水，也没煮过，但带着母牛的体温，奶还是热的，而且有一种天然的香甜味，与小店里冲水加糖的奶完全不同。这样的奶是最浓的，滴下来就像一颗珍珠，是真正的“滴珠原牛奶”。店铺里卖的牛奶都冲有水，只是沙湾牛奶冲的水比较少，保持一定的浓度。表叔说，只有这样，才做得出优质的姜埋奶、双皮奶、杏仁奶糊等。这些都是沙湾牛奶的招牌产品，我百吃不厌。

当我离家十年，再回到故乡的时候，还念念不忘我记忆中那又香又甜的沙湾原牛奶。一天晚上，在昏黄的灯光下，我津津有味地提起母亲带我去表叔家喝“滴珠原牛奶”的事。母亲见我那馋猫的样子，就说去买一碗给我喝。她说表叔早过世了，原来那小店也不在了。母亲和小弟妹也许久许久没沾过牛奶的味了。不过她可以找得到来买的。我叫她不要去找了，她非要摸着黑去找。大概过了个把钟，母亲真的捧着一碗杏仁奶糊回来，这是我最喜欢吃的。第二天，我带着满口的余香又离开故乡，踏上归途。

一晃又是十几年过去，我再回家乡时，母亲仙逝了。妹妹说，母亲生前交代过，只要我回家，都一定买沙湾原牛奶给我喝。所以我每年回去，弟妹们都一定陪我去喝沙湾原牛奶。有一次，我赶着要走，弟妹们为了陪我去喝牛奶，带着刚吃饱饭的肚子，也和我一起去了沁芳园①，即便我的小妹和弟媳都不喜欢吃甜品，也陪着我吃了一碗。我那粗豪直爽的小弟，笑着“骂”她们说：“嘿，你们不想吃？想想以前想吃不得吃的时候吧！”说罢，两三口就喝完了他自己手中那一碗。

近年，我又老又病，不能回故乡了。在我故乡工作的两个女儿又经常给我寄来沙湾特产姜埋奶、双皮奶、杏仁姜撞奶等等。不过这些制成粉粒的包装的奶品，始终比不上店里现做的好吃，更比不上刚挤下来的“滴珠原牛奶”。

即使这样，我吃着又香又甜的沙湾原牛奶，恍惚又回到故乡温暖的怀抱，回到我那欢乐的儿时，自然就想到我的母亲，想到我的弟妹……

不禁酸甜苦辣，百味掺杂，涌上心头。

① 沁芳园：现在沙湾最有名的牛奶店。

吃鱼

有谓“近水楼台先得月”，沙湾是水乡，我又有个很会做菜的祖母，所以我小时候能尝到不少美味的鱼餐。

印象最深的是鱼蓉粥和柴鱼花生粥。也是我最爱吃的。

做鱼蓉粥比较麻烦，得先把鱼蒸熟，拆出肉来，再将肉里面的细刺也剔除干净，然后塌成肉末加上姜酒油和米一起煮，等粥熟烂了，最后放点葱花和少许味精来调好味就行。这样煮出来的鱼蓉粥，清甜幼滑，又不油腻。我往往能吃上一大碗。本来这粥是我祖母特地为大祖母和外婆做的，因为两位老人的牙齿大多坏掉或脱落，很难吃东西了。大祖母娘家有钱，舅公说给她镶金牙，她不要，说金牙会咬伤儿女。① 外婆年纪比大祖母小，只因她生过一次很严重的牙龈疮，嘴都有点歪了，牙齿就更不好用了。为了照顾两位老人，祖母经常做鱼蓉粥给她们吃。要把鱼肉里的细刺剔除干净，得非常细心和很有耐心，还得眼力好，祖母自己也上了年纪，所以这份工就只有母亲来做。有时我主动帮忙，母亲不放心，还要再仔细检查一次。为了奖励，鱼蓉粥煮好了祖母也给我吃上一小碗。

花生柴鱼粥的做法就简单多了。预先把柴鱼干和花生分别用热水泡软，然后用姜酒油炒香柴鱼，加入花生和米一起煲到烂熟

---

① 这是一种迷信的说法，认为镶了金牙会对儿女不吉利。

就行了。每逢我的同学在家中弹琴唱歌聊天走棋时，祖母就煲这种粥给大家吃。人人吃得津津有味，亲切地跟着我叫祖母：“姐嫲，真好吃啊!”几十年后，一位老同学还回味无穷地跟我提起当年的情景。

印象深的还有父亲爱吃鱼生，而母亲爱吃“鱼魂”。

鱼

鱼生是一定要非常新鲜的活鱼，取下鱼背那条肉切成薄片，拌以姜丝、葱丝、熟油、生抽、陈醋等。能吃的，都说鲜美无比。不能吃的，就觉得很腥了。父亲和好友金先生、五叔或是我的同学一起聊天走棋时，喜欢喝点酒。这个时候，祖母就会给备上一碟炒粉或一碟鱼生。炒粉我爱吃，鱼生却是绝对不吃的。所以我一直没法理解父亲为什么爱吃这样腥气浓烈的鱼生。

母亲爱吃的“鱼魂”，又叫“鱼头魂”。一般用大头鱼的头来做，据说是最滋补的。至于为什么叫“鱼魂”，大概是因为取鱼头的脑部为食材。母亲时而会头昏，这时候就拿鱼头魂来炖姜酒吃，吃了就好。祖母说，我母亲是生了我之后才有这种病的。我听了很难过，有一次，祖母炖好了鱼头魂，我抢着亲自端去给母亲吃，泪汪汪地说："姑（对母亲的称呼），你不生我多好啊！"母亲吃惊地问我为什么这样说，我说："你不生我就不会头昏了！"母亲一把抱住我，哽咽了："傻女！"

我一点也不傻，家中鱼餐的珍品之最我选中了鱼角。这是姑妈的拿手好戏了。她买新鲜的土鲮鱼回来，一条鱼破成两半，用匙羹把肉刮成泥状，和上米粉，搓成条，再切成粒，用刀把粒压成圆块。然后用猪肉香菇虾米等做馅，包成一个个鱼角。鱼角是要用生菜汤煮的，吃起来鲜美爽脆又清淡，味道好极了。再加上点麻油，就更香了。

还记得一种味道很好的小鱼。这种鱼身子浑圆，鳞浅黄，有点像沙丁鱼，通常是下油锅煎香了再放上酱油姜葱炆一下，吃起来是又香又嫩滑。可惜想不起这鱼叫什么名字了。好像说是江底沙土里长不大的小鱼，不知是不是就叫沙坑鱼了。

至于那些松子鱼、清蒸鱼、红炆鱼、煎鱼、炸鱼、鱼片、鱼丸、鱼饼，以及西洋菜生鱼汤、豆腐鱼头汤、枸杞鱼片汤等，则是家常菜了。

也许是从小吃惯了祖母做的美味鱼餐，我对鱼的味道非常挑剔，离开家乡后变得不太爱吃鱼，就是觉得他人做出来的鱼总脱不掉腥气，完全没有了当年的好味道。

家中常吃鱼，厨房里自然常摆着活蹦乱跳的鲜鱼。玩鱼，也就成了我小时候的乐趣。记得一次我看到厨房的沙盘里有一条金红色的大鲤鱼，在纱盖下拼命蹦跳挣扎，我想一定是因为沙盘里没有水那大鲤鱼不舒服了，就舀了半勺水打开纱盖，岂料水还没倒进去，鱼一下跳了出来，我手忙脚乱去抓，抓到了又被它滑脱出来，一个蹦跳就跳进了旁边一个经过沙子滤净的水缸里，欢快地游来游去，我也乐了，在一旁看得兴致勃勃。此时祖母推门进来，又是愕然又是生气，抬起手要打我，晃了晃又放下，还是舍不得了。

母亲见我那么爱玩鱼，就买了个金鱼缸和两条金鱼，还放些绿色水草进去，鱼一游动，漂亮极了。我的小伙伴一来往往围着不愿意走。父亲母亲的朋友看到，也啧啧赞赏。鱼缸摆在客厅，没人在的时候就用纱罩好好盖着。不料一天早上起来，发现纱罩和金鱼缸都翻倒在地，满地的玻璃碎片和水，金鱼不见了，剩下几根绿色水草。我大哭起来，拿起鸡毛扫要找小猫来打。尽管小猫也是我喜欢的，但还是不能原谅它们的错误。这以后，家里再没养过金鱼了。

虾春·蟛蜞子·龙虱·桂花蝉

吃在沙湾①

虾春、蟛蜞子、龙虱、桂花蝉，这四种东西，是我小时候很爱吃的东西。离开故乡几十年，就一直没见过，更没得吃了。我不知道广西有没有这些美食。在广州也没见过，记得有人说，俗话说“吃在广州，不如说吃在沙湾”，说沙湾人“有些东西真是吃绝了”。小时候我不懂是什么意思，现在想起来觉得有点道理。

就拿虾春、蟛蜞子、龙虱、桂花蝉这四样东西来说吧，真有点“绝”。虾春、蟛蜞子，就是虾的蛋、蟛蜞的卵。蟛蜞，是比拇指大一点的螃蟹。可以想象，一只虾、一只蟛蜞，有多少蛋和卵。我小时候也是很少有得

---

① 从网上360图片中选择并经处理而成。

吃，而且不是在市场上买的，是一个叫二叔公的农民时不时拿来，说是送给我们，但父亲每次都塞一些钱给他。有一次我见二叔公把钱老往父亲手里塞，说："当年要不是老爷好心，我一家都饿死了，现在给点东西你都要给我这么多钱，三少[①]，我收了心也不安啊!"父亲硬把钱塞入他衣袋里，说："二叔，以后不要叫我三少了，你是长辈，叫我三珠好了。以前我还有几亩田给你种，现在连这几亩田也卖了！都怪我没本事——""唉，都怪日本鬼……"二叔公说。

船舶沙湾

他们再谈什么我没听了，只顾满心欢喜地捧着蟛蜞子去找祖母。那些虾春、蟛蜞子都是深紫红色的，捏成拳头大的一团团，呈圆锥形。我见祖母放点生油、姜、酒和着来蒸，熟了就变成红色，味很鲜，很幼滑，又香甜，很开胃。小酱油碟半碟，我就能吃完两碗饭。这被我视为天底下最美味的东西，在离开故乡后就

① 三少，即三少爷的简称，沙湾人都习惯这样叫。

再没有机会尝过了，甚至没见过。

龙虱和桂花蝉也一样，离开了故乡后就再也没见过。不过这两样东西不像虾春和蟛蜞子那样是拿来做菜送饭吃的，而是做零食。龙虱我更爱吃，桂花蝉因为有一点点辣味，吃起来不是那么可口。不过两样都很香，香得特别诱人。大概是调味的问题吧。龙虱青黑色，小小个，像小蟑螂，但它生长在水里，故又叫水蟑螂。样子不好看，但好吃。桂花蝉的样子就和一般的蝉差不多，但比一般的蝉大两三倍。两片蝉翼有点花纹，挺好看的。父亲很喜欢吃，拿来下酒。

龙虱和桂花蝉是一个叫狗哥的挑着担沿街叫卖的。“和——味龙虱，桂——花蝉！”他的叫卖声有腔调，很好听。有时我学着叫，挨大祖母骂。狗哥是外婆家的佃户四婆的儿子，母子俩经常摇乌篷船送我和母亲去外婆家，和我们熟得很。他知道我父亲爱吃，就经常送来。父亲一定付钱，虽然他总要推搪。有一次，他红着脸说，他不会打算盘，很不方便，问父亲能不能教他，父亲一口答应了。以后他卖完东西就到我家学算盘，顺带着在家里吃饭。祖母总要特别给他加点菜。他知道我喜欢玩树上那种小蝉，总特意去抓个小蝉，放在空的火柴盒里给我玩。一摁火柴盒，蝉就“嗻——”地叫，我说好玩。母亲却感慨地背起诗词来：“寒蝉凄切……”我半懂半不懂，但能跟着背出几句。狗哥说：“二姑娘，她和你一样聪明啊！”“都说不要叫我二姑娘，叫二姑姐，好吗！”

外边有些人看到二叔公和阿狗哥同我们的关系那么亲热，觉得很奇怪，议论说：“穿鞋的和光脚的也那么好啊？”

是的，几十年过去了，我没忘记虾春、蟛蜞子、龙虱、桂花蝉，也没忘记二叔公和阿狗哥。

第三辑 学校生活

以前的私塾先生常常用一把尺子敲书桌，发出『剥剥』的声音来警戒学生。所以这尺子叫『戒尺』，私塾也叫成『剥剥斋』。和我这么大的孩子，有许多一开始读书就去『剥剥斋』读的，叫做启蒙。

——《剥剥斋》

古镇书斋

剥剥斋

“斋”就是书斋。“剥剥”是尺子敲在书桌上的声音。以前的私塾先生常常用一把尺子敲书桌，发出“剥剥”的声音来警戒学生。所以这尺子叫“戒尺”，私塾也叫成“剥剥斋”。

这尺子也叫“戒尺”

和我这么大的孩子，有许多一开始读书就去“剥剥斋”读的，叫做启蒙。我却有幸一入学就进了新学堂——德明小学。这是母亲坚持的结果。听说本来当家的大祖母是要按老规矩，把我送去“剥剥斋”读的，父亲软弱，听惯大祖母的话。为此，双方争执，我的入学时间拖了半年，到了春季，下学期我才插班进入一年级的。第一课是“玩具多，玩具好，大家拿玩具，做个小学校……”不等老师教，我几乎把全本书都读完了，整天去玩，抛沙袋，跳方格，打玻珠，跳绳，什么都玩。到了三年级，故乡沦陷，学校被日军霸占，停办了。父亲把我送到我家邻近的一家“剥剥斋”去。教书先生是我一个远房伯公，我叫大公。他家房子没我家大，是平房，门口进去一条巷，尽头右边有个门，进去有一个小天井，天井的北面是大堂，有两个房，南面又是个大厅，旁边是厨房和一个丫头住的小房。大公和大婆住在大堂的房间。他们没有儿女。南面的那个大厅就做了教室。桌子和凳子是学生入学时搬来的，所以很不整齐。大公和大婆都是瘦瘦的，甚至有点干瘪。大公双目炯炯有神，有点胡子，不苟言笑，显得有点严厉。我有点怕他。父亲说他很有学问，只可惜几次京试都考不上，后来又得了什么病，不敢再出远门了，才在家里开了个“剥剥斋”。大婆整天拿着佛珠念经，也是想菩萨保佑大公的病快些好。她整天皱着眉头，一副很忧郁的样子，对我们都不太理睬。倒是丫头顺来姐有时会跟我们玩。

父亲带我入学那天，一入门口，就要跪在孔夫子神位前，趴着叩三个响头。我站起来抬头才看清楚，神位上端正地写着“大成至圣孔子先师”一直行字。然后父亲领着我进到大堂，要我跪在大公面前，拜见先生（老师），又叮嘱一番叫我要用心读书，守规矩，不要顽皮等等。大公说，女孩子有什么顽皮的！

谁知过不久，我的顽皮就使他大大惊讶。有两个男生在休息时背书，背到“满朝朱紫贵，尽是读书人”两句时，背不出了，我在旁边嬉笑着说：“我给你提：满朝猪屎仔，尽是钝①猪人。”

---

① 钝是笨之意，“钝猪”就是笨蛋，嘲笑人的话。

大公听见了，拿起戒尺要打我，我慌了，急忙跪下求饶。大公说："可以不打，罚你在放午学前背出这四页书才得回去吃饭!"我频频点头答应。大公走出去后，几个同学围着我，着急地说，都快放学了，哪能背得出那么多，你肯定挨饿了，他们偷偷把书包里的糖果米饼塞给我。我都拒绝了，笑着说："等会你们听!"放学时，大公叫同学们先走，我留下来。同学们不肯走，要听我背书。我把那本《神童诗》放在先生面前，背过身来，向同学们做个鬼脸，笑笑，就从"天子重贤豪，文章教尔曹，万般皆下品，惟有读书高"开始，一直背下去，超过了四页多，我还不停下，越背越来劲，到"往事多如梦，流连只断魂，不堪春日尽，细雨又黄昏"时，大公用戒尺敲着台说："够了，够了!"然后问我什么时候读过这本书，我说四五岁时我就把三本红皮书（那时的儿童启蒙书本：《三字经》人之初、《千字文》天地玄黄、《神童诗》天子重贤豪）都背熟了。旁边有个男生伸伸舌头，缩缩脖子，做了个鬼脸。

此后，大公从《古文评注》《左传》等书中选些文章来教我，我也用心学，不敢顽皮了。《爱莲说》《陋室铭》《荆轲传》《鸿门宴》《陈情表》《出师表》《管晏列传》《介之推不言禄》等，我都学得津津有味，背诵如流。许多语句节段至今我还记得。

大公对我父亲说："可惜是个女的!"

我心里很不服气，暗暗地说："女的怎么样？等着瞧!"

男女平等

我在“剥剥斋”读了一段时间后，虽然对古文也感兴趣，但先生的讲解是很少的，而且引经据典，越讲越听不懂。讲《史记》《左传》里的文章，有故事听，还好点，讲到《论语》《孟子》之类，就更头疼了。加上在小屋子里，根本没有玩的地方，先生又管得严，连出街口的大巷涌边去玩玩水也不准，真像困在白鸽笼里，闷死人了！我不想在这里读下去。

书斋

正好听说有个“青年会小学”，我不管家里人准不准，就跟着几个小时候的同学飞跑去报名了。父亲初时是不同意的，说这样对大公（“剥剥斋”的老师）不尊敬，要我至少也读完这一年，何况学费已交足一年了。我不肯，缠着母亲哭闹。母亲认为应该让我去新式学校读，不应把我困在旧式的私塾里。大祖母说我从小就太顽皮，要在私塾把我困得规矩点。我的亲祖母偷偷对我母亲说，有人说“青年会小学”讲什么“男女平等”的，让我去那里读书会不会学坏。外婆听了也担心地说“还是不去的好”。母亲笑着说“男女平等”是对的，怎么会学坏？母亲还说外婆不让她去学堂读书，已经耽误了她，她不能再耽误女儿了……

母亲讲了许多道理，我听得半懂半不懂，倒是姑妈讲的一点我听懂了。她说小时候大祖母硬给她缠脚，她日夜哭喊，大祖母没法，只好给她解开裹脚布，所以她变成半残废，但总比“三寸金莲”出门就要坐轿好，至少能行动自如。她说什么都勉强不得的，应该让我去学堂读书，把我困在“剥剥斋”我会无心机读书的（无心向学），白丢了钱。

大人们争了半天，最后是我母亲赢了。她拿出自己的“私己”（私房钱），牵着我去“青年会小学”交学费，让我插入四年级。

这小学听说是“沙湾青年会”办的。但“沙湾青年会”是个什么组织，什么团体，我一点也不懂。我模糊地记得学校设在车陂街过去的一间祠堂，叫什么祠堂我忘了，这祠堂不大，但也有几个班，一年级到五年级各一班。老师与课程我都忘记了，只记得校长何汝津，听说是当时乡长何汝根（有人叫他“乌猫根”）的弟弟。之所以有印象，是由于在一次开大会时，他作了演讲，很动听。这人个子不高大，很斯文的样子。但听说他也拿枪。当时在沙湾拿枪的人多着哩，没什么奇怪。不过在我心目中，认为当校长老师的人都应该是文人，怎么会拿枪？我不明白。他演讲讲什么我忘了，只记得他提到了“男女平等”。因为那次是庆祝

“三八妇女节”的大会。有一位听说是五年级女生，作为学校的妇女代表上台讲了话。我忘记她的名字了，但还记得她的样子：高高瘦瘦，脸长长，眼眯眯，门牙有点飘出，看样子二十出头了，加上穿件紧身长衫，像个大人了，怎会是五年级学生？她也讲到了“男女平等”，讲得激动时还用手拍了一下桌子。

奇怪的是，当时我九岁，才读四年级，人又矮小，学校怎么会要我当女学生代表上台去讲话呢？我自己也莫名其妙。讲稿是老师写好的，我背熟而已。内容我全忘了，却记得也讲到了“男女平等”。我从小就顽皮，敢在人前唱歌跳舞，所以上台演讲一点也不害怕。讲稿我很快就背熟了，讲得还很流利，赢得一片掌声。

那个会不少学生家长也被邀请参加，我母亲去了，还坐在前边。会后回到家里，她高兴地讲给家里人听，说我讲得多好多好。祖母和姑妈笑不拢嘴，父亲却像有什么心事似的，怯怯地说了一句：“这些风头还是不出的好！”“怕什么，校长何汝津也讲男女平等！”母亲振振有词。

我以为在这里可以安心读书了，哪晓得，不知为什么，过不久这学校却停办了，我们的校长去了哪里我不知道。于是，我又失学了。

幸好过不久，又听说罗山里三叠祠有个“觉社小学”，我又飞跑去报了名。

国兰

我生不逢时，一出生，国家就丢了东三省。所以我小时候，母亲曾经给我取名，叫“国兰”，是“国难”的谐音。大祖母说：“难难声，不吉利，不要！”才请当私塾先生的大伯公给我取了现在这个名。父亲同意了，说“名字还是不要有政治色彩的好”。这事情我是后来才知道的。我读小学时，有些同学常常读错我的名，把“澄”读作“登”，接着还给我安花名，叫我“登子”“灯子”“钉子”，我又恼又讨厌，回家闹着要改名，父亲不准。母亲才把我原来叫“国兰”这件事告诉我。

不过我开始懂点事，就经常听到身边的人说起“国难”这个词，只是不懂是什么意思。印象最深的是，一个从香港回来的亲戚送一个化学公仔（用塑料做的洋娃娃）给我，穿着军装，端着枪，单脚跪下，一拧开发条，就会“哒哒哒哒……”地向前滑动。母亲说，这叫“十九路军”，打日本兵很勇敢的。父亲说，“国难”当头，就是要有这些“十九路军”才行。

我六岁那年，入德明小学读书了。老师也讲“国难当头，大家都要懂得爱国”。在课本上，我最记得有一篇课文就是“国旗国旗，我爱你，对你行个鞠躬礼”。然后就是“玩具多，玩具好，大家拿玩具，做个小学校”。老师就讲，爱学校，爱国旗，上好课，也是爱国家。后来，还读到一篇课文，是讲“国父孙中山先生”的。从这里，我开始知道“翠亨村”，知道“辛亥革命”

“武昌起义”“黄花岗七十二烈士”等等。那时，每周星期一，全校师生都要集中在大操场，开“朝会”或“周会”（又叫“纪念周”），升“国旗”（青天白日满地红的旗），唱“国歌”（我只记得开头两句“三民主义，吾党所宗；以建民国，以进大同”，其余忘了），向总理（孙中山）遗像三鞠躬，默念三分钟，然后集体背诵《总理遗嘱》（我只记得开头“余致力国民革命，凡四十年，其目的在求中国之自由平等。积四十年之经验，深知欲达到此目的，必须唤起民众，及联合世界上以平等待我之民族，共同奋斗……”）。然后就是校长训话。那些训话内容我一点都不记得了，好像经常都重复《总理遗嘱》和“国歌”的内容。不知为什么，那些训话内容听多了让我有些反感，心想孙中山要推翻清王朝，才成立国民党的吧，现在清王朝都被推翻了，民国也成立了，还要个党来干什么？当时在我心目中，是崇拜孙中山的，认为“三民主义”也是正确的，对《总理遗嘱》我半懂半不懂，开头那段我基本上懂，而且认为是对的，所以至今还记得。而“国歌”的内容我大部分不懂，所以竟一点也想不起来了。

我七岁那年，卢沟桥事变，老师在课堂上，在“升旗”的“朝会”上，都讲“九一八事变”和“卢沟桥事变”，叫大家要“勿忘国耻”，然后又让大家背《总理遗嘱》。每个纪念周都如此，我就有些厌烦了。

可没多久，“国难”真正当头了：日机轰炸，接着日军进村，故乡沦陷。德明小学停办，后来虽又办起表正小学，后又改为沙湾小学、沙湾中学，但再也没有升“国旗”，背《总理遗嘱》了。

奇怪，每逢星期一早上，我走过操场的升旗台前，都会想起以前不喜欢的升“国旗”和背《总理遗嘱》，心里竟有了些难受，突然闪过一个奇怪的念头：我的名字应改作“国兰”。

庭园草木常青葱

我的母校，庭园草木常青葱；我的沙湾，峰峦耸翠气势雄。爱我母校，教我良好的行动，苦心培育我像和煦春风。下苦功，学致用，我们肩上责任重，展望未来希望无穷。①

今日象贤中学的校门

① 校歌曾有改动，如“教我良好的行动”又为“良师益友恩情重”；“展望未来”又为“我们的未来”。两个版本我们都唱过，但想不起哪个先哪个后了。

这是20世纪40年代，我的母校象贤中学的校歌。如今唱起来，依然思潮滚滚，无尽的情思瞬间涌上笔端。

在二十世纪三四十年代的动荡社会中，母校几经波折多次改名：德明小学、表正小学、沙湾小学、沙湾学校、沙湾中学、象贤中学。我从1936年入学开始，到1947年高中毕业离开沙湾去上大学才离开母校。可以说，我是和母校一起成长的。我还是象贤中学第一届高中毕业生。

我读一、二年级时，是叫德明小学，教室还在留耕堂，所以极少过学校这边来，印象非常模糊，好像只有几间平房。上三年级时过来了，教室在山坡上，经过一个很简陋的校门进去，上一段又陡又窄的斜坡小巷，右边有一堵高墙，墙外有间尼姑庵，有时走过还会听见尼姑念经。小巷尽头有一块空地，是运动场，左边有一条弯曲的小路沿着石级上高坡，两边是杂树乱草竹林，我的教室正在这石级顶上。火烧冠南楼时，母亲就是从这条路赶上来接我回家的，当时她赶到教室门口，气喘吁吁，几乎说不出话，由此我印象极深。

我三年级没读完，家乡沦陷了。母校被日军占为军营，被糟蹋得七零八落。后来学校改名为表正小学恢复起来，我也读五年级了。记得当时学生少，五、六年级合在一个小教室，全班才二十人左右。连着左边有两个大教室，尽头那个是我读三年级时待过的；连着右边只有一个大教室，这三个大教室是二、三、四年级用的。当时这里就叫“山顶”了。下山有两条路，左边是一条穿经竹林又窄又陡又很弯曲的小路，很少人走；右边的路则比较宽，没那么陡，只转一个弯，转弯处正好有一棵大榕树，可以遮阴挡雨，露出地面的老根还可供人坐卧休息，所以人们都喜欢走这条路。校门进去往左拐，有一堆散落的房屋，除了一年级的教室，还有教务处、总务处等办公室。

表正小学后来改名为沙湾小学，我小学毕业时学校办升中班，我也读了。学校办起初中一年级，我以优异成绩免试进入初中。此时改名为沙湾学校了。过不久，又改名为沙湾中学。一年增一个年级，一直增到高中三年级。最后，改名为象贤中学。此时的学校以中学部为重点，另有附属小学和幼儿园。初时中学部是一个年级一个班，小学部就比较多了。后来因为校舍不够，还设了分校，好像罗山里、亭涌里和黎家都有过分校。幼儿园是设在学校原来的小礼堂里，礼堂前面有个小天井，有小车、木马等，方便小朋友在这里跳舞、玩游戏；礼堂上面就是课堂，摆满特制的小桌子、小凳子和小黑板。还从广州请了两位幼师毕业的女老师来。我三妹有幸在这里读过。当时的象贤中学，已经是县里规模宏大设备齐全的一间学校，不少外地人都来投考或转学插班。

母校越来越大，也越来越漂亮。校门正面是“象贤中学”四个大字，背面是“任重道远”四个大字，赫然醒目。进去是一方开阔地，旁边一列图文并茂的壁报板，再进去是宽阔的石级，登上大操场。石级两旁的栏杆上摆着五颜六色的花草，旧日那条又陡又窄的小巷不见了。进入校门的左边是一个草木长青花香扑鼻的花园，虽不大，却十分雅致美观。我们都爱来此照相留念。山顶的教室也逐渐增建了好几座。教室周围都摆满花草，整洁幽雅。

此时的母校，确确实实如校歌里唱的，是“庭院草木常青葱”了。

尽管离开了母校几十年，但始终怀念不已。不仅是因为她给予我丰富的知识乳汁，哺育我成长，更由于她播下的爱国种子，深深埋在我的心田，发芽生根，永不磨灭。

在我记忆中，在那个动荡忧患的时代背景下，母校一直有一种爱国主义教育的浓厚氛围。

这一点在课堂教学上是普遍体现出来的。国文课[①]尤为突出。教师们常常是结合日本侵华的现实来讲述课文，声情并茂，感人肺腑。如何学潜先生给我们讲都德的《最后一课》，讲到小说中那位老师在巴黎沦陷时即将被迫离开学校，最后在黑板上用力写上“法兰西万岁”几个大字，潜先生声音颤抖，热泪盈眶，我们也听得热血沸腾。韦翰章先生给我们讲李煜词《虞美人》，无比深情地吟诵到“小楼昨夜又东风，故国不堪回首月明中”一句时，已是哽咽着念不下去了，把眼镜摘下不断地擦眼泪。我们在下面也感动得直想哭。而地理课也不乏其例。如何仲芹先生教画中国地图时，就对我们说：“中国地图像一片桑叶，被像蚕虫般的列强一点一点来吃，越吃越小了！”又说：“我们中国地大物博，像块肥肉，日寇就像恶狼饿虎，要把我国一口吞掉。”——这些课，都给我留下极为深刻的印象，至今难忘。

那时学校的课外活动特别活跃，更是处处离不开爱国精神的宣传。教师们教我们唱一首首抗战歌曲：《松花江上》《义勇军进行曲》《怒吼吧，黄河》……从校园唱到街头。带领我们排话剧、排粤剧，从话剧《黑夜红光》《烙痕》到粤剧《荆轲刺秦王》《冰山火线》《卧薪尝胆》《王佐断臂立奇功》《胡不归》等，都是唤起民族意识弘扬爱国精神的作品。我们不仅在校园里演出，还常常在全乡公演，观众总是围观如堵，深夜还不肯离去。演到剧情高潮时，台上台下一样的激情沸腾，声泪俱下。记得以反内战为主题的话剧《苏州夜话》，是在三叠祠搭起舞台公演，正值抗战胜利后面临内战危机之时，可谓意味深长，观众尤为欢迎。而以反封建为主题的名剧《五奎桥》，是在留耕堂内搭起大舞台公演，也在社会上引起很大震动。

---

① 国文课，后来曾叫国语课，不久又改回叫国文课，都是新中国成立后的语文课。

当年母校对美化、绿化、净化环境也是十分注意，教育我们要爱校、爱乡、爱家、爱国，要爱护学校的一草一木，爱护国家的寸土分田。母校规模最大时，从幼儿园、小学到初中、高中，学生众多。但由于不准在墙壁乱涂，所以墙壁都能经常保持清洁，显目的地方都整齐地贴上一些格言、警句的标语，如“人生自古谁无死，留取丹心照汗青”“人固有一死，或重于泰山，或轻于鸿毛”“老吾老以及人之老，幼吾幼以及人之幼”“生当作人杰，死亦为鬼雄”“先天下之忧而忧，后天下之乐而乐”“覆巢之下，岂有完卵”“不自由，毋宁死”“失败乃成功之母”“宝剑锋从磨砺出，梅花香自苦寒来”“学如逆水行舟，不进则退”“虚心使人进步，骄傲使人落后”等等。学校正门进去的校道两旁设有琳琅满目、图文并茂的壁报，内容丰富多彩，形式多种多样，对开拓智力、启迪思想，特别是激励同学们爱国爱民、奋发向上的精神都产生了深远影响。

这点点滴滴的记忆，让我心中充满温暖和留恋。三十年后，我重回母校，百感交集，写下了两首词：

踏莎行

故地重游，思潮骤涌，春风桃李芬芳送。倚栏遥望忆当年，峥嵘岁月真如梦！　　大泽蛇龙，西窗伯仲，硝烟洗礼雕梁栋。参天古木植根深，良师益友恩情重。

浪淘沙

卅载去匆匆，印象朦胧：“庭园草木常青葱”。记得当年留赠意，古朴洪钟。　　故土最情浓，永刻心中：“峰峦耸翠气势雄”。今日春回当更美，万紫千红。

一枚私章

从老家带出来的东西，都已淹没在几十年的沧海桑田中，唯独存着一枚小小的私章，竟然在大风大浪中跟随了我七十多年。

这枚私章是用紫红间白的福建寿山石刻的，正方形，一边大约半寸，约一寸高。底部是用篆书刻着我的名字，顶部刻着一只蹲着的狮子，蛮神气的。一边侧面刻着直写的三行字：“为大众服务”五个字比较大，旁边是两行小字“沙湾学校学生市（政府）”“合作社敬赠”。

“学生市（政府）”是什么意思？初时我不懂。后来听先生说，是让学生组织起来，在学校领导下，自己管理自己的意思。所以，后来又改名为“学生自治会”了。

当时的“合作社”，卖的都是一些文具和日常生活用品。四个女同学做售货员，其他三个都比我大，但都比我低年级。有人叫我们“合作社四姐妹”。从广州来

保存至今的私章

的总务主任龚益先生是管这摊的，但他主要管好账目，其他事都放手给我们干。他很和气，爱讲笑。有一次在操场演活报剧，他扮个外国人，他原来又高又黑，装上两撇翘起来的胡子，拿根手杖，一进场就咳两声，把手杖一扬，说："我从乌拉圭来！"引得全场大笑。此后人们就叫他"乌拉圭"，他只嘻嘻笑，一点不生气。他说："你们叫潜先生'孔乙己'他都不生气，我生什么气？"

"合作社"很受全校师生的欢迎，但好像是办了两年就不办了。我们"四姐妹"都受到学校的奖励，每人发了一枚石刻私章和一支很便宜的钢笔。发奖时潜先生在讲话中特别强调"为大众服务"这几个字，希望同学们发扬这种精神，用这支钢笔写下"为大众服务"的日记。

后来，我们在"沙湾青年剧社"中做了大量的前台后台的工作，在"周末晚会"和"民众夜校"中搞了许多活动，都是无报酬的服务。潜先生说，这就是"为大众服务"的精神，这种精神应该成为我们学校的宝贵传统。

当时在"学生自治会"之下，各班都成立了班会，我们班叫锋社，以下是励社、峻社、诚社等。参加各种服务活动的人也是由各班会推荐的。参加人数最多的是我们班。我们班在毕业时，以"锋社"的名义，送了一个大铜钟给母校留念，上面刻着我们全班同学的名字。我们班每人都有一顶同样的竹笠帽，上面写着"锋社"两个大字。我们去近郊的校办农场上课并实习时，就戴着它，排着整齐的队伍走。一些乡亲好奇地站在旁边看，一些小孩欢快地跟着我们的队伍跑。我们农场生产出来的东西是全部归公的，也体现着"为大众服务"的精神，我们为此很自豪。

记得当年领奖后，我们"四姐妹"高兴地走出会场。龚先生笑着说："将来你们毕业后各奔前程，有机会再聚会时，拿出这枚私章来，定会感到更加亲切。"当时，大家都希望有这么一天。可是，一个未毕业就嫁人了，两个先后转学去广州了。此后我们就再无联系。至于龚先生，听说他跟潜先生出国了。

现在，只有这枚小私章，还默默地陪伴着我过晚年。但不管怎样，每当我抚摸着它时，都会想起在故乡那段"为大众服务"的快活日子。

这个私章虽小，上面那五个字的能量却那么大，当时我也没有意识到。我喜欢它，全是因为它的石质美观，雕刻精致，所以一直带在身边。而在大风大浪中它没有被吞没，还有一个很重要的原因，那就是在20世纪那个疯狂年代里，我被逼着要写许许多多这样那样的"交代材料"，材料上都要盖私章，我不得不经常带着它。它可以为我这段沾满血泪的生活作个见证。当时这私章曾被诬为罪证没收，还回时已被砸损。

私章还有另一种用途，就是"文革"期间我们夫妻俩靠边站①扣发工资时，为了五个孩子一个老人的生活，只好月月向单位借钱，这个月借，下个月还，如此循环往复。父母不在家，大女儿去代办手续。拿着母亲的私章去盖印借钱，受着周围投来的冷冷目光，女儿想哭还不敢哭。由此，这个私章也就给她留下了深刻的印象。直到她花甲之年记忆犹新。

---

① 所谓"靠边站"指的是被停止工作并受到一定管制。

沙湾青年剧社

沙湾人热爱粤剧

沙湾青年剧社又名沙湾青年粤剧团，以沙湾中学的老师为主干，联合社会上一帮粤剧的爱好者，同时还在沙湾中学挑选一些男女学生当群众演员和工作人员。我在剧团期间，就当过小孩、丫鬟、宫女、带位和提词。乐队（叫弦索手）则大多数是社会人士，有名的音乐家何少霞、何与年都参加过。演员大多数是中学老师。有些老师也当弦索手，如文汉先生。个别老师还兼两职，如数学老师卓颖先生是乐队的，在《荆轲刺秦王》里还演御医夏无且。男主角（叫担纲文武生）是我们的校长潜先生，女主角（叫正印花旦）主要是一位社会青年阿章叔（何兆章）反串的。初时，社会青年阿九叔和我们的英文老师何学敏先生、农业老师李四维先生也反串过。《万里护香车》中的女主角程冷冷是九叔演的，男主角李揖侯是潜先生演的，《冰山火线》中的女主角是李四维先生演的，《秦香莲》中的女主角秦香莲是敏先生反串的。

演出的地点在村中心侍御坊大街最热闹的地方安宁市，这里有一个大祠堂（没有留耕堂大），人们都叫它“昏头祠”。直到几年前我才弄清楚，原来这里叫“郡侯祠”。这“郡侯”指谁，我却不知道了。

剧社演的剧目，多数都是有名的传统历史剧，如《荆轲刺秦王》《卧薪尝胆》《刺虎》《王佐断臂立奇功》《萧何月下追韩信》《三气周瑜》《冰山火线》《皓月女皇》《危城鹣鲽》等，也演过现代名剧，如薛觉先的首本戏《胡不归》。这些戏里，都蕴含着浓厚的抵抗外侮的民族意识。也演些反抗强暴的爱情戏，如《含笑饮砒霜》。

我从小就迷看粤剧，此时有机会天天晚上都去看，有些戏看多了，戏文就能背会唱了。如《胡不归》里“慰妻”“逼媳”“哭坟”这三场戏，直到今日我还能唱出不少。“颦娘”的形象一直活在我脑海里，促使我写了一篇论文《兰芝与颦娘》。演《刺虎》时，有两场是潜先生反串费宫人的，其余则是阿章叔演，其中的几句唱词深深打动了我，至今记忆犹新：“宝剑呀宝剑，你闪烁光芒如紫电，透入奴心更凛然。为报我国家仇，我地（们）黄泉再见！”那种爱恨交织矛盾痛苦又大义凛然的内心波澜，演员表演得十分传神，感人至深。在《含笑饮砒霜》中，男女主角唱到“就把砒霜洒在葡萄酒上”，然后用力一甩水袖，两人紧拉着手，微笑着坚定地昂首迈步向前时，表现出一种蔑视强权，以死抗争，维护人格尊严的凛然气概，十分动人。《荆轲刺秦王》里那首歌“风萧萧兮易水寒，壮士一去兮不复还”，气壮山河，震撼人心，令我深为感动，曾仿照着写了一首《还我河山》：“秋风萧瑟兮江水寒，铁骑横行兮心不甘！安得宝剑兮斩敌顽？还我河山！还我河山！”而炽先生演的樊於期，断然自刎，把头给荆轲作礼物混入秦庭刺秦王，其恢豪慷慨之气，也激荡人心；《三气周瑜》里显先生演周瑜，当看到“赔了夫人又折兵”的旗子一举起时，气得一口鲜血喷出来，令人震撼；潜先生在《胡不归》里哭坟时唱“胡不归兮胡不归，杜鹃林里杜鹃啼”，声泪俱下，叫人心碎；在《皓月女皇》里，阿章叔演女皇，唱“陆纪风呀陆纪风”深情召唤，潜先生演陆纪风，含情又节制地回应“微臣在”，灵犀暗通，默默传情，把观众心弦扣动……另外有两场与孩子有关的戏也让我难忘：一场是《冰山火线》里李四维先生演母亲，启先生和“兵姐姐”（一个在沙湾当兵的演员）演一对双生姐弟，爬越冰山去抗敌前线寻找父亲，母亲半路死了，二人饥寒交迫，相拥号哭，真催人泪下；另一场是在《秦香莲》里，敏先生演秦香莲，带着一双儿女去找陈世美被赶出来，令人心酸而切齿……

当时这个剧社，是从小到大越演越红火的，后来几乎座无虚席，场场爆满。不仅沙湾村里人看，连邻近的渡头、新村等也有人赶来看。还去县城市桥大戏院演过《荆轲刺秦王》《卧薪尝胆》《胡不归》等几个剧目，我们四个女学生也跟着去演丫鬟、宫女。有些男生也跟着去演兵卒。连演几场，非常成功，各界人士送来了很多花篮。我们大受鼓舞，越干越起劲。

当初潜先生介绍我们去剧社时说，在日寇铁蹄下的沦陷区里，只有通过这些历史剧，曲折地唤起群众反侵略、反暴力，爱祖国、爱人民。所以这实际上是做宣传，票价很低，还不够灯光布景服装道具等的开支，常要村里拨款和大户人家捐钱来补贴。

因此几乎所有的演员与工作人员都没有工钱，都只是为大众服务。问我们愿不愿意干，我们一致表示乐意干。

那时沙湾是沦陷区，日军虽然撤走了，但有伪军驻防，青年剧社却能公演那么多带着浓郁民族意识和抗敌情绪的粤剧，如今想起来是有些奇怪的。

伪军的首领是护沙大队长①何健，后当伪营长，他掌握着沙湾的地方武装大权，青年剧社活动的抗日倾向他不可能不清楚，但他的态度却一直令众人费解。

记得剧社成立之初，难找女旦，大队长派了手下一个班长来顶台。这人叫什么名我不知道，我们叫他“兵姐姐”，他也只是微笑着点点头。听人说，他曾经跟着一个山大王去打日本兵，后来那山大王当了汉奸，他想逃回家，被抓起来作逃兵要枪毙，是大队长救了他，他就投靠了大队长。同伴笑他：“一个大兵去当小旦，丑！”他也不生气，只淡淡地说一句：“是大队长吩咐的。”演《荆轲刺秦王》时，他演荆轲妻子；在《胡不归》里，他当婢女春桃。女主角颦娘是阿章叔扮演的。

阿章叔也是大队长给剧团介绍来的。听大人们议论，说阿章叔是大户人家的少爷，很高傲，怎会来剧团当花旦？大概是看在大队长的面子上吧。还有，在排《王佐断臂立奇功》时，为安排角色，团里曾煞费苦心。主角王佐谁演好呢？有人提当然由担纲文武生来演，但连潜先生本人都觉得自己的气质不像，没信心演好。正为难之际，有人提出让大队长的亲哥阿适叔来演，说他在《荆轲刺秦王》中演高渐离演得不错。但他正有要事准备去香港，

---

① 护沙大队是保护沙田的武装部队之意，当时是属于日伪政权下的一支武装部队。

还是大队长亲自说服了他先留下来，演出后再去。结果演出居然很成功。

大队长的举动让众人议论纷纷，说什么的都有。有人说大队长对剧团的支持是因为他母亲是个粤剧迷，几乎晚晚都要来看戏，他又是个大孝子。也有人说他这样做是为了笼络人心扩大势力。还有人说，大队长本身就是个奇怪的人，当兵拿枪却喜欢文艺，爱读书……

而正当剧团火红的时候，发生了一件震惊全村的大事：剧团的正印花旦阿章叔被谋杀了，而且死得很惨，凶手从后面一锤打个脑袋开花，又把骨节锤断，然后把尸体塞入一个大木箱里……

血案发生后，剧社里有点人心惶惶，粤剧停演了。记不清过了多久，忽然说要排演一出话剧《南冠草》（《明末遗恨》）。主角夏完淳由潜先生演，不知怎的，竟然安排我演夏完淳的妻子。我很害怕，但又拿不出个理由来推脱，正发愁，没料到在第一次排练会上，潜先生竟然宣布不演了，我真是心中一块石头落了地。但回心一想，为什么不演了呢？想问个明白，正好有个老师问潜先生，大队长知不知道此事，潜先生说大队长去广州了。此时，在舞台上收拾东西的同学大声问潜先生“大幕要不要收起来”，潜先生干脆地回答：“不收，我们还没谢幕哩！”

大幕还很新，是用演出挣来的钱刚买回来不久的，猩红色的丝绒布上是六个黄色大字“沙湾青年剧社”，十分醒目好看，既然不演了当然就要收起来，为什么不收呢？我正想问，一望，见潜先生的脸色很难看，冲到唇边的话马上吞了回去，只在心中反复琢磨，“还没谢幕”是什么意思呢？

周末晚会

日本投降了，我已上高中一年级。那时我们一帮热心的同学，每逢周末，就在三叠祠门口举行“周末晚会”。学校的训导主任敏先生也经常亲临指导。晚会以文艺节目为主，穿插一些简短的演讲，主要内容是宣传抗日战争的伟大胜利，宣传提倡科学与民主。

三叠祠

文艺节目是唱歌、跳舞、小品、魔术、杂技、乐器演奏等，观众都很喜欢，演出途中遇上小雨也不愿意走。不少人往往是吃完晚饭就拿上小凳子或长条凳，到祠堂门口的大地坪去占位置了。记得有一个男同学的魔术“口中喷火”最受欢迎，在观众的要求下反复表演了好多次，还要求讲出其中的玄妙。这位男同学一面解释，一面趁机宣讲科学的重要作用。但他平时不善辞令，加上有点口吃，在会上讲话又紧张，本来他物理学得很好的，经常考试都八九十分，但此时“那个，那个……火，火……”半天说不出来，急得猛搔脑袋。他哥哥在一旁看不过眼，一把推开弟弟，自己来讲。哥哥口才好，但物理是考不及格的，此时他只能讲发展教育事业学好科学技术的大道理，却没办法把“口中喷火”的奥秘说明白。最后只好说：“回去把这玄妙写好印出来，下次发给大家吧！”

观众当然是更喜欢看文艺节目，不太耐烦听演讲的，但没有演讲又很难达到宣传的目的。所以都是选一些口才较好的同学来负责讲，而且训导主任亲临前线，带头演讲。讲的内容都是宣传发扬科学与民主，振兴中华；宣传世界和平，反对战争。那位男同学的哥哥正是根据这些内容事前写好讲稿了的，但关于“口中喷火”的解释没有准备，更没有写成文字，自然就讲不出来了。

训导主任是教英语的，他说要把“德”先生（“民主”的英文译音为德莫哈那西）和“赛”先生（“科学”的英文译音为赛因西）请出来，我们才能坐稳江山，他主张学西方的自由民主，发展科学，普及教育，提高国民素质，国家才能强大，不被列强欺负，不受战火威胁，才能保卫世界和平。他这些讲话，就给我们的宣传定下主调。我们几个学生去讲时，都是根据这些内容去发挥的。我也是主讲人之一。

我不是按老师的框框条条去讲，而是从我自己的亲身经历和切身体会去讲。我从日本飞机大轰炸，一日内在沙湾扔下两百枚炸弹，我跟着父母爬过瓦砾堆，绕过血肉模糊的死尸逃难讲起，讲到日军的橡皮船在大涌口登陆，母亲牵着我，冒着朦胧曙色，夹在人群中挤向村口，在哭声震天中外婆被冲散，在前无去路后有追兵中穿过山林草莽，饥寒交迫，目睹众生惨状，最后才归结到主题。我不用讲稿，还具体生动，感情真挚，越讲越激动，观众越听越入神。后来，看守祠堂的阿伯跟我说，观众最想听我演讲。

观众还喜欢听乐器演奏。演奏的都是广东音乐的小曲，有些还是沙湾的音乐家的作品，许多沙湾人都会唱的，有时台上奏乐，台下就有人和着唱，越唱越起劲。如有一次台上奏《赛龙夺锦》，台下就有人唱起《夜战马超》中的“蛇矛丈八枪，横挑马上将”来。

训导主任跟我们说，我们是高中生了，让我们搞周末晚会和民众夜校的活动，是为了让我们多接近民众，了解社会，为将来走入社会踏上工作岗位作准备，也是“爱我中华，服务大众”的具体行动。

这些活动对我的确是很好的锻炼，为我以后的工作打下了很好的基础，我印象很深，至今未忘。

民众夜校

我们在“周末晚会”上宣传“发展科学，普及教育，振兴中华”，不是说说而已，而是踏踏实实去干的。

在亭涌里的一间祠堂“直文祖”里，我们办起了一所“民众夜校”。这间祠堂不知是姓什么的，与其他祠堂有点不同。其他祠堂门口都有一块大地坪，可以做广场，是公众过往的通道。这间祠堂门口那块地坪却是围起来的，好像个大院子。大院子有个大门口，正对着一条石桥，横跨亭涌。这亭涌比大巷涌窄，水也不深，但淹死过一个孩子，所以村人说这条涌“不干净”。初时来夜校的人不多，就是怕有“水鬼”。我们针对这一点，在“周末晚会”上大讲“破除迷信，相信科学”。有些村人又说“水鬼”怕火光的，于是有人拿着手提的有玻璃罩的小油灯或火把，三五成群地结伴来。那时手电筒是稀罕东西，有钱人家才用的。来夜校的都是平民百姓。后来人逐渐多了。

为什么提着油灯都要来呢？他们说“教的东西合用，又不收钱”。夜校没有什么正规的课本，都是自编自印，而且都是根据群众的需要来编写，按水平来编班级：一个扫盲班，一个初级班，一个中级班，一个高级班。这样他们学起来感到有兴趣。比如算术课着重教珠算，学打算盘；常识课讲些卫生知识，讲些家具修理技术等；国文课着重讲“尺牍”，教会学生写信。还有音乐课，让大家学得快乐点，一天劳累后，来这里，又得学习，又得放松放松。这样一来，大家就爱来了。

敏先生有时也来讲课，他来时，多是集中全校学生到大地坪来听的，每人拿张小凳子坐着，比在教室还通爽凉快哩。敏先生讲的都是些大事，时事局势啦，科学民主啦，文化教育啦，但他善于从具体的小事讲起，结合群众的具体情况，语言又生动活泼，有时甚至夹些英语（他是英文老师），所以群众也很爱听。他往往说，是校长潜先生委托他来讲的，潜先生还托他向大家问好。

有一次，他指着旁边挂着的那盏大光灯（汽灯）说，将来我们科学发达，经济发展，安上电灯光管，就光亮多了，也不用你们这几个同学天天点这些大光灯那么辛苦了！听得我们心都乐开花了。

我是教国文和音乐的，教室里只有一盏大光灯，还经常坏。有一天晚上，我教《我的家庭》这首歌，其中有两句是“我的家庭真可爱，父亲母亲都慈祥”，昏暗的灯光下，我突然发现有个学生伏在台上，以为她病了，走过去扶起她的头，见她满脸眼泪，而且，定睛一看，啊，竟是我的旧同学二妹！

我拉她到大地坪谈心。她一把眼泪一把鼻涕地向我诉说，原来她在觉社小学停办后，就在家带小妹，后妈很苛刻，有时还打她。她想读书不得读，现在来夜校都是父亲说了许多话才得来的……

我很同情她，很想帮助她，可是有什么办法呢！只有陪着她哭了一会儿，就各自回家了。

走在路上，昏昏沉沉的，不小心摔了一跤，一只粗糙的手把我扶起来。一看，原来是撑船三婆，她是陪孙子来读夜校的。她孙子才九岁。媳妇死了，她和儿子孙子住在一条乌篷船上，白天出海干活，晚上停泊在大巷涌。我说孙子应该到正规小学去读书呀，她说没钱，而且孙子白天还能帮手做点工哩，捉鱼摸虾都能捞几文钱呀！

回家躺在床上，半夜睡不着，现在有多少这样的孩子啊，我能帮助他们什么？想了很多很多……

不禁又想起“爱我中华，服务大众”这句话，一种莫名的满足感夹着一种莫名的惆怅油然而生。

祠堂建筑

苏州夜话

由于搞“周末晚会”，看守三叠祠的阿伯和我熟了。一天晚上，我口渴，他带我去他住地喝水，我才知道原来他就住在以前黎明先生住过的那间小房子。我意外地发现黎先生装画具的那个小藤箱竟然放在阿伯床上。我好奇地问起来，阿伯却摇摇头，似乎不太想讲。我更奇怪了，更想问清楚。阿伯才告诉我，黎先生走之前把这箱子交给他，说以后会来拿的，谁知一去就不回来了，后来听说他和何亭先生都在粤北那边打仗死了。何先生的父亲到处去打听想把尸骨找回来，可怎么也找不着。“黎先生没有家人了，谁给他收尸呢！”阿伯讲着抹起眼泪来，又说：“是个好人哪！自己没吃饱，还要硬塞两文钱给我买米……”

那天晚上，我翻来覆去睡不着，祖母问我干什么，我说了，祖母叹口气，说：“唉，好人会有好报的，没见尸，或者人还在呢……”

但愿吧！我满心怅然。

此时学校排演一个话剧《苏州夜话》，要我当那女主角卖花女。我一再推辞。导演韦先生找我谈心，我把心里话都告诉他了，他表示理解，但他说：“黎明先生如有知，看到你这颓丧的样子会伤心的。战争夺去许多人的生命。我们要和平，不要战争。《苏州夜话》正是反映军阀混战给老百姓带来妻离子散的痛苦的……”韦先生是有名的爱国的南国词人，很有学问，我一直很敬仰他。在他耐心劝说下，我终于答应。

这次演出是在三叠祠内搭起舞台来演的，不仅全校师生来看，而且对外公演，欢迎群众来看。因此大家都特别认真排练。

导演韦先生很严格。一位男同学扮演一个风流才子式的艺术学院大学生，他有两句台词是“采香门外女如花，千古风流梦馆娃”。韦先生教他用吟诵的调子来念，而且要结合一点自我陶醉的神情。但他念起来，神情呆板，像小学生背书。大家看着发笑。一笑，他脸红，再念，却像和尚喃经，大家笑得更厉害。韦先生立即制止，叫我们不要笑，说这位同学已经很努力，只是由于没有这种生活经历，体会不到剧中人那种感情吧。在韦老师耐心指导下，他终于演得比较像样了。

我演那个卖花女，台词中有一首诗（“淡淡长江水，悠悠远客情。落花虽有恨，随地亦无声。”）要求用国语来吟诵。当时我们演出都是讲广州话，在舞台上我从来没讲过国语，就凭着从罗先生和伍先生那里学来的那一点点基础，再经过导演韦翰章先生的耐心辅导，我念得比较准确而流利了，就有了信心演好这个角色，这样到公演时，我就不会在舞台上担心背诵不好这首诗而忐忑不安，影响情绪了。因为背诵好这首诗，是卖花女与在内战中失散了十几年的老父亲相认的关键情节。此处正是剧中的高潮。由于我没有了语言障碍，轻松地走上舞台，故能全神贯注，进入角色，投入感情。当卖花女挎着花篮，迈着沉重的脚步，怀念着死去的母亲是怎样教自己背诵这首诗时，百感交集，悲伤不已，用低沉舒缓而婉约柔软的京腔来反复背诵这首诗，背到第二轮时，声泪俱下，几乎哽咽失声。美妙的北方京腔冲破了寂静的南方苏州夜幕，惊动了正在带学生来旅游画画的老教授老画家，他循声从室内冲出来，父女相认抱头痛哭。这一幕使全场观众为之动容，甚至流下热泪。过后，扮演老画家的那位演员同学说："以前我演戏都没动过真情的，这回也被你'逼'得'老泪纵横'了。"

后来我们去三叠祠搬那些道具景幕等回学校时，见到阿伯正坐在门口翻弄着黎先生那个破箱子，我停下来歇脚，想看看黎先生还有没有画留下来。正巧看见有半幅残破了的画，嘿！竟然是当年他离开时留给我的那幅画的左半边。我喜出望外，急忙再找，想找回右半边，但怎么也找不到了。阿伯说没看见有别的画了。我想，这大概是当年黎先生嫌这幅画画得不好，撕了，再画一张送给我们的。但我还是很珍惜地把这半幅画收起来，阿伯好像也理解我的心情，同意给我带走，而且叹了口气，说："多好的人啊！就这样回不来了！打仗，为什么总要打仗？——你们这出戏很好，就是教人不要打仗了，打仗害得多少人家破人亡啊！"

锋社

“锋社”是我们班班会的名称。好像是1945年成立的，我记得不太清楚了。我们班是象贤中学的第一届高中毕业班，1947年夏天毕业的。毕业的时候，送了一个大铜钟给学校留念，上面刻有全班同学的名字。那时每人还有一枚小小的纪念章，上面有个红色“锋”字，很漂亮，我一直珍藏着，可惜“文革”时被没收了。每人还有一顶竹笠帽，上面用墨写有“锋社”两个大字。那时每周我们去校办的农场一次，上农业课，兼劳动。全班同学都戴着这笠帽，排着队，雄赳赳地从学校走到农场。这笠帽我上大学时留在家里，土改时也被没收了。每人还有一本纪念册，上面有老师与同学的题词，我一直珍藏在身边，但在博中教书时，有一次我离开学校上地区参加学习，学校调动房间，学生帮我搬家，丢失了我一些重要的东西，包括我的大学文凭和这个纪念册。

在我记忆中，我们班毕业时是28人，但入学时远不止这个数。我能记住名字的还有42人。那些没有读到毕业的，可能是中途转学或休学，甚至有个别是去世了。

当时我们这个班，是学校里最活跃又是最优秀的一个班。在学校成立班会也是我们班率先搞起来的，接着“励社”“辛社”“峻社”等弟妹班也相继成立，成了全校学生自治会的坚强支柱。

在“锋社”成立前后，我们班在校内校外搞了一系列活动。

如在校外办起“民众夜校”“周末晚会”，参加全乡庆祝抗战胜利活动，在乡中首创火炬游行等，这些活动都得到乡中群众的赞赏。在校内，参加全校性的演讲比赛、壁报比赛、篮球比赛、戏剧比赛等，都获得冠军。特别是我们班不但有文章写得好的，还有画画画得美的，写字写得漂亮的，所以我们班的壁报图文并茂，极吸引人。我们班还有很会演戏的人才，很会搞灯光布景舞台艺术的人才，所以我们在校内演出的抗日话剧《烙痕》，在校外对全村民众公演的反映军阀内战给老百姓带来家破人亡的惨重灾难的话剧《苏州夜话》，都深深感动了观众，不但博得全场热烈的掌声，而且赢得不少激动的眼泪。

当然，我们“锋社”人才的成长，离不开母校老师的培养，我是从小学一年级读到高中三年级的，其间虽然学校几经变迁（德明小学—表正小学—沙湾小学—沙湾学校—沙湾中学—象贤中学），我也曾经因故乡沦陷而失学，读过一阵私塾和青年会小学、觉社小学，但最后我还是回到表正小学，一直跟班读到高三毕业考上大学才离开母校。算起来，就有十多年了。这十多年间，教过我的老师很多，我还能记住名字的就有：罗佩惠（女，教国文，班主任）、何超凡（教劳作）、何继融（教常识）、何卓颖（教数学）、何文亮（这名字记不清楚，只记得绰号“豆皮亮”，教常识）、何昌显（教音乐）、何昌启（教体育）、何楚雄（教生物，教务主任）、何学敏（教英文，训导主任）、何学潜（教国文，校长）、何学炽（教体育）、韦翰章（教国文，当年有名的南国词人）、黄坚（教英文）、冯卓然（教数学，当时广州数学教师“四大金刚”之一）、朱××（名字忘了，教物理）、何舜流（教美术，中共地下党员）、何英华（教体育）、祁国枢（教童军）、何仲芹（教地理）、蔡××（名字忘了，教地理）、

罗丹（教音乐）、伍××（名字忘了，女，教音乐）、朱××（名字忘了，教农业，管农场）、叶镜田（教体育）、杜××（名字忘了，绰号“杜老九”，教体育）、李四维（教农业）、许佩霞（女，教家政，幼儿园老师）、龚伯宪（教国文）、冼毅廉（教国文）、黄兑西（教公民）、龚益（教体育，总务主任）、何文彬（教生物）、何乾条（又名何少霞，番禺三大音乐家之一，名“琵琶大王”，教历史）、何学启（教数学）、何学泮（教体育）、何光荣（教日语）、朱厉强（教化学）、区理쓚（教数学），还有一个教过大约一年英文的老师，我忘记他姓名了，大约有六十岁，矮矮胖胖，秃顶且光亮，同学们给他起个花名叫 HOLE。

一晃六十多年过去了，“锋社”的同学各散东西，有些已到另一个世界去，但我都没有忘记他们和她们——我故乡的兄弟姐妹！

纪念章、纪念册、竹笠帽，都没有了，但在“锋社”活动的日子，印象深刻，永远忘不了。听说古朴的大铜钟还保留着，如果我还有机会再回母校，一定要去好好看看它，摸摸它。

1995 年母校校庆，我无法前往，送去了一首词。这首词实际上是从怀念“锋社”想起的。我送给母校，也是送给我们所有的“锋社”同学。

八声甘州·摇篮颂　祝母校校庆 50 周年

看青萝嶂下蝶纷飞，夭桃满香枝。望椰林岛国，长河大漠，绝塞京畿。处处苗鲜叶秀，千里勃生机。更喜梢头鸟，竞唱芳时。　遥念当年创业，历烽烟弥漫，雪雨淋漓。铸楚魂汉魄，地下树红旗。驾长风，雄鹰出岫；沐朝阳，雏凤展丰姿。怀前事，豪情奔诵，谱入新词。

学国语

记得读小学时，曾经学过一阵国语。初时还不叫国语，而叫国音，从“波、坡、摸、佛……”的音符学起。当时没有什么“拼音方案”，也没有“普通话”的讲法。

在沙湾，最通用的当然是沙湾话，也有些人讲市桥话，讲广州话的只是少数。还有些人讲“外岗话”，又叫客家话。而那些“南洋客”（华侨），讲的是“马拉话”。我家邻居有一位老太太讲北方官话，那家老主人是一位沙湾的清朝举人，在北京做了官，告老还乡时把她带回来的。那时候，她讲的北方官话大家都听不懂。但做大戏（演粤剧）时，有个别台词，却是讲南方官话（桂林话）的（如“不好了”“我来了”之类）。

在学校，上课、开会、演戏、演讲都讲广州话。可以说，广州话是学校里的“官方语言”。但在课外，是沙湾人的教师还是讲沙湾话，学生都是讲沙湾话，个别从外地来的除外。上国音课时，教师还是讲广州话，虽然按着拼音来教学生读一下书。但我们看着课本拼音，一字一句地读还可以，丢开课本就不会读了，更不会讲。不知为什么，很快就没国音课了。我们也就连“波、坡、摸、佛……”渐渐都忘记了。

后来从外地来了两位音乐教师，都讲国语，也就给了我们学国语的机会。

其中一位是罗丹老师。高瘦个子，脸色有些苍白，头发常常披落下来盖住了一边眼角，举止很斯文，讲话也轻轻柔柔，沉默寡言，甚至给人阴郁冷漠的感觉。他的眼睛、鼻子、嘴巴都较小，但五官配搭得很匀称。有些调皮的男同学暗地里给他起个绰号叫“古典美人”。他是讲国语的，不太会讲广州话，讲起来很艰难别扭，所以他和同学交流比较少，平时话也不多，但对工作很热情负责。记得他教我们班唱一首歌，有个地方比较难，有些同学老唱不好，下课后他就叫这些同学到音乐教室，他踩着风琴耐心地一遍又一遍地教。还特别要我反复唱准这几句，回去再帮助这几个同学，说我是班上的文娱委员，有这个责任。虽然他比较严肃沉静，不苟言笑，不过待人还是和蔼可亲的。在与他交谈中，我们学会了许多国语，所以我们也喜欢接近他。

有一次，学校要开音乐会，罗先生叫了几个同学去，一个个地试唱。他叫我和另一个女同学试唱同一首歌。唱完后，他说，那个女同学嗓子粗，音量大，但音质不是很好，也不太能唱出感情，说我音质比较好，声音圆润，表情达意也比较好，但音量不够大。所以她适合在大会上唱，我适合在小会上唱；她适合唱雄壮的歌，我适合唱柔和的歌。然后他一边弹琴一边唱了两首歌对比给我们听：一首是冼星海的《怒

母校一景：“两个亭”

吼吧，黄河!》，一首是韦翰章老师写词、黄自先生谱曲的《思乡曲》。我听得入迷了，他唱完我不禁拍手叫好：“好极了!”想不到韦老师从后面走来，笑着说：“这首《思乡曲》呀，罗先生不比你唱得好听哩!”我一下子有点惊慌失措，说：“韦先生，你别取笑我了！我怎能和罗先生比!”韦先生正经地说：“不是取笑。我不是给你们讲过，苏轼的《念奴娇》宜由关东大汉唱，柳永的《雨霖铃》宜由妙龄少女唱么?”“我既不是关东大汉，也不是妙龄少女，所以两样都唱不好!”罗先生紧接上韦先生的话，说罢，哈哈大笑。韦先生也放声笑了起来。我还是第一次看到罗先生笑得那么开心。突然发现罗先生那灿烂的笑容真是爽朗可爱，想起他平日里那一副阴沉冷漠的面孔，不禁有些困惑。

可是过不久，什么面孔都看不见了。“罗先生去哪里了?”我问韦先生。“不知道，——人各有志嘛。”我觉得韦先生有点神秘兮兮的，就不敢问了。

不久，再来了一位姓伍的女教师，比较开朗，又会用两种语言与我们交谈。她的广州话讲得很好听，但她教每一首歌之前都会先用国语带我们读一遍歌词，要求我们尽量将每一个字都念准确。这位女教师胖胖的，脸圆圆，眼睛有点小，还常常眯着眼睛笑，很可爱。她教我们唱《傻大姐》《朱大嫂送鸡蛋》等歌曲，我们觉得很新鲜，她一边教一边还学“傻大姐”“朱大嫂”那憨厚又傻乎乎的样子，逗得大家都发笑，也就唱得更起劲。后来他还教我们唱一首《三八妇女节歌》。我很喜欢这首歌，觉得旋律很优美，伍先生那圆润的歌喉唱起来，特别悦耳动听；加上那歌词很形象生动，激昂慷慨，给人很大的鼓舞力量：“冰河在春天里解冻，万物在春天里复苏。全世界被压迫的妇女，在‘三八’，喊出了自由的吼声。从此，我们永远打破毁人的牢笼！苦难使我们变得更坚定，往日的闺秀，变成新时代的英雄。我们像火花，像炸药，像天空的太阳一样的光明。武装起身手，武装起头脑，勇敢地把自己，投向民族解放的斗争里。从此，我们永远打破毁人的牢笼!”多么激励人心啊！这首歌，我一直唱了几十年都还喜欢唱，而且每次唱起来都心潮澎湃，热血沸腾。可惜伍先生也教不长，好像只是一个学期，也莫名其妙地不见了。

但跟着这两位音乐老师，我的国语才大有长进。后来我们学校公演话剧《苏州夜话》时，我就靠了这点基础，顺利地演好了女主角卖花女。舞台上的卖花女用低沉舒缓而婉约柔软的京腔来反复念那首诗：“淡淡长江水，悠悠远客情。落花虽有恨，堕地亦无声”，声泪俱下。全场观众为之动容，留下深刻印象。之后好些同学都学会用京腔来背诵“淡淡长江水”这首诗，并由此引发了学国语的兴趣。

说来也有趣，我们还有个机会竟是从外国人那里学的国语。当时乡里有一个德国医生叫雷尔士，他不满法西斯战争，不知怎的逃难到沙湾来，在黎家那边租间屋子开了个私人诊所，主要看外科。我们打球、跑步等常会受伤，他都是细心治疗。他性情开朗，谈笑风生，平易近人，所以我们一帮同学有伤没伤都爱去他家聊天。他会讲国语，讲广州话却很艰难，更不会讲沙湾话，我们跟他谈话就只有逼着自己学国语了。

有趣的童军活动

读初中时，我们全体初中生都要统一参加童子军。

参加童子军后，每人就要买一套童军服。男生是一身草绿色的衫裤，是短裤；女生是草绿色上衣，黑色短裙。一式地戴一条蓝色领巾，肩头上有两个扣，一边扣着一条卷好的白色救生绳，一边扣着个“队长”标志。我当过小队长，是最低级的。当时我是全班最小的黄毛丫头，个子也小，给我个小队长当，只因我成绩优秀而已。由于我爱哭鼻子，顽皮的男生爱逗我，叫我“烂喊猫队长”（广东话里的哭为喊）。

那套童军服穿起来蛮精神的。操练的时候还有一根童军棍哩。童军棍好像比我高一点，大约比我手臂小一点，光滑，轻便。这是我们的武器，用来防御与进攻。那条救生绳是用来攀缘与救护的。一头还系着个哨子，用来报警或集队。那条蓝领巾是用来救护时包扎伤口的。两根童军棍和两三条救生绳结起来还可以做成简便的担架，作救护用。这些都是在童军活动课时，教练给我们讲授的。一面讲，一面还找些同学当“伤员”来做示范。这样，大家就很有兴趣学，而且觉得很实用。初时没人肯当“伤员”，我自告奋勇当，得到教练的表扬。但我的手腕力气太差，打个救生网都打不结实，绑担架也绑不稳。所以救护这一项，我就只得了个“乙等”。这叫我很沮丧，我暗下决心，要在旗语和追踪两项夺取“甲等”。而这两项，又是我最感兴趣的。

但有一次教练讲这两项活动应注意的事项时，我因病缺了课，事后想去问问，又觉得这教练平时老是板着面孔，对学生要求很严格，有时甚至是挑剔、为难，我不太想和他打交道。这教练不是沙湾人，听说好像是东江人，讲一口不太正的广州话，不会沙湾话，平时话又少，很少主动跟学生聊天，我们特别是女生，极少接近他。这人黑黑瘦瘦，脸尖尖的，有些同学暗地里叫他“猴子”。但他打旗语时，手势很熟练利索，身姿挺拔昂扬，很好看的。我倒是很喜欢跟他学旗语，他也和蔼地耐心指导我。此时，我就忘记怕他了。

打旗语就是左右手各执一面小红旗，用各种手势姿态来挥舞旗子，表示各种意思。这是双方在看得见的远距离时联络用的。我不仅在上童军课时学，平时也把打旗语拿来玩，甚至玩到家里来。我捡母亲不要的旧衣服做了四面小旗，在家里教小弟打旗语。小弟比我小好多岁，才读小学一年级。不久他也爱上这种“游戏”。有一天，他爬上梯子和我打旗语，不知怎的，一时高兴，哈哈大笑，踩错了格，摔下来擦伤了脚。我赶快拿出我的三角蓝领巾来，很快就帮他包扎好。但重男轻女的大祖母还是把我骂得狗血淋头，说不准我再玩这些“鬼把戏”。以后我就和弟弟在厨房前的小巷偷偷玩。这样一来，我的旗语就打得很熟练了，测验时得了“甲等”。我高兴极了，有点飘飘然。

我想，在追踪一项要获得“甲等”应该比打旗语容易，不就是找找标记跑跑路吗？追踪训练那天，出发前，教练严肃又耐心地反复交代，叫我们必须小心谨慎，迅速行军，注意隐蔽，不要暴露等，我们都有点嫌他啰唆了。大家抱着兴奋激动的心情出发，仿佛真的要“出征”，觉得太好玩了！我们几个女同学一面找标记，一面压低声音说笑。初时很顺利，岂料我们沿着标记走到

今日母校

从大巷涌通往亭涌里那条小路时，突然从路旁的杂树乱草中窜出一只黑乎乎的东西来。“蛇！”一个女同学惊叫。“哇——”我和另一个女同学本能地跳起来，一条不知是什么的东西把我绊倒，以为是蛇，吓得大哭了。走在后边的班长赶上来，把那枯藤拉开。我们继续前进。……这一项的成绩得了什么呢？我不敢去问了。教练只沉沉地说一句：“如果你们是真正的军队去执行任务，这种表现会有什么后果呢？”我们都低下了头，不敢看他严厉的目光，不敢看他严肃的面孔。

虽然他的严格是有道理的，但我始终还是不太喜欢他，更谈不上亲近了。所以离开学校后就从无联系。想不到20世纪当组织上给我做历史结论时，一位负责人告诉我，实事求是地给我写证明的竟然是这位我并不喜欢的教练祁先生。我听了非常感动，又是感慨万般。

球队姐妹

在我们学校的女子篮球队里，我是年龄最小，又是个子最小的。我得参加球队，并不是由于我球艺好，只是由于我动作灵活而又有股蛮劲。有人说，看着我在眼前，不知怎的，突然转到身后，忽又闪到人家脚下去，一抢到球，就死命抱着不放，宁愿与对方一同滚在地上。所以我打后卫，守篮守得很紧，对方不容易冲得进来投篮。

不过我参加球队，并不在乎输赢，而觉得在球队能结交更多朋友：同班的，不同班的；同姓的，不同姓的；比我大的，比我小的；原来认识的，原来不认识的。由于打球，走到一起了，接近多了，共同语言也多了，感情自然而然就加深了。这样我的生活圈子更大，我的生活内容也就更丰富多彩，我生活得更快乐。

记得有一次，我带弟弟在街口的大巷涌游泳，我和燕姐两姐妹站在木桥中间跳水，学着双手合掌，双腿并拢，头向下，脚向上的“针”式插水姿势。弟弟还小，他只会在埠头阶梯上“扑通”跳入水里，学着“狗刨式”。当他看见我们嘻嘻哈哈地学那“针”式插水法玩得正欢时，他也要学。他大胆又聪明，学几下就会了；而且身子挺得比我还直，弹跳得比我还高。燕姐两姐妹鼓掌叫好。他更加来劲了，频频表演给人家看。哪晓得他突然出鼻血。我慌了手脚，不知如何是好。想到回家肯定挨骂，不回又怎么办！还是燕姐有主见，果断地背起弟弟就往她家跑。她家的院子里有些果树，她叫我和她妹妹摘了些软点的嫩叶，卷起来，塞住弟弟的鼻子，止了血，又用毛巾擦干净。还拿鸡蛋粥来喂弟弟吃。我和弟弟说好了，回去不跟家里人说，说了以后就不能去游泳了。此事得感谢燕姐。她比我低两级，但比我大三岁，高挑健壮，是女篮的前锋，她能跑全场。她家是贩卖鸡鸭的，住在炮台右边那条路。我们虽然同姓，还住在同一条街，但原来不认识，是在球队结下感情的。

不管是在班中还是在队里，我从来都没有年级高低的观念、姓氏不同的观念，也没有地域的观念。虽然沙湾何（即沙湾何姓）是大族，留耕堂是最大的宗祠，但也有好几个小族的祠堂，如黎家祠、王家祠、罗家祠等。我们的同学虽然大多数都是沙湾人，但也有不少来自周边的小村庄，个别还是从市桥或广州来的。无论是在我们班还是在我们球队里，我待人都是一视同仁。在学习中、工作中或文体活动中接触得多的我就亲近，接触少的我就生疏，没接触的我就不认识。比如我班中有一位来自新村的莫姐，虽是同班，但由于少接触，所以原来我们感情一般，后来大家都参加了球队，感情就很自然建立起来了，就发现她是个很热情的人。有一次我们去校办农场上课回来，她还带我去她家玩。我是第一次去新村，以前听人家说新村只有七条半巷，小得可怜。但我去到一看，见还是火砖屋，石街巷，竹木环绕，鸡犬相闻，蛮好的啊！最难得的是，我去到她家，不仅她家人欢迎我，连左邻右舍都欢迎我，而且她们竟认识我了：是莫姐的球友啊！

过不久，有一天我去市桥，走到半路，才发现突然来例假，糟糕！前不到屋，后不着店，更没熟人，怎么办？情急之下，我走进新村，想去找莫姐的家人，恰巧她家大门紧锁，我急得真想哭了，幸好邻居一位大嫂认得我，把我迎进屋，帮我解决了这燃眉之急。

给我救急的还有一位渡头的同学兰姐。

兰姐比我大几岁，高个子，皮肤红黑，身躯粗壮，生来就是运动员的模样。在球队里，她打前锋、守后卫都行。她学习成绩不太好，又觉得自己年岁大，总有点自卑。平时不太和我交往，因为我年纪小，学习又是班上前几名。本来我没有看不起别人，是她觉得不好意思。后来大家都在球队里，我多次向她请教球艺，她渐渐就同我亲近了。有一次我从市桥回来，到渡头时已经天黑了，要再走一段公路才能回到沙湾，我自己一个人，不敢走了，就硬着头皮去找兰姐。她热情地招待我，特地煮了鸡蛋面条给我吃。当晚我俩就睡在一张床上，推心置腹地聊到半夜鸡啼。原来她家人重男轻女，她小时候不得读书，后来陪弟弟来沙湾上学，她才得进学校，所以现在还和弟弟同班。自己成绩又差，自觉比别人矮一截，就总不敢主动接近别人，特别是不敢接近学习好的同学。后来见我多次向她请教球艺，觉得自己还有一点点长处，才敢和我讲话。后来不知为什么她却离开了球队，怪可惜的。我问她，她支支吾吾，似乎有难言之隐。

球队里另一个渡头的同学芹姐，虽然学习也不好，但她却没有兰姐那种自卑，相反，似乎有点张扬自大。为什么呢？听人家议论，说她是自认为长得漂亮，家里又有钱有势。这个倒也是事实。她家是渡头的大财主，房屋一大堆，漂亮得像宫殿。她父亲妻妾成群，她母亲不知是第几房姨太太了，她都排行十几了。她比我大几岁，已经出落成大姑娘模样，确实有几分姿色：眼大大，水汪汪，粉红脸蛋，乌黑柔发，就是嘴巴大一点。私下有人议论她很会眉目传情，大眼一闪，把别人的魂也勾住了。甚至说她投篮时也故意做出撒娇的姿势。后来还传言她搞三角恋爱，并编了一首顺口溜来取笑她。她也不辩解，只抿一下薄薄的嘴唇，骂一声“讨厌”，就一甩长发走了。她性情很豪爽。有一次，她请了全球队的人去家里做客吃大餐，开饭时才说是她二十岁“大寿”，只要每人一句祝贺的话，绝不收贺礼。喝了两杯酒，她双颊绯红，更显艳丽，话也更多，竟然举起杯来说：“等我结婚时，再请大家来喝喜酒……”饭后，我拉着她，私下说：“你家那么有钱，供你留学都行，不要那么快结婚啊！”她醉意未散，笑嘻嘻地说：“你还小哩，懂什么……”

到下学期开学，不见她来上课，听说她结婚了。我真为她惋惜。但过了不久，我自己也因为身体问题家里人不让我参加剧烈运动，不得不抱着惋惜之情离开了球队。

这些球队姐妹虽然后来都各奔前程，很难联系了，但我不时还会想起她们，特别是想起她们对我的热情帮助。

母校的小山坡

五虎将

对女篮队，我比较熟悉，因为我亲身参加了一段时间；对男篮队，我就不熟悉了。那里的情况，我多是耳闻，很少是目睹的。

我听到有关男篮队的传闻，感到有兴趣而留下印象的，就是有关“五虎将”的事。而这些事又是零零碎碎、断断续续的。这五个同学又不是一起入学，一起毕业的，有些迟来，有些早退。“五虎将”这个称号，我也不知道那些同学是怎样封起来的。只知道一点，他们都是球场上能攻善守的猛将。

至今回忆起来，他们的形象还鲜明生动地出现在我的脑海里，一点也不模糊。我记得，从初中读到高中毕业的，好像就只有阿广和阿刚两人。他们一直活跃在球场上。阿刚从没有胡子打到胡须拉碴，阿广倒是一直都没胡子的，只是个子明显地逐渐长高了，成熟了。在球场上，他们一直是好搭档，都是打锋位的。阿刚冲劲勇猛，阿广沉着稳重。平时阿刚张扬多话，还有点诙谐幽默，得过演讲比赛冠军，书法绘画都行，学习成绩常在班中前列。所以有点骄傲，脾气也不太好，容易冲动，易得罪人，所以虽然多才多艺，工作能力强，但人缘不是很好。阿广的成绩也在中上，但不突出，为人内向，话不多，同学几年，没和我说过几句话。我倒是和他妹妹挺熟，虽然不同班。可真想不到，离开几十年后，我和他妹妹断了联系，他却在 20 世纪 90 年代的一天，从北京出差来南宁时，竟然上门来看望我，真感谢他。

“五虎将”中，四个都是沙湾何姓，只有一个外姓，也是沙湾的。原来在广州读书，记不清是哪一年来我们学校插班的。也许因为他年纪比较大，人又生得老样，黑黄的脸上，眼角已有点皱纹。同学们都称他为哥，但那称呼很不好听，叫“贼哥”，那是从他的名字中谐音出来的。听同学说也因为他打球时很粗鲁，像山贼抢劫一样。这也可以解释为勇猛，是褒义的。但有些同学偷偷议论，说他是“情场老手”，他曾经教同学谈恋爱要“先下手为强”，这不像贼抢东西吗？这就是贬义的了。撇开这些不说，他在球场上的确是一名虎将。阿刚特别崇拜他，他俩的感情似乎特别好。

和“贼哥”一样勇猛的另一名虎将是阿金。“五虎将”中他的个子最高，粗壮结实，浓眉大眼，国字脸。在球场上，他经常打全场下来也好像毫不费劲，力气特别大。平时很少讲话，特别是和女同学。同学几年，我几乎没有和他单独讲过一句话。不过，有一次我的凳子断了一只脚，我与同桌正要扛去找木工修，他见我们扛得那么吃力，就主动拿去帮我们修好了。我惊奇他手艺那么好，同学说他家里好像是做木工的。后来因为家里困难，没读到毕业就去广州打工了。我一直没与他联系，也不知他的消息。直到新中国成立后，20 世纪 50 年代初，听妹妹说，当年盛传一时的那位以身扑火来救工厂而牺牲的“火凤凰”的丈夫，就是我当年的同学阿金。我惊愕之余，百感交集……

在“五虎将”中，参加球队最迟的好像就是阿虎了。其实他的真名不叫阿虎，只因为他的名有一个字与“虎”字相似，那个字不常见，有些人不认识，错读为“虎”，加上他在球场上凶猛得像小老虎似的，就索性叫成阿虎了。其实他平时一点也不凶，相反，他很和善，笑口常开，碰面都会微笑着先跟你打招呼，说几句话。不过他的确长得有点虎头虎脑，还有点憨厚可亲。我听到还有人叫他“阿牛”，我猜是“俯首甘为孺子牛”的意思吧。学校举行戏剧比赛时，我们班排练一个抗日剧，没人肯扮演那个万人唾骂的日本军官，后来是他演了，还演得活灵活现的。有一次学校演话剧，有个角色的性格复杂，比较难演，有些同学不肯演，也是他演了，结果效果也不错。我还记得他有两句台词是这样的：“弱者要自杀，强者要杀人！”这是表现剧中人内心极度矛盾痛苦的语言。他也能很好地表达出来。由于演这出戏，他真的与那演女主角的女同学恋爱了。同学们看他们感情很好，都以为他们一定成的。可不知为什么，那女的突然就与别人结婚了。他痛苦至极。本来平时他学习成绩不错的，也许因此影响了情绪，高考落榜了，就留在故乡当老师。我上大学后就没与他联系，直到新中国成立后两三年，听说故乡土改时，他挨斗，上吊自杀了……

阿虎啊阿虎，你是强者还是弱者？

清洁卫生比赛

中学时，我们学校常常搞这样那样的比赛，热闹得很。记得有一项叫“清洁卫生比赛”，是郑重其事归入政府提倡的什么“新生活运动”。这项比赛内容还挺复杂，有集体赛，也有个人赛。集体的比赛包括教室和该班负责的清洁区，而个人的比赛包括头发、牙齿、指甲和衣服等方面的清洁。

我们班的同学很团结，大家都下决心要为班上争光。这项比赛一定下来，我们班干部就带头每天放学后，主动轮流留下来帮助值日生打扫教室和清洁区。评比前一天，还由班干部和各组组长一起，反复检查，消灭“死角”。学校在北村，我家在南村，蛮远的，我也把家里的扫把、小桶拿去学校搞卫生。有一天，为了赶时间，我差点把大祖母的裹脚布错认为是抹台布拿走，幸好姑妈看见把我喝住，我一看，吓一跳，伸伸舌头，赶快放好，想找一件自己的旧衣服拿去，我的亲祖母把一条破毛巾塞给我，说：“你这件衫还能穿的呀，做抹布可惜了，拿这条烂毛巾去吧！”

评比结果，我们班又拿回一面冠军红旗。

个人评比是先由各班评选出几个代表，再去参加全校的评比。我也是我们班的代表之一。

班上大扫除之后，我把自己也大扫除一番。首先，泡了一盆浓浓的茶枯水，母亲帮我修剪了头发，祖母帮我洗头，她先用茶枯水柔柔地搓了又搓，再用清水洗了几次。够干净的了，轻松又爽快。我的头发短，又软又细，用毛巾擦几下就干了。祖母问我到评比那天要不要用“刨花”[①] 来梳头，给我梳靓点。我不要，我怕把头发弄得湿湿胶胶的，不舒服。母亲也问我，评比那天是不是要穿件漂亮点的衣服。我说，是比干净，不是比漂亮。

评比结果出来了，我没上榜，原因是我有一颗虫牙，衣服上有泥沙。教生物和卫生的老师问我，是不是从小很爱吃糖？我说是的。一位评委问我衣服为什么脏了都不换。我说来不及了，因为评比前一节课，老师叫我去拿作业簿，经过操场时，刚好一个幼儿班的小朋友迎面走来，操场内突然飞出一个篮球，眼看就要打着那小朋友，我冲过去挡住，球就打在我身上，衣服就脏了。

评委们议论，“衣服”那一项不能扣我的分，但“牙齿”那项我还是被扣分了，所以我的名字没上榜。我们班有个男同学却荣获第二名。这个男同学的牙齿又整齐又洁白，听说他每天都用很好的牙膏刷几次牙。评委表扬他这种卫生习惯很好，叫大家向他学习。但有些调皮的同学取笑他，说他刷干净牙齿人家才肯同他 KISS（接吻）。那时有些同学正议论他与某某谈恋爱。

荣获第一名的正是我在操场碰见的那个幼儿班小朋友，她的名字我忘了，却记得她的父亲是个大腹便便的大财主。那个小朋友的样子确是很可爱的，胖乎乎，脸圆圆，眼大大，嘴小小，唇红齿白，门牙脱了还未换上，样子真像个洋娃娃。评比那天，她穿的是一套很漂亮的连衣裙。

一天放晚学后，我和兰姐留下来打扫教室。一边干活一边说话，就说起了好些同学对这次卫生评比有看法。兰姐说：“是呀，好些人都说嘛，家里有丫头使妈（女佣人）侍候的，自然就干净

① 刨出来的像纸那么薄的特殊木片，用水泡泡，会出胶水，乡下人用来梳头，像发蜡那样使用。

了——”正说着，班里刚获奖的那位男同学匆匆忙忙走进教室来，在几张桌子抽屉内翻来翻去，神色慌张，问我们见不见一个黄色纸袋，我们说没见，问他找什么，他说是体育老师托他收的什么费，他记不清放在什么地方，怎么也找不到了。

他越说越急骂起了脏话，一面把一些纸揉成团，使劲地乱扔在地上，好像拿来出气似的。

我正想上前阻止他，我们刚扫完地哩！兰姐拉住我，小声说：“他脾气坏，别惹他！”

“欸，你可以去问问干叔，说不定他扫地时看见哩——”看他那焦躁的样子，我忍不住开口提醒他。

“对了！干叔！干叔——”他大声叫嚷起来。

“来了——”干叔跛着脚走来，把一个黄色纸袋递给他说，“是找这个吧？我捡到就锁入失物箱了。你怎么不去失物箱看看呢？”

“那么脏的地方，我从不去看！”他一手拿过纸袋，低头仔细地数里面的钱。

“失物箱脏吗？”他的口气让我隐隐有了点说不出的反感，一口洁白的牙齿似乎也变得不好看了。

“谁捡到东西都塞进去，不脏吗？”他振振有词地说完，头也不回地扬长而去，连句感谢的话也没有。

“失物箱怎么会脏呢？我常常擦的呀——”干叔满脸疑惑地摇摇头，一瘸一瘸地走了。我想起平日里，是见过干叔打开失物箱里里外外地擦拭。

等我和兰姐离开学校的时候，看到干叔还在路边浇花剪叶。望着干叔弯着腰的背影，我突然觉得，干叔更应该在清洁卫生比赛中获奖。正是有了干叔每天的辛勤劳作，我们的校园才总是花草繁茂，整洁漂亮。

劳作课与家政课[①]

那时的小学是开劳作课的。具体都教什么内容忘了，却最记得剪纸和折纸。老师上课很认真，一面示范，一面讲解，学生在下面模仿着做，课后还布置回家做的作业。等到下一次上课交上作业。老师还选出好的来表扬。我们是从简单的剪苹果雪梨开始的，发展到复杂的剪窗花和字画。因为这是我特别感兴趣的，学得也很快，能剪各种各样的花式图案，折出纸鹤、纸马、狮头、鳌鱼、灯笼、乌篷船、舢板仔、孖艇、酒杯、衣叉、金鼎、饭碗、驼背人等等。母亲姑妈绣花和穿十字布花时还用我剪的花式图案来做样式，并贴在家里的玻璃窗上做窗花。客人来了看到都说好看，夸我手巧。

母亲是剪纸和折纸的巧手，见我感兴趣，也教了我不少。印象最深的是母亲教我的“贵人骑禄马”。即是用红纸剪成一个个小人儿（名为“贵人”），骑在用绿纸折的马（名为“禄马”）背上。往往做成十二对，姑妈会将之置放在神台左右两排拜祭。到了一个什么日子，母亲还教我用一张大大的红纸，剪成一行行一排排横直相连的同一个模样的小人儿，一大片地铺在神台上，又

① 民国期间受西方教育启发，反省中国古代教育只重“文本教育”之弊病，在中小学开设劳作课（包含家政课、农业课、工艺课等），课程内容为四类：a. 校事。校园里的清洁卫生、设计装饰、修理建造，教具、校具的管理和修理等。b. 家事。包括食品的制作，衣服的裁剪、制作、洗涤，住房的布置、建造等。c. 农事。包括园艺、农作、饲养等。d. 工艺。包括特长工艺、纸工、土工、木工、金工、竹工等。

用绿纸折十几只纸马排列两旁，然后焚上香，拉着我一起跪拜，说是求神保佑我聪明伶俐，读书进步，马到功成。好像一年会拜一两次，但我记不起来是什么节日了，当时也不懂是什么意思，反正觉得挺好玩的。这些“贵人禄马”摆了七天之后，会在神台前烧掉。我往往舍不得，曾想留下两三个来玩，被姑妈制止了，说这些“贵人禄马”是要上天庭去报到的。我听得既惊讶又困惑。

上中学后，不开劳作课了，却有农业课。学校在沙湾往渡头的公路旁建了一个小农场，每周我们会去那里上一次课（一个下午）。上农业课的朱老师长期住在农场，管理农场，不仅给我们讲理论课，还带我们实习，学习种禾（稻子）、种菜和饲养等等。那时我才知道养猪用的是潲水。小农场的学习和实践，让我们这些五谷不分的孩子受益不浅，接触了一些基本的农业知识，也懂得了“谁知盘中餐，粒粒皆辛苦”的道理。

中学时还有家政课，是专门给女生开的。给男生开的有另外一门课，具体是什么课我想不起来了。家政课是每周上一次，安排在下午两节，往往是连自由活动那一节也用了。课堂设在学校的小礼堂，连接着小天井。上课前，往往就摆放些炊具之类的。家政课好像只上了一个学期，后来不知什么原因又不开了。不像农业课，一直到 1947 年我高中毕业时还有。

给我们上家政课的是一位姓许的女老师。大概都是女生，老师又很随和，我们上课简直就像玩耍，嘻嘻哈哈，打打闹闹。课程内容应该有不少，可惜我记不全了。印象深的有三次：一次是教打毛线衣，因为我早学会了，所以没用心听。另一次是教做炒面膏搓饼。是一种用面粉加入猪油做成的饼子，制作工序细致讲究，尤其要调配好水和油的比例。老师累得满头大汗最后也没做成。快放学了，大家就抓起那些面糊团来吃，甜甜的，有些同学吃了好多，我尝了一小口就不吃了。因为家里姑妈做这种饼可拿手了，味道特别好。还有一次是教煮腊味糯米饭，是切碎腊肠腊肉香菇鱿鱼和着糯米来煮饭。每年冬至，家里都得吃这种饭，祖母煮得可好吃了。所以我想做饭有什么难的，也没认真听。岂料到真正做起来，就不那么顺利了。过不久我们班去野餐，一个小组煮一锅腊味糯米饭。男生负责打柴，女生负责煮饭。我们大致上都按老师教的来做，但具体到米和水的比例、肉的调味却都没弄清楚。结果饭煮出来，两组是太硬太咸，一组又是太烂太淡，而我那个组还烧糊了，大约有四分之一的饭是不能吃的。

后来家政课虽然不开了，但在我们女同学中，喜欢手工的人还是很多，甚至像玩游戏一样热闹。尤其是自制书包和织毛线。

初进小学时，我有个小藤箱做书包，从一年级用到三年级。故乡沦陷后，我失学了一段时间，后来再读书，就没有书包了，都是随便用个布袋来装书和文具。有些同学连布袋都不用，用手拿着几本书就去上学。到了中学，受外地来的同学影响，有些女同学讲究装扮，那装书的布袋也讲究起来了，不然怎么配得上？不仅布质讲究，款式多样，上面还要绣上花，就是提带也不含糊，扭索形、锁链形、连环扣的什么都有。我们互相交流，互相学习，互相比拼，是劳作，也是游戏，是比剪纸花跳格子高一级的游戏。每逢提着个新书包去上学时，走在校道上都格外精神。

至于织毛线，就更攀比得热闹了。从外套、背心、披风、裤子到帽子、围巾、内衣、袜子、手套，五花八门，款式多样，花纹百出，色彩斑斓。女同学穿着自己织的毛衣和各式毛线饰品走在校园里，也像那些花花草草一样的美丽动人。我织毛线的手艺不仅向同学学习，更多是向母亲学。而且用的毛线都不是新的，是将大人穿旧了的毛衣披风等拆下来，洗干净烫直再用。后来，我不仅能打毛衣给自己穿，还能帮助母亲完成帮别人打毛衣的任务。而凭着这点手艺，居然还帮助了我完成学业。大学三四年级时，没有了家里的资助，我曾经承接了打毛衣的活来补贴生活费。

民国小学课本（叶圣陶编，丰子恺绘）

第四辑

良师益友

『小楼昨夜又东风，故国不堪回首月明中。』老师那微微颤抖的吟诵声宛如又在我耳边轻轻回荡。那是1944年，上面派来的督学刚到我们学校来检查日语课后的一天……

——《老师，您在何方？》

校园古榕

第一个班主任

留耕堂内景①

我第一个班主任是罗佩蕙先生。

罗先生是女的，高大，健壮，鹅蛋脸，大眼睛，直鼻梁，嘴角常带微笑。头发齐耳朵，用发夹夹着，挺精神的。她经常穿蓝士林布长衫，有深色的，有浅色的，也有条纹的，印象中没见她穿过花花绿绿的衣裳。但不管穿什么，都显得干净、整齐、端

① 留耕堂天井右侧的厢房就是我初入学时一年级的教室，罗先生是我们的班主任。

庄、大方。特别是，她讲得一口很好听的广州话。那时，乡下的老师多数是讲沙湾话的，即使上课时讲广州话，也讲得很别扭。罗先生讲话很温柔，而且很会学着我们小孩子的语言来和我们讲话，有时甚至会学“小猫叫”“小狗跳”来逗我们哈哈笑。所以我们都喜欢亲近她。

罗先生上课也很生动。记得她讲到一篇课文叫“做个小学校”：“玩具多，玩具好，大家拿玩具，做个小学校。”她课前准备好一些形状各异的木块，上课时边讲边示范着将木块砌成了小屋，就是“小学校”了。我们都觉得十分有趣，对课文的印象就一下子加深了。她还对我们的家长说，如果有条件，买些现成的积木给孩子玩，对孩子的学习很有帮助，会使孩子的脑筋更灵活。我母亲听了她的话，托一个亲戚从广州给我买回一盒大概是一尺宽六寸高的积木。我喜欢得不得了，天天捧着来砌楼房，“做个美丽的小学校”，“长大了我要在这样的学校当老师，像罗先生一样”。我把这个想法告诉母亲，母亲高兴地赞我有志气，还把这事告诉了罗先生。

罗先生就住在我们的巷口，我家是三号，她家是一号。她家是四层洋楼，当时在沙湾还很少有，加上附近多是平房，我家那古老大屋也只有两层，矮了一截。所以她家那洋楼是很显眼的。外人一看就知道是有钱人家了。她的公公叫什么名字我不知道，只听见人家叫他“大汉马”，是什么意思我也不懂。有时我见这老头子捧着水烟筒在门口站着，不知看什么，干瘦干瘦的，一点也不像“大汉马”的样子。也许是他年轻时像吧。是我自己瞎猜的了，因为见他的儿子个子高大，很壮实的模样。他只有一个儿子，叫阿树。有钱嘛，就去省城读书了，也就娶了个广州媳妇回来。听说这罗先生是广州一间什么师范学校毕业的。本来她大可以坐在家里享福，什么都不用干，像她丈夫那样，但是她不愿意，坚持要出来教书。她说她是闲不住的人，而且喜欢孩子。真的，她很喜欢我们这帮淘气的小学生，也很爱她那两个活泼的儿子。她和我母亲共同设计了一种斜襟的小棉袄，我母亲帮她剪裁做好，两个小家伙穿起新棉袄笑着跳着，喜气洋洋的。罗先生高兴极了。从此她经常与我母亲来往，而且慢慢成了好朋友。

有一次，对门五公家的大婶正在我家请我母亲裁衣服，罗先生也拿着一块布来，请我母亲为孩子做衫裤。她们聊天，我在一旁做作业，无意中听到了一点。原来罗先生是不满意丈夫闲在家里的，说“当二世祖，没出息，别人也看不起”。她为此很苦闷。我母亲说，我父亲想跟人去香港打工，大祖母死都不准，她想接衣服做，大祖母也不准，也很苦闷。大婶抹着眼泪说，她丈夫死得早，守着个小儿子，自己又没本事出来做事，也很苦闷。罗先生感叹着说：“我们都住在大屋里，但心中一样藏着那么多的苦闷，别人哪里知道呀!”当时我听得半懂半不懂，又不敢问。

20 世纪 50 年代末，我回到阔别十年的故乡，妹妹带我去拜访罗先生。在一间阴暗的小屋里，一个穿着半旧的黑衫黑裤、背驼得几乎 90 度、头发几乎全白的老婆婆，站在我面前，向我伸出颤抖的手，用颤抖的声音说：“你是……”我忍不住流下眼泪……

三叠祠的两位先生

“觉社小学”设立在罗山里的“三叠祠”里。这是哪一姓的祠堂呢？我不知道。这间祠堂的大概框架与留耕堂差不多，但比留耕堂小多了。

在这里，给我印象最深的是两位老师。校长是谁我却不知道。那个时候，我们都称老师为先生。那两位先生，国文、算术、音乐、图画都教。直至今日，我还记得他们教的几首歌：《打倒列强》《保卫中华》《全国总动员》《义勇军进行曲》《松花江上》等。

这两位先生有时还带着我们雄赳赳地上街做抗日宣传，表演唱歌，卖花筹款捐献。我们唱的就是两位先生教的那些抗日歌曲。有时，我还会表演《渔光曲》的舞蹈。这个舞是我在紫坭小学看那些逃亡学生表演时学来的，当场没有完全学会，回来后再自己胡乱想些动作编完整。没想到表演后居然很受群众欢迎，还得到了两位先生的赞赏。还记得我们上街做抗日宣传的时候，两位先生有时掏腰包买些凉茶或玉米红薯之类的给我们吃。我们大家都很喜欢他们俩。

其中的一位先生姓何，本地人，比较壮实，方脸庞，黑里透红，短头发；另一位姓黎，外地人，听说好像是东江的，比较瘦弱，脸尖尖的，面色有点苍白，头发较长，有时盖了一只眼。他不会讲沙湾话，广州话也讲得很生硬，我只能勉强听懂。

然而给我留下印象最深的不是这些，而是黎先生那艰苦朴素的生活作风。记得我第一次去他家里时，真有点吃惊，这是什么家啊！祠堂头座右侧的一个小房，连窗都没有，黑洞洞的。里面只有一张用木条凳架起几块木板做的床，一张布满补丁的小蚊帐。房内似乎再也摆不下什么家具了。实际上他也没什么家具，只见一张矮矮的小桌放在房门口，旁边有一张小凳，都是用木箱和火砖砌成的，上面铺着一层作废了的图画纸。既是餐桌，又是画板。旁边摆着一个小瓦盆作水缸，里面放个木勺。床上放着一个破藤箱子，装着他几件旧衣服和画具书报之类。这就是他的全部家当了。

有一次放学了，我和两个同学留下来看黎先生的画。正好遇到他吃饭，只有一碗青菜汤和两条咸萝卜，他吃得津津有味。我们很怜悯他这么艰苦，他却淡淡地说："国难当头，这样就很不错了。"

平日里教我们唱歌的，主要是何先生，他声音洪亮。而黎先生嗓子有点沙哑，他很少唱歌，而沉迷于画画。也许是因为我们时常去看他的画，关系近了，一次我们赞赏一幅题为"逃难"的画时，他一时高兴，纵情地唱起《松花江上》，唱着唱着，声音都颤抖了。

过不久，他送给我们一幅画，右下角签上"黎明"二字。这让我们很激动。他屋里挂着的画，都没签名的。

学期还未结束，这两位先生突然都不见了。我又失学了。

后来，听说他们上了抗日前线。从此，就再没见过他们。而几十年来，每当我唱起那些歌时，眼前还会浮现出他们的面影。

潜先生

1940年，以前的“德明小学”变成“表正小学”了，我上五年级，因为学生少，五、六年级合班上课，潜先生就在这里教国文。这时我开始认识了潜先生。潜先生姓何，名学潜。但不知为什么，人人都叫他潜先生。

潜先生开头是我的国文老师，后来又是我们的校长。从小学五年级到初中三年级，主要是他教我们国文。当了校长后，我们还是叫他潜先生，很少叫校长，除非在严肃的公众场合。一是叫惯了难改口，二是觉得更亲切些。

我们与潜先生之间的关系确实很密切，有时简直把他当作父兄或朋友。在我记忆中，他是个慈祥的长者，经常面带笑容。直至今天，浮现在我脑海的最鲜明的印象，还是那个碰到学生就微笑的潜先生。他经常穿一件半旧的灰布长衫，头发梳得整整齐齐，戴着一副金丝眼镜，脚穿一双半旧布鞋，走起路来身子有点向右侧斜，总是匆匆匆忙忙的样子。不知为什么，他几乎每次一踏入教室，就冲着学生们笑。调皮的学生会打趣地问：“潜先生，你又笑什么啦?”他即刻嘻嘻地笑出声来了。然后，就像拉家常一般讲起我们同学之间的一些趣事，从中作一些表扬或批评，教育与鼓励，从而引入课文讲述或作文讲评。我们总是听得十分有趣而感觉轻松愉快。所以，大家都特别喜欢上国文课。

国文课虽然有正规课本，但潜先生还给我们印了许多补充教材。那时条件很差，补充教材是用手刻蜡板油印的，纸质不好，印出来都不是很清楚，但我读这些教材比读课本兴趣更浓。这些补充教材的内容是中外古今都有，我至今还记得的就有《荆轲刺秦王》《鸿门宴》《介之推不言禄》《马赛革命歌》《义勇军进行曲》，还有高尔基的《海燕》，林觉民的《与妻绝笔书》，朱自清的《背影》《荷塘月色》，以及鲁迅的《祝福》《社戏》《孔乙己》《聪明人和傻子和奴才》《狂人日记》《阿Q正传》等等。

潜先生讲课十分生动形象，饱含感情，爱憎分明，激昂慷慨，听他的课，一个个人物形象栩栩如生地呈现在眼前。他对鲁迅作品十分推崇，给我们讲鲁迅、瞿秋白、邹韬奋、许广平、白莽、柔石以及刘和珍的故事，对他们满怀崇敬，也为祥林嫂落泪，更为奴才、狂人、阿Q、孔乙己这些小人物的命运愤愤不平。

他讲林觉民《与妻绝笔书》时，激昂慷慨，又情深绵绵，读到“吾今与汝永别矣”一段，声泪俱下。给我留下极其深刻的印象，以至于影响到几十年后，我给学生讲这篇文章时，也深深动情，并深深地感动了我的学生。

他讲朱自清的《背影》与《荷塘月色》时，赞扬朱自清是个很有骨气的文人，宁愿饿死也不吃美国的“救济粮”——那些发霉的罐头猪肉！

他讲都德的《最后一课》，讲到那位老师用力地在黑板上写了“法兰西万岁”几个大字后黯然向学生告别时，他强忍着泪水，用颤抖的声音说：“同学们，我们这里也是沦陷区啊！”然后摘下金丝眼镜来擦眼泪。全班同学无不动容。

而当他讲到孔乙己用五指护着茴香豆喊“多乎哉，不多也”那滑稽的形象时，又引得同学们哄堂大笑。课后，有些调皮的同学背地里叫他“孔乙己”。不知怎的被他知道了，他没生气，只是说了一句话："你们现在还不懂得'孔乙己'的内涵意义有多深哩！"他说："'孔乙己'没用，'聪明人'没用，'傻子'最有用。敢于打破黑屋子解救出'奴才'，了不起，中国多出些'傻子'就好了。"

那时候我对潜先生的这些话还半懂不懂，如今想起来感触甚深。

潜先生不但课讲得好，作文教学也非常精彩。从作文指导到作文批改再到作文讲评，他都有一套周密的计划和具体的实施方法。给学生布置的作文总是灵活多样，尤其注意结合实际，让学生有东西可写，又有兴趣写。有两次的作文教学我至今还留下深刻印象：

有一年端午节前不久，潜先生做作文指导。他先拿几幅画贴在黑板上，有划龙船的，有挂龙泉花的，有做香包袋的，有吃粽子的，还有放鲤鱼的。然后说，这次作文的范围是"端午节"，各人根据自己所取的题材定题目。他特别强调，不仅要写出这个活动，而且要写出这活动的意义来，主题思想要明确。我写了"放鲤鱼"的活动，题目是"爱心"。文中大意是说放生鲤鱼是爱小动物，推及要爱人类；由此我恨杀人的人，恨日本兵，恨法西斯。潜先生说这篇作文写得很好。

另有一次，我们全班同学被迫列队去迎接一个日本军官。回来后，潜先生沉重地说："这两节课不讲书了，给你们写一则日记吧。"我憋着满腔闷气，不假思索地就一口气写了一篇题为"白手套"的日记。其中有几句："我看着那日本军官戴着白手套向我们举手还礼，我心头猛地一震——不，这不是白手套，是红手套，是用我们同胞的血染红的！……"潜先生批改时，在这几句话下面重重地画上了红圈。

潜先生对学校的课外活动也一样抓得很紧。比如，演讲比赛他亲自改稿，亲自当评委，事后还讲评。壁报稿他也亲自看，还提意见修改。有一次我写了一首新诗叫“道旁的茉莉”，初稿时我把“茉莉”塑造成枉自高洁却被人遗弃道旁、孤独凄凉的形象，全诗的调子灰暗低沉。潜先生找我谈话，说：“你这首诗写得很不错，反映了社会现实，情真意切，语言优美，很有感染力。但你这么年轻，不应那么伤感，应看到光明前途。这样别人看了你这首诗才会感到有希望，有奋斗的力量……”

潜先生不仅注意在课堂上给学生进行思想教育，还注意在校园内给学生创造一种提高个人修养的良好氛围。当时的学校里面，到处张贴了配有美术图案的谚语、格言和警句。如“老吾老，以及人之老；幼吾幼，以及人之幼”“先天下之忧而忧，后天下之乐而乐”“失败乃成功之母”“宝剑锋从磨砺出，梅花香自苦寒来”“书山有路勤为径，学海无涯苦作舟”“虚心使人进步，骄傲使人落后”“少壮不努力，老大徒伤悲”“人生自古谁无死，留取丹心照汗青”“覆巢之下，岂有完卵”等等。

潜先生课内课外都做得那么好，缘于他本人的多才多艺。他甚至是“青年粤剧团”的主角。在反法西斯的外国话剧《为祖国飞行》中，他塑造了深沉刚毅的空军老将军的形象；在反封建的现代话剧《五奎桥》中，又扮演了贪财好色、骄横跋扈的老财主。不论正面反面的角色，他都演得活灵活现，栩栩如生，深受观众喜爱。

潜先生从来不虎起面孔教训人，而是循循善诱，以理服人，以情感人。记得有一次，我们好几位同学在树荫下谈工作，完了就随便聊天，天南地北，漫无边际。谈到潜先生在课堂上论证“名副其实”一词，外号小调皮的男生说喊花名（绰号）也应名副其实。大家顿时来了兴致，从老师讲到同学，从校内讲到校外。同学的提到小调皮、老学究、猛张飞等；老师的提到豆皮良、乌拉龟、突突舟等；校外的提到先生安、盲公包、周仓景、老虎开等①。大家兴致勃勃地，一个个考证是否名副其实。讲到后来，小调皮冒出一句："还有我们敬爱的孔乙己潜先生哩！"引得大家哈哈大笑。

留耕堂大厅②

"咳！咳！"潜先生突然出现在大树后面，笑声马上停止，准备挨骂。岂料潜先生笑嘻嘻地走过来，说："你们说说，我哪些地方像孔乙己呢？名副其实吗？来考证一下！"潜先生的笑声把紧张的气氛缓和下来，可是谁也不敢首先开口。潜先生微笑着，

---

① 这里的人名全是花名。

② 当年在此留耕堂大厅演出过不少抗日剧和进步剧，潜先生都曾经亲自导演并主演。

慢条斯理地引导说："是我的长衫好久没换了？是我的头发好久没理了？还是……"潜先生的话把我们都逗笑了。

我不知哪里来的胆气，居然站起来开了口："我觉得您上课时讲得太生动了，孔乙己就像活动在面前，特别是那五爪金龙罩住茴香豆叫'多乎哉，不多也'这一幕，太精彩了！所以……"我不敢说下去，潜先生接着说："所以就把这个雅号送给我了，对么？那么说，是名副其实啦！""哈哈……"几个同学笑得前仰后翻。"我早就知道你们叫我孔乙己了，小调皮还学得很像哩。"潜先生说。"你怎么不骂我？"小调皮问。"我还要表扬你们专心听书，听得入神哩，要不，怎能把书中的艺术形象印入脑子里，还能够表演出来？"

我心里一阵感动，想说什么，又不知怎样说。这时潜先生收起笑容，有点严肃地说："但我并不赞同你们叫别人的花名，这起码是对别人不尊重，会使人不愉快，有时甚至会伤害别人。比如你们把良先生叫做豆皮良，你们知道他为什么脸上会像豆皮吗？那是小时候得了天花，家里穷，没及时去医治，才留下这张麻脸的，这使他到现在还是独身。你们想想，如果他听到这个花名，会有什么感受？"

"以后坚决不叫了！我发誓——"我满怀羞愧。

"至于那突突舟主任，我知道你们为什么这样叫他，还不是见他经常穿衣服都不整齐，外衣又短又小，内衣总是突出来一截吗？"潜先生接着说。"对，对，潜先生您真厉害，说得准准的！"小调皮插话。潜先生笑了笑，又正色地说："你们可不知道，他是非常清廉朴素的，无论当总务主任还是当教务主任，都是廉洁奉公。他家不富裕，他就经常捡儿子的旧衫穿，自然是不合身了嘛！""突突舟这花名是我起的，明天我去向主任道歉认错。"小调皮激动地站起来，一本正经地说。

“知错就改，善莫大焉！”潜先生微笑着点点头，然后拍拍小调皮的肩膀，说，“小迢，我也向你道歉，以后不叫你小调皮了。以后大家都叫大名，不叫花名。名不正，言不顺啊。你们都是高中生了，也要名副其实啊！各方面的言行都要注意点。”潜先生说完，拍拍身上的粉笔灰走了。从后面看去，那件灰长衫大概也有一个星期没洗过了。

潜先生教了我七年，如同春风化雨，培育幼苗成长。我的学业和品格，都受他影响很深。我永远忘不了这位引路良师。

1944 年的沙湾中学[①]

① 1944 年番禺第一区私立沙湾中学正在建设中的教室。翻拍自番禺博物馆展出的图片。

老师，您在何方？

柳丝系绿，清明才过了。
独自个，凭栏无语。
更那堪，窗外鹃啼！
一声声道：不如归去！
惹起了万种离愁，满怀别绪。
问落花、
随渺渺微波是否南流？
我愿与她同去！

播音器传来一阵阵悠扬的歌声，把我从迷蒙的梦中惊醒。

这是《思乡曲》？——对，一点没错！

这节奏，这旋律，这歌词，尽管已经相隔三十多年了，但我听来还是那么熟悉，那么亲切！

怎能忘记呢？这是韦翰章老师填的词，是他和师母一句一句地教会我唱的歌呀！韦老师是当年有名的南国词人，《思乡曲》是他漂泊时写的。还是有名的音乐家黄自先生作的曲。

歌声缭绕的余韵，仿佛在我眼前幻化出一幕幕电影——

老师始终微笑着的面孔，金丝眼镜后慈祥的目光，稍微翘起的嘴角，更显得笑容可掬，平易近人，一点也没有名人的架子……

小楼昨夜又东风，
故国不堪回首月明中。

老师那微微颤抖的吟诵声宛如又在我耳边轻轻回荡。

那是1944年，上面派来的督学刚到我们学校来检查日语课后的一天。① 那是一个多么闷热的夏天呀！老师吟诵的音浪夹着室外的蝉噪，一声声叩击着我幼弱的心弦，使人心酸。

“海外华侨最渴望有个强大的祖国，可现在——”老师没说下去了，只凝望着操场上空那面膏药旗②，金丝眼镜后面闪出了晶莹的泪光。我们都低下了头抹眼泪。

抗战胜利了，韦老师和我们一起热烈庆祝，他像年轻了十岁，和我们一起唱呀，跳呀，叫呀，笑呀。他以百倍的精力投入工作。他没有孩子，仿佛要把全部的爱，连同知识的蜜汁一起，灌入我们年轻纯洁的心田。

韦老师不仅在课堂上讲课十分吸引人，他还会导演、演戏、拉琴、唱歌。记得在一次庆祝抗战胜利的大会上，我们学校演了一幕名为“苏州夜话”的话剧，就是他导演的。我演女主角卖花女。当时我们演戏都是讲广州话的，剧中一首诗必须念普通话，当时我不会讲普通话。“淡淡长江水，悠悠远客情。落花虽有恨，堕地亦无声！”韦老师就一字一句地教我，念好这首诗，并深入体会剧中人的感情。

这幕剧写了军阀混战给人民带来妻离子散的痛苦。

“战争，是令人诅咒的魔鬼！——你的眼泪给观众留下了这

---

① 抗战时沦陷区中的学校被强行开设日语课。
② 沦陷区人民称日本国旗为“膏药旗”，具蔑视之意。

么一个强烈的印象!”演出下来，韦老师紧握着我的手激动地说。

后来我们演的抗日剧《烙痕》、讽刺时弊的小戏《画家》等，都是韦老师导演的，他还亲自扮演小戏《画家》中的那位画家。

正当韦老师带领我们遨游在知识海洋的幸福时刻，想不到，意外的事情发生了——

那是1946年的阳春三月，我兴高采烈地抱着一大筐刚从树下拾来的木棉花，跑向老师的住地，这是老师心爱的英雄花呀!我等待着老师赞赏的微笑，哪晓得，那天笑影竟在老师的脸庞消失了。只见他默默地抚摸着鲜红的木棉花，像是自语，也像是对我说:“多像英雄的热血……”我正疑惑，他突然转身拿了一本精致的纪念册送给我，上面题着一首诗，末两句是:

“纵教沥尽英雄血，也作东园败叶看!”正是咏木棉花的。他沉重地说:“我明天走了!”

“走?为什么?为什么啊!”我又惊又急。可是，我一连串的发问，都得不到老师的回答。

最后，他拉起小提琴，教会我唱最后的一首歌:

我徜徉在珠江之滨，对江水默默凝神。
多年来屈辱受够了，何日才得翻身?
你应该滔滔奔放，为什么如怨如哀?
莫不是你千万子孙，直到今天未安宁?
珠江水你且莫哀怨吧，终有日会翻身!

后来，听说他又远离故乡，漂流海外了。

一别三十多年，杳无音讯。我拉开窗帘，面对江水。默默凝神……

亲爱的老师啊，今天，我们已有个强大的祖国了，珠江水已经“滔滔奔放”，再也不是“如怨如哀”了；而您，能否像“落花”一样“随着渺渺微波”，回到这日夕思恋的故乡来呢！

老师啊，您在何方？

……

上面的文字是20世纪70年代末，我在县里教书时写下的。80年代我调来省城后，有一次回故乡，终于从老同学口中打听到韦老师原来在香港，我高兴极了，即刻给他去信，他也给我回过两封信。在一封信中，我提到“纵教沥尽英雄血，也作东园败叶看”两句诗，问他是不是慨叹自己在沙湾郁郁不得志才离开的。他说我误解了，这首诗是他送给我二叔（何杰之大队长）的，他说二叔为乡亲做了许多好事，到头来还挨骂，太冤屈。他在1987年11月17日从香港给我的来信中是这样写的：“‘我徜徉在珠江之滨，对江水默默凝神’是我教过你的，不错。你又说：直至您给我留下‘纵教沥尽英雄血，也作东园败叶看’的诗句而忿然离开你的故乡，……那诗句是我所作的，是写给杰之大队长的。我同情他为他的家乡建设了中学、儿童院、老人饭堂等公益事业，却受到乡间很多人反对和唾骂……”

后来我再给他去信，就不见他回信了。一打听，原来他已去世。有的同学说，师母死后他很孤寂，病重时，还是我们原来同班的同学小陈和小苏去照顾他的，他感慨地说，还是锋社的人有情义。这使我想起他在给我的第一封回信中也曾这样说：“……忽然收到你于重阳节写给我的信，读完之后，令我感激之至！一个离别了四十多年的国文教师，你还记得。你的情义真厚啊！”他与我们锋社的同学的确结下很深的情谊，这不仅源于课堂上，也来自舞台中。

师母

我爱木棉花的红，红得热烈；也爱玉兰花的白，白得清纯。木棉花，像一幅迷人的油画；玉兰花，像一座晶莹的雕塑。其实，我爱玉兰花，不仅爱她的色，更爱她的香和幽雅！

我家对门的五公，花园里有一棵高高大大的玉兰树。去他家玩时，我往往站在玉兰树下，贪婪地吸那香气，久久舍不得离去。有一次，十二叔和小凯哥带着邻居两三个小伙伴进来玩，见我这么喜欢玉兰花，就拿起竹枝和钩刀，想帮我摘花，但没成功，却把靠近的龙眼树上的一些果子钩落来了，邻居那两三个小伙伴抢着吃，就和小凯哥吵，差点打起来。十二叔和我都劝不住。幸亏五公闻声赶到，说："吃几个果有什么关系？给点他们拿回去，和家里人一起吃，他们家够难的，或者好久没吃过了。"

我心里想，怪不得村里人都赞五公是"绿林好汉，劫富济贫"。母亲怕我惹事，以后不准我去摘玉兰花了。但我心里还常常想着玉兰花，可惜在村里很少见玉兰树。

后来，我终于有了新发现，原来从省城新来的教国文的韦老师租住的房子，就离我家后门不远，里面有个大花园，花园里就有一棵玉兰树，那是因为韦老师生病，我和同学去看韦老师时才发现的。离家那么近，我竟从来不知道这里有一座这么大的房子。因为那门口很普通，和一般古老大屋的门口没什么两样。进去也是一个天井，一座正厅，两个房。再进去，里面就大不一样了。一个大花园，北面是一座大厅，两个大房。南面有个小厅，通后门。园中间还有座凉亭。园中很多花草树木，可惜没修整好，显得有点荒芜冷落。听母亲说，这是一位前清京官的住宅。这人不满朝廷黑暗，告老回乡，建了这座大屋。京官的小儿子大启先生当时在我们学校教小学。大儿子在外做什么不清楚，很少回家，回家来时就住在大花园里那大厅。所以平时不出租的，这回是校长潜先生为了照顾韦老师，向大启先生求了情才租了这房子的。说韦老师是很有身份的名人，他妻子又是什么名门望族的小姐，所以要让他们住得舒服点。

这位老师的确很好，又有学问，又爱学生。师母也很贤惠，虽然经常穿着很时髦的长衫，但很会做家务，讲话低声柔气，走路斯斯文文，对人也很和善，听说她是学艺术的。她知道我喜欢玉兰花，就经常送几朵给我。他们庭前那棵玉兰树长得横枝乱伸，有些举手攀得到，师母就摘下来送给我。

有一次我们要演话剧《画家》，她对丈夫极力推选我来扮演那女主角幽兰夫人，说我有清纯质朴的“空谷幽兰”的气质，模仿力又强，一定能演好。我初时很怕，不肯，她耐心说服我，还亲自帮着丈夫当导演，一点点教我。听说她出身名门望族，人长得漂亮，又是艺术学校毕业的高才生，当年上门求亲的达官贵人很多，她偏要跟上两袖清风的韦老师走。丈夫拒绝日本人的高薪聘请，她坚决支持，甘心情愿跟着丈夫来到我们乡下过清淡生活，穿着丝绸衫裤做饭菜洗衣裳。我觉得她才是真有“空谷幽兰”的气质哩，而我这个乡村野孩子，算什么！

几十年了，师母的影子还深深留在我脑海里。不管在哪里，一见到玉兰花，我就想起这位师母。

有一次，我回故乡，听老同学说，这对无儿无女的恩爱夫妻，晚景萧条，客死异乡，心里十分难过。

配角

豆皮良[1]先生虽然教过我们一段不算短的时间，和我们的关系也不错，但不知怎么搞的，我总想不起他的名字来，只记得他的姓，大概由于当年我们虽然当面尊称他先生，而背后就总是叫他“豆皮良”的缘故。潜先生说得对，这是对人不尊重。对先生不尊敬，该打嘴巴。

为什么会这样呢？我也说不清楚。好像那时我们不把他看作“先生”，只把他看作先生的“助手”似的。比如，潜先生在学校的墙壁上贴上许多古人的名诗、警句、格言等，听说那些图案、插画都是他画的。有时上地理课，他会帮上课的先生拿地球仪或挂地图；上生物课，他会帮上课的先生拿标本；上理化课，他又会帮上课的先生拿试管、酒精灯等等。

其实，他也上一些课的。但他上的什么课，我竟然一点也想不起来了。倒是记得他上课时往往给我们讲一些好听的故事。比如，他讲《木脚人》：一个死了父亲的姑娘在夜深人静时总会听到“哒哒哒……”的木鞋声，同时天花板上就出现一只大木鞋印。她十分害怕，就请福尔摩斯来侦探，原来是她的叔叔为了想独吞遗产而搞的恶作剧，想把她吓死。他讲得有声有色，恐怖吓人。听了之后我好长时间里晚上都不敢自己睡。所以留下的印象

① 豆皮良是花名。

特别深刻。

他还跟我们讲《天方夜谭》（《一千零一夜》）的故事，那“神灯”的魔力多么神奇啊！讲《雪姑七友》，那白雪公主和七个小人儿又是多么可爱！讲到《皇帝新衣》中那愚蠢的皇帝脱光衣服还大喊众臣民“出来看（他的新衣）”时，手舞足蹈，唾沫飞溅，活灵活现地显示出那皇帝的丑态，引得全班同学大笑不已。

他给我们讲的多是外国的故事，逐渐引起了我对外国文学的兴趣，阅读了不少外国书籍，从《福尔摩斯侦探案》《天方夜谭》到《项链》再到《茶花女》。由此使我开阔了眼界，拓展了文学的视野，也培养了我学英文的兴趣。以至于发展到后来，在学敏先生和黄坚先生引领下，我可以用英文写简单的信，用英语作简单的会话。高中快毕业时，学敏先生曾鼓励我去考外文系。追根溯源，我还得感谢豆皮良先生哩。其实，豆皮良先生也是多才多艺的。他不但在课堂上讲故事讲得眉飞色舞，活灵活现，在舞台上演戏也演得很不错的。因为他个子矮小，其貌不扬，眼睛小，下巴尖，加上麻脸，所以在舞台上多是扮演丑角。好像在《胡不归》中演颦娘的表哥，在《冰山火线》中演那个麻风佬，虽然戏份不多，但因为演得好，坏得到家，入木三分，给观众留下深刻的印象。

有一次排练休息时，演员们说笑聊天，豆皮良先生说：“像我这样，只能当配角。”潜先生接着说：“配角演得好，主角才能发挥得好，全场戏也才能演得好。”还回过头来指着我们几个女生说：“即便是她们这些小梅香（丫头），如果配合不好，有时也会使这场戏演砸的，你信不信？”

两个“农民阿伯”

中学时，我有两个老师，真像农民阿伯。

一个是教农业的朱先生，他的名字我已记不起来了，但他那勤恳刻苦，默默耕耘，像个农民阿伯那样朴实无华的形象，我却没有忘记。

朱先生是教农作课的。我们学校附设了一个小农场在近郊。那里有一个山冈（这山的名字我记不起来了）。朱先生长期住在农场，和一个工人一起管理着农场的作物。我们每个星期都去农场上一个下午的农作课，朱先生一边给我们讲课，一边带我们实习。他和蔼可亲，平易近人，平时话不多，还有点口吃，可在教室里，他讲起农业知识来，却滔滔不绝，头头是道，真像个专家学者。走出田野山冈，他会赤着脚，卷起裤筒，吆牛犁耙，除草插秧，或挑起一对大木桶，浇水施肥，样样农活都会干。他个子并不高大，但很壮实，晒得黑黑的。烈日下，他可以不戴帽，下雨时，他只披件蓑衣，戴顶竹笠，从不用雨伞的。为了学朱先生，我们全班同学每人买一顶竹笠，统一规格，上面都写上“锋社”（我们班会的名）两个大字。我们去农场上课或劳作时就戴着它。有时我们排成整齐的队伍，扛起锄头，戴着竹笠，唱着我们的校歌，雄赳赳、气昂昂地走在大街上，真像一支雄壮的远征军。群众会看着我们唧唧议论，我们感到骄傲自豪，唱得更起劲：“我的母校，庭院草木常青葱；我的沙湾，峰峦耸翠气势雄……”

朱先生长年累月就生活在农场，极少见他回学校，而学校的老师也极少去农场探望他。有时我只见舜流先生去，舜流先生是教美术的，当时我想，大概他去写生吧，农场的风景可优美啦！这两位老师都是中等身材，皮肤有点黑，而且粗糙，才三十几岁脸上就有点皱纹，穿得也很朴素，都是些半旧的唐装衫裤。他们的头发经常都是没修剪好的，从没见他们上过发蜡。有一次我们去农场上课，见朱先生的头发剪短了许多，但一块长一块短，真像狗咬似的，难看死了。有些调皮的同学笑他，有些老实的同学说要帮他再修理好。他说没关系，凉快着哩。我问他去哪个理发店理的，他说是附近农村的阿伯帮他剪的。

朱先生话很少，舜流先生话较多，不但画画得好，还会演戏。在《五奎桥》中他扮演一个农民，演得还很不错。导演说他扮演这个角色简直不用化妆。

高中毕业后，我就一直不知道朱先生的情况了。在 20 世纪 80 年代我回故乡时，见到舜流先生，明显是个“老农民”的形象，只是穿着比较“城市化”了。他还是那么热情，多话，他很高兴我喜欢诗词，临别时，送了我一本他的画本和一本诗集。

在一次同学集会上，偶然听说舜流先生当年是地下党员。我就猜测，当年朱先生与舜流先生的来往，有没有什么神秘的关系呢？——当然，这只是我的猜测。但这两位老师身上那点像“农民阿伯”般朴实无华的气质，给我留下难忘的印象。

干叔

十一月了，许多学校都喜欢在这个月里举行校庆，记得我的母校象贤中学的校庆也曾是这个月，还来函邀请我回去，可惜我当时无法抽空赴约，心中甚为遗憾。

现在我又想起母校了，不知怎的，一个久已遗忘的影像突然浮现在眼前：中等身材，肤色黄中带黑，稀疏的带点花白的头发，颧骨有点高，脸庞瘦，下巴尖，模样不好看，但常带点笑容，挺和气的。他不知道我们的名字，但认得我们是这学校的学生，不管在校内还是在街上，见面都笑着和我们打招呼，我们也热情地“干叔，干叔”地叫他。

还记得干叔是跛脚，每回看到他一瘸一瘸地走路，我就觉得他特别可怜。有些顽皮的男同学不懂事，还拿他的跛脚来逗笑。像我们班上最小那个男生，花名叫“猫公”的，有时就会和两三个男生一起，跟着赶路摇铃的干叔喊：“跛干，跛干，硬充铁汉！”干叔有时不理会，有时随手捡起路边的树枝，吓唬道：“猫公，再喊，等狗仔回来收拾你！”狗仔是干叔唯一的儿子，比猫公大一岁。干叔跌跛脚第二年，妻子就带着狗仔改嫁了。干叔没再娶，狗仔经常回来跟他住。猫公和狗仔是邻居，从小玩着泥沙一起长大。干叔煲番薯粥、芋头饭，猫公最爱吃，干叔都会叫他来家吃一两碗。逢年过节，猫公会从家里偷偷拿些粽子、寿桃、煎堆、油角之类给狗仔和干叔。猫公家里虽有钱，但他母亲死得早，后母待他很刻薄，他不敢随便拿家里东西给别人。干叔叫他别拿了，但他还是坚持。干叔说这孩子虽顽皮，但心眼好。后来猫公不知得了什么病，突然死了，干叔哭得好伤心。还叫狗仔给他烧纸钱。这是后话。

话说回来，当年干叔是我们学校的校工，那时叫“杂差”，大概是什么杂务都干的意思吧。我见干叔在学校就是什么杂务都干的。不过他主要的工作是管上课下课的摇铃。虽然跛脚，但他走得很快，从不耽误时间。有一次下着雨，我见他滑倒，腿上流了血，也全然不顾，爬起来，还是使劲摇着铃尽力往前赶。我不由自主跑上前去，想代他摇铃，他硬是不让，着急地说：“快点回教室，迟到了，罚站！”

一个星期三下午，老师们开校务会议，学生早点放学。我和梅姐是值日生，最后扫完教室，同学都走光了，我们俩走过小操场，梅姐拉我去玩千秋。梅姐荡得很高。“成‘一’字了！好嘢！加油！”我站着拍手喝彩。梅姐更来劲了，又荡了个“一”字。岂料再往上蹬时，突然，“啪啦”一声，梅姐摔倒在地，不省人事。我慌了，想扶她起来，可是，她高大，我矮小，我急了，大喊“救人”。但周围静悄悄的，我急得想哭。突然干叔从壁报板后面跛着脚冲过来，二话不说就把昏迷的梅姐背起，对我说：“有老师在办公厅开会，快去讲声！”我飞跑去办公厅报告，老师们赶快把梅姐送去治疗，听说是什么“脑震荡”，救了半天才醒过来。躺在家里好久不能来上课了。我心里很不安，那天要不是我在旁边拍手鼓劲，她就不会荡得那么高，也就不会跌得那么惨！于是，我就和几个同学商量，大家凑点钱，买点东西去看看她。她们都把钱交给我，叫我去买，我顺手把钱塞进小袋子，就赶着去贴壁报。还未贴完，老师又叫我去拿作文簿来发。这样忙来忙去，我离开时就忘记了那放在壁报废纸堆里的小袋子。到我放学回家，想顺路去买东西时才发现。我急死了，饿着肚子也赶回学校去找，可是，壁报板周围都找不见那堆废纸了，天又黑下来了，我哭着鼻子回家去。但又不敢跟大人们说，怕挨骂，撒了个谎，搪塞过去，一个晚上没睡好，天一亮就跑去学校，抱着万分之一的希望再去找那小袋子。

当我一冲进校门，就见干叔正在壁报板前扫地，我问他有没有看见那堆壁报废纸，他愣了一下，看看我，没回答我的问题，却反过来问我："你哭啦？眼那么红肿！""没，没有！——你见那堆废纸吗？是扫了吗？"我一面分辩，一面追问。"我，我扫了。""见有个小包吗？"我看到一线希望。"没，没看清……""那，那些废纸呢？""倒垃圾堆了。""你带我去找！""要上早操了，我去找吧，找到我马上送去给你。""不，我先去找！"我坚持着。干叔只得带着我去找。扒了半天，我耐不住脏臭，早操的铃声响了，我只得失望地离开，可是我上什么课都心不在焉了。那几个同学问我什么时候去看梅姐，我支支吾吾的也不知怎么说好。

放午学了，我失魂落魄地走出校门时，干叔突然从后面走来，把那小包塞给我，我一看，还是干干净净、完美无损的；我喜出望外，抱紧那小包，连连道谢："干叔，太谢谢你了！"高兴得竟没打开小包看，也没去买东西，好像生怕那小包再丢失似的，紧紧抱着一直回到家，才打开来看，钱是一分都没少，但奇怪的是，少了一张一元钱的钞票，却变成十张一毛钱的。"干吗把钱换散？"我想不明白……反正钱得回来就万幸，管他呢！我高兴地去买东西，准备下午看梅姐去。

一年后，我们高中毕业了，用我们班会"锋社"的名义，给母校送了个大铜钟，上面刻着我们全班同学的名字，好漂亮的。干叔抚摸着说："以后我敲这个大钟了，好威风啊！也不用跑得那么辛苦了。"

琴音袅袅

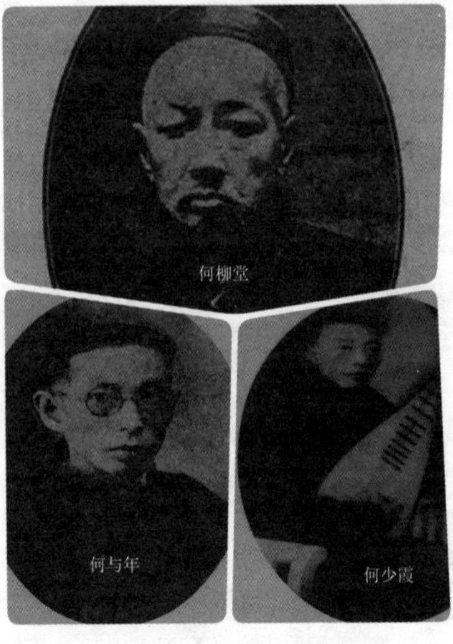

沙湾出了三位有名的音乐家[1]

沙湾有三位有名的音乐家：何柳堂、何与年、何少霞。何少霞曾经当过我们的老师哩。不过初时我还不知道他叫何少霞，只管叫他乾条先生，更不知道他是音乐家。乾条先生是教历史的，教我们时已经是白发斑斑了。人很瘦，下巴尖尖的，颧骨比较高，脸上已有了皱纹，但他双眼明亮，炯炯有神。他为人比较严谨，不苟言笑，但课讲得不错。我对他很尊敬，但不亲近。

乾条先生的大儿子也曾在我们学校教数学，但没上过我们班的课，小儿子阿军与我是同班同学。因为他小提琴拉得很好，经常和一帮爱好音乐的同学来我家弹弹唱唱，所以很熟悉。我们班

---

① 翻拍自番禺博物馆展出的图片并做修整处理。

有一帮这样的同学：拉小提琴的、拉二胡的、打扬琴的、敲木琴的、弹秦琴的、吹口琴的、拉手风琴的、吹箫吹笛的等，无形中组成一支小乐队。当然这是自由组合的，也没有队长。

这支小乐队可是作用不小哩，不仅在舞台演出，还搬到街头演出。每次周末晚会都有他们的节目，有合奏，有独奏，还为歌舞配乐。他们奏的几乎都是广东音乐，粤曲的流行小曲，其中不少还是沙湾音乐家的作品，如《赛龙夺锦》《雨打芭蕉》《陌头柳色》《彩云追月》《平湖秋月》《流水行云》《卧马摇铃》《旱天雷》《杨翠喜》等。

这支小乐队几乎没有什么正式的排练，但由于平时爱凑在一起弹弹唱唱，配合得很熟，随时拉出去都可以演出。说起来也奇怪，小乐队集中的地方不是学校，而是我家的客厅。为什么会这样呢？我并没有主动邀请他们来，是他们自己捧着乐器来我家玩的。现在想起来，可能一是因为当时我是文娱委员，经常要组织节目；二是我家的客厅比较大，又凉快；三是我母亲、祖母、姑妈都很好客，有时还做点吃的来招待他们。所以同学们都喜欢来我家玩。

经常来与父亲下棋的五叔和我这帮同学也混熟了，因为五叔也会玩一下乐器。有一次五叔笑着说，沙湾几个老音乐家经常在“三稔厅”聚在一起弹琴作曲，我们这帮年轻的“音乐家”经常在这里拉拉弹弹，这里是否可以名为“小三稔厅”，继承这个音乐世家的传统？当时我们兴趣正浓，竟七嘴八舌地附和这个建议。我父亲捧着棋盘走来邀五叔下棋，搭话说：“你们也太不知天高地厚，你们是什么水平？竟去攀‘三稔厅’这棵大树！等你们这帮人里也出个音乐家时再提吧。”五叔附和着说：“这话说得对，刚才我也是说说笑而已。”于是此事也就作罢。

随着我们高中毕业，这支小乐队也就不解自散了。同窗好友，各奔前程，历尽沧桑。由于种种原因，二十年、三十年，有些甚至半个多世纪没了音讯。后来，断断续续、零零碎碎地知道了一点。

这帮人中，没有一个成为音乐家的。

连乾条先生那位爱拉小提琴的公子去了香港，好像也不搞音乐；一位扬琴手虽是工程师，也一生不得志；一位拉手风琴的虽考上了大专，学了一门技术，后来也只能自己开间小店；一个刚学会拉小提琴的，竟上吊死了；……一位当年正学吹笛子的，一次在沙湾碰见我，知道我的情况后笑着说："读书时你是名列前茅，我是倒排收尾，可如今我比你好，退休金都比你多三倍哪！"一位二胡手给我来信，说在北方干了一辈子，事业上虽颇有成就，但听不到故乡音乐，生活上往往感到十分寂寞，非常怀念在我家客厅里弹弹唱唱的日子，有时在梦中也听到当年的琴音袅袅……

木棉花

读小学时，一到木棉花开，我就会跑到亭涌里社坛旁边，仰起头来看那高高的树上，一簇簇像火焰般的木棉花，真是好看极了！一到木棉花落，我就一朵一朵地捡起来。特别是台风过后，撒下一地木棉花，我高兴极了，一捧一捧地用裙子兜着，小心翼翼地慢慢走，带回家。然后用小绳子串起来，挂在脖子上，对着镜子前前后后照几回，就光着脚丫跑去找小伙伴玩，扬扬得意地炫耀这花环多漂亮。邻居大婶说我眼睛大、睫毛长，戴上这花环，真像戏台上那美丽的番邦公主。我乐得飘飘然。

但这鲜艳的花环戴不了多久就萎残了，我舍不得丢，还是挂在床头。一天放学回家，发现不见了，我急得到处找，找不见就哭。母亲骂我说："哭什么，想学黛玉葬花吗？……"那时我不懂"黛玉葬花"是怎么一回事，只管哭。还是祖母最疼我，一面帮我擦眼泪一面说："是我拿去晒了，晒干煲水喝，祛湿的，捡这花还是有用啊！乖!"这一哄，我又高兴起来了。以后，我捡木棉花就更多的是交给祖母做药了。

直到我读初中时，从省城来了个国文教师韦翰章先生。初见时我不敢接近，怕他那笔直的白西装、白皮鞋、金丝眼镜、光亮的头发，怕他会看不起我这乡村野孩子。后来越来越觉得他和蔼可亲，又很有学问。上课，他给我们吟诵"小楼昨夜又东风，故国不堪回首月明中""王师北定中原日，家祭无忘告乃翁"；课外，他拉着小提琴，跟我们一起唱“我的家，在东北松花江上”，还给我们讲汨罗江、风波亭的故事。故乡还是敌占区时，他毫无顾忌地骂南京大屠杀的日军是刽子手，抗战胜利后他又大骂强奸北大女生的美军是禽兽，给我们导演反内战的话剧《苏州夜话》和揭露社会黑暗的话剧《画家》。也正是他，让我懂得了“黛玉葬花”是怎么一回事，从而迷上了《红楼梦》，继而逐渐迷上诗词。也是他告诉我，木棉树又叫英雄树，木棉花也叫英雄花。落在地上那红艳艳的花朵，就像一点点英雄的鲜血。血，我从小就怕，连杀鸡都不敢看。我不禁想起日机轰炸时我跟着父母逃难经过灾区，看见那血肉模糊的情景，心里就发毛。从此，我见到木棉花，就既喜爱、尊敬，但又害怕，不敢再捡来玩，而且借故学习忙，也不去捡来给祖母做药了。

原来，这位老师是有名的南国词人寒蛩，因为不肯与日军合作才逃难到我家乡来的。抗战胜利后一年多，他就回到大城市的大学去教书了。临别赠言，他在我的纪念册上写了一首诗《咏红棉》，末尾两句是“纵教沥尽英雄血，也作东园败叶看”。我以为他是自叹不受重用，他说我误会了，这是他替一个为乡亲做了许多好事却被冤屈的人写的。他见我喜欢诗词，就写给我留念。

是啊，可能由于那时喜欢古典诗词又喜欢木棉花的年轻人很少，所以他很赏识我吧。

人各有命

放暑假了，回到故乡第一件事是与我的好友尖姐约会。

尖姐来了，身后还跟着一个人。高高瘦瘦，穿对高跟鞋，长长的卷发遮着半边焦黄的脸，两个眼眶黑黑的。我忙问："这位是?""影姐都不记得啦!"尖姐打了我一下。"啊!"我惊愕了，影姐怎么变成这样了！以前那常带微笑的白白净净的影姐哪里去了?

细问之后，才知道影姐被她那当官的哥哥逼迫，嫁给一个什么书记员，不久前刚小产了。"那朱哥呢?"我急着问。"回万顷沙教书去了，他是舍不得那帮疍家仔疍家妹的。"影姐轻轻地说。"也舍不得他那印传单的专业吧?"心直口快的尖姐说。影姐低头不语。"那危险的事不干也罢，不然找对象都难啊。"我说。"他也不想找了，我太伤他的心了!"影姐还是低着头，声

古镇一角

音更低了。“干那些事，单身也好，无牵无挂！”尖姐爽快地说。

瓦当

之后的好几天，我都心神不定。一天，一帮老同学来我家玩，还带了乐器来，拉拉弹弹，说说笑笑，好不快活。忽然，阿悯一进屋就急匆匆地喊大家停下来，说租梁婆屋住的那个大女离家出走了，留下一封信给她父母，说什么要到“自由的天地”去。大家都惊愕了一下。“她的养父养母都那么娇宠她，还不够自由！”阿寒先发话。“人各有志啊！”“老学究”放下手中的二胡慢条斯理地说。“人各有命吧！她命不该享福哩！”“小调皮”用小提琴的弓敲着凳子打趣地说。阿悯瞪了他一眼说：“大女的养母哭得眼睛都成核桃了，你还讲风凉话！可恶！”大家都用责备的眼光看着“小调皮”，“小调皮”都不好意思了。想不到尖姐却站出来说：“其实，‘小调皮’讲的也有几分道理。依我看，人各有志是对的，但往往会因为人各有命而使他的志不能实现。”“老学究”有点激动，问：“这，这怎么说？讲，讲讲你的高论！”尖姐喝了口水，就快言快语地说：“我没什么高论，只看到一些事实。你们看，影姐她没有志吗？她曾立志要读好书，将来到万顷沙去当老师，让那些没书读的疍家仔疍家妹都读上书，可现在——”她突然咽住不讲了。大家望着她，正想听故事，我会意，急忙把话岔开，说：“就说我们过去的好朋友贞姐吧，我们曾经相约，至少要读到中学毕业，才出来挣钱帮助父母养家的，谁想到，她父亲一死，小学都没读完就得去打工了！”阿寒也叹了口气说：“说得也是，我们的老班长，是立志要考大学的，谁料到，一场恶病，没钱医，眼睁睁就没了！”大家都默然无语，谁不为此事哀叹呢！此时，来教我们扬琴的五叔叹了口气说：“世事难料，人生无常，我和你们这么大的时候，也曾立过大志哩，可到头来……”他拿过二胡，拉起一曲《流水行云》。

我心里乱得很，什么都说不出来。大家也像没什么话可说似的。

“绿豆沙来了！”祖母端着一大盆绿豆沙走来，打破了客厅的沉寂。我和尖姐抢步上前接手，祖母返回厨房去。

大家七手八脚地把桌面上的东西挪开，准备吃绿豆沙。尖姐喃喃地说：“你姐嫲[1]的命也够苦的，丫头、妾侍、寡妇……”

“那都是旧时的事了，现在，能有你们这么多孙子唱歌拉琴给我听，我就开心了！”祖母拿着碗筷、羹匙走过来，笑着说。

“这叫知足常乐吧。”五叔说。

“也是乐天知命啊！”“老学究”说。

我不知说什么好，我平时最爱吃绿豆沙，此时却不知是什么味道。

---

① 姐嫲：是我对我亲祖母的称呼，当时经常来我家玩的同学都亲切地跟着我这样叫。

来生娶你

仲元中学是哪年成立，我忘了，总之比我们沙湾中学迟，不过因为它是省立的，上面拨款多，名声又大，所以校舍都是高楼大厦，设备也比较齐全。光体育一项来说，不仅有个大大的体育场，还有各种各样的体育器材。我那个从小就酷爱体育的鸿表姐很快就转学去了。其实她转学，主要还不是因为她个人爱好，而是她母亲千方百计促成的。

我把她母亲叫做表姑。表姑最怕男人花心，男人去县城做事，她就让女儿去县城读书，好盯住他。我这个鸿表姐也够厉害的。有一次在县城最大的酒店，看见自己的父亲同一个女招待（女服务员）调情，那女招待坐在她父亲膝头上，她上前一手推开那女招待，说："爸爸的膝头是我的，走开！"随即坐在父亲膝头上。"好大的力气啊！是运动员吧？"女招待没有生气，只嬉笑着说。当她嘻哈大笑着把此事讲给表姑听时，正好我和我母亲也在场。我佩服她的勇气。我母亲笑着说："表姑娘，怪不得你一定让她转学去县城！"

鸿表姐确实是个运动员，在我们学校时是女篮校队的中锋，去了仲元中学又是校队的左锋。她投篮很准，而且能单手投篮，左右手都行；不仅在篮底托得上去，在远距离也几乎百发百中。这也许是因为她比较高，弹跳力又好，当然主要是球艺高吧。

记不清是哪一年，开县运动会，我们学校的篮球、排球、田径等几个代表队都去市桥参加了。结果我校的男篮代表队入选去参加省运动会，我校的女篮代表队却没能入选。比赛结束后，回学校的那天晚上，从市桥返回沙湾，坐在乌篷船上，我们几个女同学七嘴八舌地聊天，谈论到最后一场失去两分的事，有人怪我这个当后卫的守篮不严，没有死死拦住鸿表姐，让其投入这两分。她们半认真半打趣地说我“徇私，对表姐手下留情”。我说我不是有意徇私，只是见她流鼻血，吓了一跳，不留神，就让她钻空子，投入了这两分。

“对了，看她挺健康的样子，怎会久不久就流鼻血呢？”

“听说那个什么主任准备带她去广州的大医院检查哩。”

“她真的是同那个主任好吗？比她大那么多……”

“不要随便议论人家的私生活啊！”体育老师开口了，我们就住口，因为平时我们都有点怕他过于严肃，只有鸿表姐不怕他，甚至有时敢顶撞他。有些同学背后把鸿表姐叫做“男人婆”“假小子”。不知怎的让表姑知道了，很生气，鸿表姐却不生气，反而笑嘻嘻地说：“假小子怎么啦？来生我还想当个真小子呢。”表姑说：“你要是个真小子多好，你爸就不会找借口来娶二奶三奶（小妾），还要到处去招蜂引蝶了！”“别怕，我会盯紧爸爸。”鸿表姐双手叉腰，挺着胸脯说。

我校的代表队去广州参加省运动会回来，作了一次汇报表演和展览，我们班集体制作了一个“省运会”会场的模型，全是利用废物（空火柴盒、硬纸皮、小竹枝、薄树皮、练习本皮等）造成的。涂上颜色，很漂亮，还得奖了。鸿表姐和仲元中学几个运动员也来看了，还用手影机（即照相机）拍了照片。当时手影机在沙湾还是个稀罕物哩。鸿表姐说那是他们学校那位什么主任借给她的。

她跟我回家来，借几本参考书。临走时，拿出两张照片送给我，说是那位主任用这个手影机帮她照的。我一看，好漂亮啊！背景是仲元中学的校园，鸿表姐站在大树下，一张是穿着白衫黑裙的校服，风吹起她乌黑的短发，衬着她那凤眼蛾眉，水灵灵的，她斜靠着树干，微笑着，显得那对酒窝更迷人；另一张是全套白色的男装运动服，戴着一顶白色太阳帽，把头发收入帽子里，右手拿着个球，左手叉着腰，足登白球鞋，昂首挺胸，直视前方，嘴角微微翘起，一副十分自信而高傲的模样，真是英姿飒爽。

“好英俊的假小子啊！不愧校花盛名！”我不禁笑着喊起来。“我要是真小子，你嫁给我吗?”“讨厌!”“谁不想嫁个英俊的老公？你想吗？说老实话!”她揪住我耳朵不放。

“想，想……行了吧？快放手，痛死了！”我求饶不迭。

“好，说定了，我来生娶你!”她一本正经。

“你们疯了？讲这些不吉利的话!”房里传来外婆的骂声。

糟糕！忘记外婆正在房里睡哩，我赶快说：“不说，不说，这就走——”我拉着鸿表姐赶快出了门。

“你那个主任很英俊吗?”出了大门，我忍不住回到刚才的话题。“就是在球场上给我送水那个嘛，你没看见?”她坦然地说。“真可惜，我没注意到!”我说。“有什么可惜的，你怕以后没机会见吗?”她还是那么坦然。

我们说说笑笑回到母校去玩千秋。鸿表姐矫健地跳上去，两三下就蹬上“一”字形。轮到我，虽然用尽全力，还是蹬不上“一”字。鸿表姐说我是不会用力，就搭着我一起荡。开始时，一面悠悠地荡，一面教我怎样使力，后来，她一使劲，两下子就飞上“一”字形了。我心有点虚，叫她放轻点，她笑我是胆小鬼，一面哈哈大笑，一面再用力猛蹬，又是一个“一”字形。随着笑声，我发现她又流鼻血，我慌了，求她赶快停止。

下来后，我又急又慌，不知怎么办，她却若无其事地说：“没关系，摘片树叶塞住就行。”“你真的应该去大医院看看了！”我一面拿竹叶帮她塞鼻子，一面说。“主任说，等他开会回来就带我去广州看了。”“他什么时候回来？”我担心地问。“不知道。”她还是大大咧咧地答。

第二天，她回仲元中学去了。我紧张地准备段考，没和鸿表姐联系了，只想考完试去看看她。

真想不到，当我考完最后一科回到家里时，竟听见家人在议论说鸿表姐突然得什么急病死了。我饭也吃不下，回到房间，对着她那两张照片痛哭。当晚，我不知为什么也发起高烧来。吃了什么退烧散也没用。又请老中医看，说我是感到风寒。吃了两天药还不见好，家人急坏了。正好外婆从紫坭来，看见我正对着桌子上那鸿表姐的照片发呆，她突然醒悟了什么似的，拉着我母亲去后堂，跟我两个祖母低声咕噜了半天，然后又来到我房间，把鸿表姐的照片一手拿走了。我问为什么，她说为了把我的病医好。母亲告诉我，外婆把我与鸿表姐那天送照片时那些话告诉大祖母了，鸿表姐说“我来生娶你”，现在她死了，可能她的鬼魂真的要来“娶你”，所以老人们要请“道公佬”来给我念经赶鬼。父亲和母亲正在犹豫不决。我坚决反对，我说我是中学生了，学校正大谈“科学与民主”哩，我若搞这些迷信的事，不让人笑死！以后还有脸去上学么？我要母亲陪我去沙湾医务所找西医看。结果打了两三次针就退烧了。请“道公佬”的事当然就不提了。通过母亲，好不容易才把鸿表姐的照片拿回来。但不敢摆出来了，只能偷偷藏在笔记本里。

一天，母亲带着我去看望表姑。表姑哭着告诉我，鸿表姐是打球时流鼻血止不住，就昏迷过去了。到那位什么主任从外地赶回来时，她突然醒了过来，主任拉紧她的手哭着说："来生一定娶你!"她才合上眼。

之后，我不敢再去仲元中学，再没见过那位主任，也不知他是不是长得很英俊。

来生娶你

娴姐

在从广州来的同学中，娴姐和我最好。她大我两岁，比我高，鹅蛋脸，长眉细眼小嘴巴，皮肤白白嫩嫩的。讲话柔柔软软，正如她的性格。她那一口地道的广州话对我影响很大。

她们家是在广州沦陷时逃难来的，全家四口：她和父亲、母亲、二妈。她家租了一套洋楼别墅住。屋主长期住在香港不回来，听说也是战事紧张时出去的。那洋楼很漂亮，印象中是两层的，进门是个小花园，正中一个八字形台阶，从两边上二楼，二楼是个大厅，两旁和后面都是房间。厅中央有张大圆桌，两旁是雕花木家具，靠后有一张雕花的大炕床，中间摆着一套漂亮的鸦片烟具。我多次见过她父亲和二妈横躺在那上面抽鸦片，烟雾蒙蒙的。右边墙角有个观音神位，我见过她母亲在那里跪拜。里面还有很多精致的摆设。

屋子虽然很漂亮，但好像有一种让人郁闷的感觉，我每次去都是直接进她房间，借几本书，或说几句话就走。有时，她母亲走过来搭几句话。遇到她父亲和二妈，我也只是有礼貌地点点头。我一见鸦片烟就憎恨，因为我祖父是被鸦片烟害死的。

她母亲只生了她一个，二妈从没生养，所以父亲对她很宠爱。而母亲是为了她才留在这个家的。可以说，她受着父亲和母亲的珍爱，应该是幸福的。但是，实际上她幸福吗？她常常说起家事就流泪。当然，与那二妈有关，但也不全是。

有一次她跟我说，她二妈有个朋友，与她父亲合伙做什么生意，赚了点钱。父亲就很信任他。此人向她父亲提出，要让娴姐当儿媳，说他儿子怎么怎么优秀，又很会做生意等等。还说过门之后可让娴姐继续读书，一直读到大学毕业费用他们全包。父亲和二妈都同意了，说都是为她好，给她找个好归宿。母亲则极力反对，说一来女儿还小，二来对对方不知根底，单听二妈一面之词靠不住。娴姐本人当然站在母亲一边。为了此事，原来已经不和的家庭，就又增多了一个争吵的话题。

后来他们搬回广州了。这件事还未了结，新的问题又纠缠进来。她母亲娘家的一个亲戚，娴姐叫表哥的，正在广州大学读书，疯狂地追求娴姐。娴姐的母亲想极力促成这桩婚事，以断了她二妈牵的那条线。父亲则嫌那表哥家底薄，极力反对。争持不下，吵闹不休。这期间，二妈朋友那边不断送礼，表哥则频频献媚，甜言蜜语，讨人欢心。娴姐单纯，加上听惯母亲的话，就与表哥好上了。初时恩恩爱爱，甜甜蜜蜜，可过了不久，她就哭着跟我说，那表面上温文尔雅的大学生，达到目的后就对她越来越粗暴专制，她与男同学的一般来往都被限制，几乎失去了自由。我说你不会离开他吗，她说碍于母亲劝说，“而且……”她含着眼泪红了脸，不说了。我不好再说什么。……

新中国成立后，我与她断了联系，后来从一个老同学口中，知道她嫁给了一个比她大十几岁的解放军首长。

校花

我们的日语老师是沙湾人，曾去日本留学，当过日军翻译，他给儿女取名都有点日本化。两个女儿叫丽果子、甜果子。平时大家只管叫她们阿丽、阿甜。阿丽生性外向，张扬，多话，爱交朋友，学习成绩虽不大好，但长得漂亮，主要是眼睛大，水灵灵的，而且很会“飘眼角”。门牙虽有点飘，但不严重，有人还美其名为“含笑牙”。小弟叫珍果子，瘦瘦弱弱的，整天流鼻涕。母亲好不容易得个儿子，又这么瘦弱，怕养不大，才改个女孩名，呵护着。但父亲最宠阿丽。

有一次，阿丽代表她那个班，在全校晚会上唱当时一首流行歌叫《襟上一朵花》。为了这次表演，父亲特别给她买了一套新装，她自己特地去她表哥家那玫瑰园选了一朵大大的红玫瑰。她嗓子好，演唱时的表情又十分娇媚。所以博得全场热烈鼓掌，从此得了个“校花”的美名。不过听说当时我们的校长潜先生对这个节目不太赞赏，说与当时“国难当头”的大背景不协调，只是碍于她父亲的面子不好说罢了。

正在阿丽誉满校园，春风得意的时候，她父亲突然脑溢血死了。听说是在陪省城来的督察喝酒时，席间倒下去就醒不来了。这真是太意外了！我们对这个日语老师还是有一定好感的。因为每逢上头有人来督察检查我们的日语课时，他都先偷偷通知我们，甚至把题目答案都暗示给我们，让我们个个都顺利过关。听说，这也是校长授意的。出殡时，校长带着老师和学生代表列队去送。有些同学，包括我在内，都哭了。我想，阿丽一定哭得好伤心的，我不敢看她。之后好多天不敢去找她，因为不懂说什么安慰的话。

可想不到，后来学校要演一场四幕话剧，找她演女主角，她竟欣然答应了，而且，排练时，嘻嘻哈哈，欢乐得很，一点也没有哀伤的影子。还与演男主角的那个同学阿虎缠缠绵绵，半公开地谈恋爱。我感到有点惊讶。有些同学也私下议论，说她原来已经和她表哥好了，是她父亲极力反对，说表亲不能通婚，她才不敢，但还是暗中来往，现在又和阿虎这样！我有点为阿丽抱不平，说："干吗表亲就不能通婚？宝玉与黛玉是表兄妹，宝钗与宝玉是表姐弟，他们不是也——""傻瓜，那是古代，是小说，现代科学就说近亲不能！"尖姐打了我一下，说，"你什么都不懂！只会读书考试！"尖姐又重重地捶了我一下。

不错，当时我一心扑在书本上，无暇去管别人的事。后来我离家上大学去了。阿虎没考上，在故乡教书，阿丽读高二了。想不到第二年暑假回来，竟然大大出乎我的意料。阿丽挺着大肚子不肯见人，而孩子又不是阿虎的，是她一个很亲的表哥的。听说那个表哥是大学毕业生，来探望阿姨（阿丽的母亲），看沙湾飘色，就和表妹好上了，还闪电式地发展，忽然就怀上了孩子，阿丽也休学了。听说那表哥其貌不扬，有人去她家，阿丽都不让他出来见人的。我更不敢去了。但心里总是为她惋惜，觉得她那么漂亮又聪明，唱歌演戏都是出色的，她应该有更好的前途，应该……

新中国成立后，听同学说，当年阿丽生了个儿子，先天痴呆的，花了好多钱都医不好。后来曾去了美国，但不知为什么，不久又回来了。一个老同学碰见过她，说她又老又瘦又憔悴，变得都认不出来了。我不禁鼻子一酸。

“阿虎怎样啦?”我不知怎的，顺口就问起这个来。

“沙湾土改时上吊了。”那个老同学沉沉地答。

我的心，也一沉……

古镇一角

失去母爱的孩子

从小学到中学这阶段中，我有几个很要好的女同学。虽然经过几十年的沧桑，早已离散，天各一方，但我都没忘记她们。

一个是小学的同学，叫惠然，小名叫虾女，因排第二，所以又叫二虾。她有个姐叫大虾。虾女与我同年，比我小一个月；她和我差不多高，也和我这样瘦瘦的个子，连长相都与我有点像。有一段时间，我们两人的头发都剪成个“门口装”。所以走在街上，有人就说我们是“双胞胎”。

老屋

虾女家里有个花园，里面有些果树。我去她家时，她会带我去摘熟了的果子吃，我最喜欢吃她家里的番石榴，我们家乡叫“花蔫”。“胭脂红白囊花蔫”又甜又滑，好吃极了！不过我们不敢多吃，怕她的后娘骂。她母亲早死了，她这个后娘是她母亲的亲妹妹，也就是她的亲阿姨，本该对她好才对，但这个后娘好刻薄，对她姐妹俩都不好。所以我很少去她家。

她倒是经常来我家。我家没有花园，没多少玩的地方。她这个人比较沉静，不是很爱玩的，来我家多是和我一起做功课。她学习不是很好，我学习是比较好的，我很乐意帮助她。但她往往不专心，一副心不在焉的样子，有一次我说她这样怎能学好，她竟流下泪来。我慌了，赶快道歉。她却频频摆手，说我说得对，她没怪我，是她自己伤心落泪而已。我问她伤什么心，她说后娘很快就不让她读书，要她在家看弟妹了。我听了不禁陪着她哭。

过不久，我上初中了，她却在家看弟妹。我有时去看她，她背着后娘，偷偷向我诉苦。我往往陪着她哭。有时被她后娘看见，就会阴阳怪气地骂。后来她叫我不要去找她了，免得后娘骂。我就不敢去了。但还时刻惦念着她，又无从打听她的消息，好着急！

有一天，我突然看见她的姐姐大虾来到我们教室，我又惊又喜，正要上前去问她二虾的消息，却见她旁边紧挨着我们班的大姐姐阿当。我不敢作声，心里想：大虾来干什么呢？很快，我弄清楚了，大虾是来插班读书的。我好像一下子明白了：以前是大虾在家看弟妹，二虾上学；现在是二虾在家看弟妹，大虾上学。这个后娘真会安排啊！

可是，这是我自作聪明的胡猜而已！好像学期还没结束，大虾又不见了。听说大虾嫁给阿当姐的哥哥了。阿当姐的哥是拿枪的，是一个什么中队长来着，要大虾来读一下中学，是为了撑门面，说是“娶个中学生”了！——原来如此！

有一天，我在街上碰到二虾，她把我拉到一个角落，一面哭一面诉说她和姐姐的日子都过得很委屈。

以后就没见过她了。

我想，如果她们的母亲还在，会这样吗？

岁寒三友

旧民居

二虾读完初小就没书读了，和她比起来，我是幸运的，我能安稳地读完高小，又顺利地进入初中，而且还交上了两个很要好的女朋友，都是同班同学。一个是旃姐，一个是祯姐。她们都比我大两三岁。旃姐白白的，很壮实，浓眉大眼，唇红齿白，给人以健美的感觉。她嗓子大，讲话快，性格豪爽、刚强。祯姐黑黑黄黄的，眉细眼细，嘴唇有点苍白，两只耳朵戴着一圈耳环，这在我们这辈人中是很少见的。她讲话慢，声音小，性格内向。我们三人，虽有许多不同的地方，但有一点是相同的，就是爱读书，成绩好。在考试中，我们几乎都是前三名，而我们又是好朋友，所以在学校里就很被注目，老师也很喜欢我们。不知是什么人，还把我们叫做“岁寒三友”。

那时，我们的生活还是比较平静的。除了做好学校的功课，还看了不少课外书。我们不仅看学校图书馆的书，还看同学家里的书。旃姐和祯姐家里没什么书，我家里书比较多。我父亲那些四书五经我们是不喜欢看的，我母亲那些小说大家却抢着看。那里有《说岳全传》《龙凤再生缘》《白蛇传》《薛仁贵征东》《薛丁山征西》《狄青三取珍珠旗》《粉妆楼》《包公审案》《七侠五义》《七剑十三侠》《罗通扫北》《说唐》《西厢记》《红楼梦》《水浒传》《三国演义》《聊斋志异》《封神榜》《东周列国志》等等。这些书传来传去，有些都传到烂了。我们往往对一些人物和情节争论不休。比如，祯姐很同情白娘子，旃姐则喜欢小青，她说小青杀了许仙才好。我喜欢林黛玉，旃姐说她小气，爱哭，有什么好，对宝玉那样的人，不值得为他死……

可惜好景不长，平静的生活很快就卷起波澜。

先是祯姐的母亲病了。为了医病，花了许多钱，这使原来就不富裕的家庭，一下子陷入困境。光靠父亲打工维持不了一家五口的生计，祯姐要跟姑姑去香港打工了。事情发生得那么突然，连送别都来不及，人就走了。当她的老祖母抹着眼泪跟我说的时候，我惊呆了，一句话也说不出来，只是无言地流下两行眼泪。

祯姐的家就在我家后门的斜对面，我们经常一起去学校，放学一起回家，一路走一路谈，谈个没完。可现在，……

我只有在寂寞的街道上，寂寞地走去！——在日记上我是这样写的。潜先生在下面打了密密的红圈，眉批上说“颇有诗的意境”。但我高兴不起来，可知我写这句话时，泪水都滴湿了作文本哩！

过了一个多月，祯姐从香港寄了一封信回来给我和旃姐，说她在那里工厂打工，很辛苦，还常被工头打骂，措辞凄苦。我看着就流眼泪；旃姐也黯然，但她没滴泪，而是咬紧嘴唇，半天才说出一句话："为什么穷人都要受苦，被欺负？"我也有同感，也愤愤不平，但都没有去深入探讨。

过了一段时间，我突然发现旃姐好像有点变了，没以前那么乐观、开朗，而有点沉默寡言，有时我和她说话，她好像也心不在焉。更叫人担心的是，她的学习成绩也突然下降了。潜先生为此找她谈过话，她没接受劝告，还和潜先生顶起嘴来。由此潜先生就不是很喜欢她了。我耐心地与她谈，才知道她家庭也发生变故，她父亲在外头包了个二奶，经常与她母亲吵架，又不给家用钱，还说不给她们姐妹读书了。她母亲还带着个吃奶的小弟弟，她经常要回家帮做工。后来她索性休学了，我怎样劝她也没用。

她休学后，我们见面的机会就很少了。我听同学讲她到处串门比较多。有一次她来我家，就讲到她去看过一个早已休学的老同学影姐。影姐比我们大好几岁。旃姐说她本来和一个姓褚的青年很好的，那青年在万顷沙农村教书，人很和善，挺好的，但影姐的哥极力反对，把她骗到外地，硬逼着她嫁给了一个政府官员。旃姐说，她见影姐瘦多了，虽然烫了发，涂脂抹粉的，但也掩盖不了憔悴的容颜。影姐介绍旃姐和那个姓褚的青年认识，还把一些书给她看。旃姐说这些书她以前从没看过的，不过很快就要还回去，所以不能拿给我看。其实当时我忙着功课，已没时间看课外书了，也没时间问她书的内容。不过，那段时间我见她好像比前段时间开朗，不那么沉闷了，我以为她的家庭矛盾解决了，就劝她复学。她摇摇头说她父亲抛弃她们了，复什么学？她也不想读书了。我无言，只觉得胸口堵着团棉花似的。

祯姐失去了母爱，旃姐失去了父爱，我这两个好朋友为什么这么命苦啊！——我暗暗叹息。但愿她们有"岁寒三友"的精神，战胜这些困难吧！——我又暗暗祈祷。

以后旃姐更少来看我，我也不知道她的生活情况。那时偶尔在梁婆家见她一面，也是说几句闲话就分开了。梁婆是个老寡妇，她儿子是比我低两三级的同学，但与我们班一些同学玩得来，梁婆又好客，所以我们经常去那里。后来，有一对老夫妇带着一个女儿，租了她家的头厅住。这女儿十六七岁了，她的姓名叫什么我不知道，插班在初中读书。听说是个养女，但很娇贵。旃姐不知怎的和这个娇贵的养女倒很谈得来，好像和她的关系比和我还密切，我觉得有点奇怪。但我想想，也许由于我一直在读书，而她已经失学，我们就有点距离的缘故吧，也就不去深究了。

新中国成立前的一年暑假，我从大学回到家里。一些同学来看我，不知怎的谈到那个养女，说她不久前离家出走了，给父母留下一封信，说她“要到自由的地方去”。当时有个男同学说：“在这里怎么不自由呢？”大家七嘴八舌的说什么都有，而以前声音大讲话快的旃姐却一言不发。

我摸不透在离开学校这几年，旃姐的生活是怎样的。

新中国成立后，我一直没与她联系，听说她初时去了海南岛工作，后来又去了北京。20世纪80年代，我突然收到她一封信，我真是喜从天降，我马上回了一封信，并附上一首词《金缕曲》给她：

光阴荏苒

遥致金兰姐，怅经年、沧桑变幻，那堪欣藉！坎坷荆途风飘絮，偶落荷塘水榭。已见惯、花街草野。几度风云知冷暖，濯清波、未许蒙污液。人尚健，心犹洁。　“岁寒三友”知名节，岂能忘、西窗剪烛，囊萤映雪。为探骊珠穷瀚海，怎料竟成久别！零雁杳、关山难越。今日锦书天乍降，泪盈眶，写下胸怀悦。言未尽，情何切！

过不久，旃姐从北京回来广州小住，到我女儿家找我。久别重逢，激动之余，万语千言，不知从何说起。东拉西扯的，又匆匆而别，当时相约抽空再详谈，哪晓得不久她就去了美国女儿家，连信都没有一封回来，留下的只有遗憾和想念。至于祯姐和二虾，更是几十年天各一方，杳无音讯，留下的也只有“此恨绵绵无绝期”。

我的好友，不管是天涯海角，地老天荒，我都永远惦念你们，希望你们过得好，坚强健壮！

第五辑 社会景象

记得当年日军天蒙蒙亮就坐着橡皮船，从大涌口驶来，用吊炮开路，很快就登陆进村。我们一家老少，跟着人流，跋山涉水，沿着长大岗，走了大半天，好不容易才到了独岗，那时太阳已经下山。

——《避难独岗》

生逢乱世

生逢乱世

我出生在“九一八”事变那年，国难当头，生逢乱世。

从我懂事起，在我记忆中，都有不少大大小小触目惊心的事情。且不说日机轰炸和故乡沦陷这两次大灾难，那是可恶的日本侵略造成的。而在我们乡村内部，也耳闻目睹了不少乱七八糟的事情发生。

像我们沙湾青年剧社阿章叔被惨杀的事就够吓人的了。这样血淋淋的事我还知道一件，而且是发生在我家的近邻五公家。

五公家的大花园里有个水厕建在鱼塘边，我父亲天天都去那里大便。有一天父亲上厕所回来，脸色青白紧张地对母亲说，有人要行刺五公，被四叔和十叔挡住，五公没事，四叔被重伤了，十叔也受了轻伤。那凶手逃走了。……此后，四叔下肢瘫痪了，五公病了好久，五婆瘦得像枯柴。最小的两个儿子送到外地去了。五叔也很久无法来我家走棋了。

那时村里的武装小集团很多，村人叫“堂口”（还是“塘口”，我弄不清），屁股后有把枪，就横行霸道，为所欲为。五公家出了事，有个亲戚表嫂来看望。表嫂带着个十四岁的女儿来，被村里一个“大天二”（小集团的小头目）看中，硬要娶为妻。表嫂初时不肯，这“大天二”扬言如果不答应，她母女俩“休想走出沙湾村”。就这样，这个十四岁的女孩就嫁过去了，不久生了个不足月的女娃，表嫂去当保姆。

曾经在沙湾很有威望的“阿头”（村人对五公的尊称）都保护不了自己的亲戚，更别说外乡逃难来的人了。我听说一个姓张的老伯，带了一家大小五六口逃难来的，在罗山里租屋住，不知怎的，就被绑架（村人叫“标心”）了。听说因为一来他有钱，二来有个漂亮的女儿。

那时，谁家有年轻漂亮的女孩儿，好像都不太放心。和我一起在青年剧社扮演过丫鬟的几个女同学，都曾经被一些“大天二”流氓看上，便时时骚扰。他们卑鄙地说“这些梅香（丫鬟通称梅香）咸鱼挺新鲜的，好尝尝”。一个女同学家里很有钱，家人就赶紧把她送出广州读书去了。另一个女同学因为家贫，母亲生病，被一个“大天二”威迫利诱，软硬兼施，收为情妇，还抽上了鸦片。我劝她回头，她只苦笑。

我自己也碰过危险：一天清早，我赶去上学，就抄了近路走小巷，走到转弯处，猛被一个流氓从后面抱住，我拼命挣扎大喊救命，幸亏巷口有人走来，我才脱了身。家人知道此事后很担心。大祖母直埋怨我好抛头露面去演戏，甚至说先找个有钱有势的大户人家把我嫁过去。母亲不同意，说我还小，未到结婚年龄。大祖母说先过了彩礼定了亲，流氓也不敢来欺负我了。但我坚决反对，我说我要读书，大学毕业后再说。母亲和亲祖母都支持我。

我有一个不出嫁的拜佛念经的姑妈，家乡不少这样的独身女人，叫“自梳女”，多出自大户人家或书香门第。姑妈有两个这样的好朋友，久不久就来我家住。她们知道我这件事就议论开了，说什么我眼眉上那粒是聪明痣，所以我那么聪明伶俐；嘴唇边那粒是桃花痣，所以容易招蜂引蝶。又说用香炉灰加些什么粉用水调匀煮开，热敷几天，就可把痣祛掉。我不信这些说法，又怕痛，坚决不干。后来有些男同学追求我，她们又搬出这些话来劝我。虽然我知道她们是为我好，但很讨厌她们说这些话。

邻舍有个比我大几岁的女同学，是从南洋回来的，嫁给了一个财主当三房。我替她惋惜，她吐着烟圈悠悠地说：“生逢乱世，还求什么！”

沙湾古墙

大轰炸

抗日战争期间，故乡人民也是灾难深重。其中的两次浩劫，令我没齿难忘。

第一次大轰炸是沙湾沦陷前不久的事。当时我家在沙湾石狮里大巷涌岐山路。有一天，大约是从早上九点到下午五点，炸弹声几乎连续不断。那时我才七八岁，和家人一起躲在床底下不敢出来，听着飞机“呜呜”吼叫。“轰隆——沙——”一阵又一阵震耳欲聋的爆炸声，吓得心都几乎跳出来了。间或停一会儿，家人把我拉出来，想逃出去，但刚踏出家门，“哒哒哒哒……”一串机枪扫射，“轰——”又一个沉重的炸响，家人又赶紧拉着我躲回屋里去。如是三四次都逃不成功。“轰隆——”一声巨响接着“唰唰——”一阵飞沙走石落在屋顶，似乎瓦脊都穿了，天井处，砂石砖瓦像冰雹般泼下来。“快——”家人又把我推入床底。“轰隆!”一阵地动山摇，桌上的杯子也掉落在地了，“哐啷——”玻璃窗也碎了。房子在摇晃。“啊!”我吓得抱紧母亲。“唉！把沙湾都炸平了!”父亲叹了口气。……不知又听了多少炸响，也不知是什么时候，因为壁上的钟已被震坏了。天色不知从什么时候开始就变得那么阴沉，早晨探出头来的太阳不知哪里去了，只见天昏地暗的……

终于听不见飞机声和炸弹响了。“走吧!”父亲带着我们终于跨出了家门。碰见邻居的五伯公，一问，才知已是五点钟了。绕过巷口的一堆堆瓦砾，沿着大巷涌往北走，还未到“广信”，就见前面一大片颓垣断壁。“呀！聚英堂——”父亲惊叫了一声。“呀!”母亲赶快把我的眼睛捂住。“什么?”一种好奇心促使我挣扎着拨开母亲的手往前看。“呀!”我也不由自主地惊叫出来。原来就在聚英堂前，横躺着两具血肉模糊的尸首。为了不让我多看，祖母把我连拖带抱地穿过了这个大灾区。听家人说，还有一只手血淋淋地挂在树杈上。我迷糊糊地跟着家人走了不知多少路，又听父亲说：“唉，这三叠祠也——”我知道已走到罗山里了。沿途，也不知踏过多少瓦砾堆，走到一些地方，祖母或母亲又把我的眼睛捂着，我心里明白大概又有什么可怕的情景了。这回我不敢多看，怕晚上睡不着觉。

逃出村后不久，天已渐黑，但还得继续走，走过长大岗，听祖母说是去独岗（即丹山），暂时投奔三婆的娘家去。

投奔远亲当然不可能久住的，打听到家乡又恢复平静，再没飞机来炸了，我们就又回到家乡。回家后，听大人们说这次日本轰炸在沙湾扔下两百多枚炸弹，其中还有燃烧弹，是因为我们的抗日军民曾在大涌口、七层文塔处打死了两百多个日本兵，侵略者就疯狂报复，许多无辜的生命断送在侵略者的炸弹之下。

那个时候，谁也不知道日本飞机什么时候还会再来扔炸弹，晚上经常不敢点大灯，一听到飞机声就连小木油灯也吹熄了。大家就这样过着提心吊胆的生活。没有多久，第二次大劫难又降临了！

沙湾沦陷

我还很清楚地记得那个日子。[1]

那是一个寒冷的早晨。天蒙蒙亮，母亲就把我从梦中推醒，二话不说就给我穿上衣服，把平时早准备好的应急小包袱绑在我背上，这小包里有干粮、两件衣服，还有我和父母的姓名、家庭住址，是预防逃难时冲散用的。“走，快!”看父亲那严峻的神色，我知道又是逃难了，可是没听见飞机声呀，是怎么回事？我疑惑不解，但不敢多问，只跟着大人走。出门几步，只见一簇人拖男带女地从炮台那边奔过来。“怎么样了?”父亲问。“日本汽艇已到大涌口，快登陆了!”一个人答。“我们没人顶住打么?”父亲又问。“人家有——”答话还未完，只听“轰”的一声炸响，“哎呀——”人群一阵骚乱。“日本仔吊炮，快跑呀!”不知谁一喊，母亲拉着我拼命往前赶。快到清水井处，从左右两边街巷又拥来许多人，拥挤得很，人流正往北冲，突然“轰隆”一声巨响，一股强大气流从前面冲过来。“吊炮!”父亲大喊一声。前边的人掉头往回跑，更为拥挤的人流又转往右边冲去。后来听我姑妈说，她看见炮弹正打中冠南楼，一个男人就死在骑楼下滑石巷中间，仰面朝天，双眼睁大，双拳紧捏。

快走到村口了，人更多，哭喊声此起彼落，有找儿女的，有找老人的，有因亲人被踩死跌伤而呼天抢地的。母亲拉紧我的

---

① 据《番禺文史资料》记载，沙湾沦陷的时间是1938年12月24日。

手，祖母背着小弟弟，父亲扶着外祖母，在人群中拼命往前挤。“哎呀！”外祖母突然大叫一声。“怎么啦？”父母惊问。“你们走吧，别管我！”外祖母嘶喊着，原来她被撞伤了。“不——”父亲正坚持着。突然一阵骚动混乱。“村门紧锁，出不去！”“撞开！”人们在怒吼。“撞不开，往东走吧！”随着喊声人流又像旋涡似的往回转。就在这一刹那，外祖母被冲散了。父亲也被撞倒，好不容易才爬起来找到我们。我们一家人手拉着手，被人流裹挟着往另一个方向冲去。不多时，“啊——”的一声，挤紧的人群松动了，原来已冲出了村门啦。“哎，总算出村了，阿弥陀佛！”祖母喃喃说了一声。

突然发觉外祖母不见了，我们慌张起来，四边张望寻找。此时，有人大叫起来：“日本仔登陆了，快跑呀！”眼看着从后面又涌来了一大群人，哭喊连天的。“以后再找吧！”父亲说了句，牵着我们往前赶。“哇哇——”在新村前面，路旁一个婴孩独自坐在地上哇哇大哭。我一下停住了脚步，冲动地想一把抱起那婴孩。母亲叹了口气：“唉，有什么办法！”牵过我的手又急急往前赶了。婴孩的哭声在身后越来越弱，我觉得自己的心沉甸甸的。

不知又走了多远，突然，前边又骚动起来，原来已到“过海”的地方了。其实是西江，乡下人叫“海”。听说，只有两条船，怎么渡得过这么多人！前面一条船已因载重过量而翻沉了，也不知溺死了多少人。有些会游泳的，索性跳下去游过对岸。我们这男女老幼的一家，怎么游？天呀！正干着急，后边人流又涌来，说日军登陆入村后烧杀抢掠无所不为，而且正往这边追来，我们也远远望见村中升起的火光了。“我们的屋……”祖母流下泪。“顾人要紧——快走！”在前无去路后有追兵的紧急关头，父亲领着我们跟上一队乡亲，插入江边一条小山路，爬上山冈逃命……

翻过不知多少荆棘草莽的荒野小路，傍晚，才在一个不知什么名的小村子里歇下。坐下来啃干粮时，全家又为走散了的外祖母担心而咽不下。第二天，绕过丁根、横江，沿着长大岗，逃到了独岗，在三婆娘家那个村租下间房子，暂时栖身。

后来，终于在石涌还是涌边找回了外祖母，但外祖母是个小脚女人，无法走入山区跟我们，只好回到紫坭自己的家去，幸好有些乡亲邻舍帮忙照顾着。

我的大祖母也是缠足的，平时一出家门就要坐轿，根本无法跟着我们逃难，姑妈和丫头娟姐留下陪她。日军登陆进村时，也曾有十几个日本兵闯入我们家，把抢来的鸡拿到我家的厨房来杀，做来吃，弄得满地是鸡血、鸡毛、鸡骨，一面叽里呱啦地喝酒，一面乱翻东西，抢去了不少我祖父留下的古玩字画（祖父是做这些生意的）。大祖母吓得蜷缩在床上不敢下来，并叫娟姐躲到别家去。姑妈则跪在神台前拜神念经。有个日本军官用生硬的中国话问："你们是佛教信者？"姑妈点头。他就叽里咕噜地对士兵们说了些什么，士兵就停下手不抢东西了，又把两块印着膏药旗（日本国旗）的纸交给姑妈，叫她贴在门口。最后洗劫得差不多，杀鸡喝酒，弄得满地鸡骨、鸡血，折腾了大半天，日本兵才走了，姑妈合掌念"阿弥陀佛，多谢菩萨保佑"，上街去把娟姐找回来。娟姐整个人被吓得呆呆的，不久就发高烧病死了。为此姑妈一直很内疚，说大祖母不该叫她去别处躲避，当时街上正乱，不知她碰到了什么事，回来什么都不说，只是发呆。当时父母亲正带着我们逃难在独岗，家里情况什么都不知道，这些情况都是后来姑妈讲的。

"一家人能再团聚总算万幸了，只是阿娟……可怜了，给她烧叠纸钱吧！"我的祖母抹着眼泪说。

避难独岗

独岗，现在叫“丹山”，位于市桥北面，听说属于上番禺。这里山区多，土地瘦瘠，不像下番禺有万顷沙，丰沃肥美。

日军登陆占领了沙湾时，我们一家就逃难到独岗，在那里好像住了差不多半年。记得当年日军天蒙蒙亮就坐着橡皮船，从大涌口驶来，用吊炮开路，很快就登陆进村。我们一家老少，跟着人流，跋山涉水，沿着长大岗，走了大半天，好不容易才到了独岗，那时太阳已经下山。

我跟着父母亲，走进一个小小的村子，到村尾，走上一个矮坡，进去一间不大的屋子。一个老阿公接待我们，那是三婆的父亲，七十几岁了，但高大壮健，面色红润，粗眉大眼，目光炯炯有神，声音洪亮，但有点沙哑。他很热情地跟父亲说了一番，我没在意听，只顾跟三婆的女儿欢姐玩。那晚餐吃得很好，有大块肉吃，听说他儿子是卖猪肉的。平时我不吃肥肉，那天饿坏了，就不管肥瘦了。晚上，我们全家人挤在一个好像是仓库的角落，有蚊子，还听到老鼠叫，我害怕，虽然很累，但一晚没睡好。

第二天，三婆带我们去到村头那边的一条小巷，近巷尾处有一间砖瓦房，三婆说这是村子里最好的一间房子，其他房子多是泥墙的。这房子比较大，有两进，入门那头一进有个大客厅，旁边有两个房；经过厨房，第二进是大堂，旁边也有两个房。我们家住在大客厅，很舒服。原来这是一家华侨的房子，主人都去南洋了，留下一个亲人七婶帮看屋。阿公跟她很熟，就租了这房子给我们住。七婶比我母亲大好多，我看比我祖母也小不了几岁，但很爱打扮。母亲帮她做衣服、打毛衣，她高兴极了，经常叫她的儿子阿三帮我家干活。阿三十二三岁，留个“小红毛”装，经常穿一套和我们这里不太一样的唐装衫裤，最特别的是没有衫领，而且是大圆领口的。有时出街还穿一对漂亮的白胶鞋。他也帮干家务，在他母亲指点下还帮我家挑过几担水。他不爱玩，干完活就躲在自己房间看书。欢姐有时来找我玩，想叫他一起，他也不来。欢姐骂他是书呆子，但我见他黑黑瘦瘦的，一点也不像书生。因为他不肯跟我们玩，所以我对他没什么好感。不过他帮我家挑过水，我也感激他的。

阿三这人脾气古怪，不准别人进他房间。有一次我和欢姐踢毽子，不慎踢进他房间，当时他不在，房门半开着，我们就进去找，他回到就骂我们“乱闯私宅，没礼貌”。我们也骂他：“不就是几本破书，那么紧张！”“破书？是我大哥从炸弹堆里抢救出来的，你们懂什么！”

我们住的巷尾出去不远，就是这村里有名的“大口园”。“大口园”就是在这座孤独的小山冈上的一个大树林。这大树林周围杂木乱草缠绕，好像天然围成一个园子，只留一个大大的出入口。“大口园”因此而得名。那时，日本飞机一来，村人都跑到这里来躲避，因为人们说飞机都是炸房屋，不会炸树林，最多是扫射一下机关枪来探探虚实。这山冈还长有许多不知名的美丽的野花和好吃的野果，还有能治伤病的山草药和能做家具的木材，至于能做柴烧的枯枝木叶更满山都是。所以虽然这里有毒蛇，甚至传言曾经出现过老虎，但还是经常有人来。特别是日本飞机来扫射过机关枪之后，这里就更热闹了。

我和欢姐虽然爱玩，但是不敢单独上山的，只敢在山脚采点野花，摘些野果。有一天，我俩正在山脚摘山棯子吃，见阿三上山来找草药。路过，也不看我们一眼，我也懒得理他，只埋头吃我的山棯子。欢姐倒是抿着嘴骂他，一不小心，差点滑跌入旁边一条坑沟。于是我们就转了个弯去远一点。

吃腻了，玩够了，正想回家，突然“呜——”的一声，日机又来空袭了！我们想回家，但走了几步，见一群人正从村里向“大口园”跑来，我们就调转头来也朝“大口园”跑。“呜——”飞机打了个转，突然，俯冲下来。“哒哒哒……”扫射机关枪了！“哗啦——”人群一阵涌动，我和欢姐紧紧挽着手，慌作一团，不知如何是好，猛然间，我觉得被人一下子推入一条坑沟，欢姐跟着我一起跌下去。“啊，痛死我了！”欢姐哭喊着。我也觉得一边身痛，但喊不出来，因为泥沙封住了我的鼻子，还蒙住了我的眼睛。飞机终于飞走了，好不容易睁开眼睛，才发现我的右腿被阿三压住了。我骂他，他不作声，只慢慢地爬出了沟，坐在地上包扎伤口。我和欢姐也艰难地爬了上来，因为摔痛了，我们都骂阿三推我们落坑沟。欢姐那个卖猪肉的舅舅不知什么时候也跟着人群来到这里，此时他出来制止我们，责备我们太不懂事，说刚才要不是阿三把我们推入坑沟，恐怕都挨机关枪打伤了，叫我们看看那几个刚被抬走的受伤的人，血还流了一地……

为这事我很内疚，很想向阿三讲句道歉的话，又不知道怎么讲。平时他都不和我们讲什么话的，把我们看作不懂事的小孩，我们骂错了他，他也不解释，也没有责怪我们，还照常帮我家挑水。

他是去村尾那间太岁庙后面的大水井挑水的，因为那里的水最清。他往往是为自己家里挑水，就顺便帮我家挑两桶。有一天，母亲抱着小弟弟，带着我，去那太岁庙前面的大榕树下玩，正好看见阿三又去挑水了。欢姐和三婆去趁圩（赶集）回来，提着一袋果子，给了阿三两个，给了我和弟弟两个。母亲叫我把果子拿到庙里的厨房去洗干净。我说帮阿三一起洗，阿三却说不用，他在水井边洗得了。说着，就从庙旁边的小路绕到后面的大水井去。我拿着两个果子，走进庙堂，穿过大殿，走进里面的厨房去，找到水缸，舀一勺水，放在石板上，洗果子。不提防突然间后面有个大汉把我抱着，上下乱摸，我大喊母亲，太远了，母亲听不见。我又怕又急，哭着喊“救命”。隔一堵墙就是大水井，阿三正在打水，听到了喊声，就猛敲厨房后面的小门。这大汉捂住我的口，我拼命挣扎。幸好此时弟弟哭要果子吃，我母亲左等右等不见我出来，就进庙来找我，大汉见有人来，才放开手，慌忙逃走了。我哭着告诉母亲。阿三拔腿要去追拿那大汉，但已无踪影了。

为此事，父母亲觉得此地不安全，又见日机来这里空袭的次数日渐频繁，而家乡此时却比较安定下来了，就决定离开独岗，回沙湾去。

临走那天，七婶还叫阿三帮我们提行李，送我们出了村。拖儿带女的，我们一家又沿着长大岗，走了大半天，才回到家。

竹树坡闹鬼

故乡有个竹树坡，可我一直没去过，也不知道在什么地方。

我母校也有个竹树坡，这我就再熟识不过了。我小学三年级时，教室就在竹树坡顶上。当时还叫德明小学。从校门进去，经过一条狭隘弯曲的路，上到山腰一块平地，是操场。从操场右边上去有一条不是很陡的石级路，转折处旁边有棵大榕树，树根突出像爬虫，我们常在此休息。我们都走这条路上山顶。山顶有几个教室，我们班在最左边。从我们教室门口下山也有一条石级小路，这路很陡，旁边满是杂树、竹林和茅草。很少人走这条路。虽然这是上下山的近路。

想不到一天下午，正在上课，我母亲突然出现在教室门口，气喘吁吁地跑来向老师小声说了几句话，拉着我就从竹树坡这条路快快走下去。我问什么事，母亲只简单地答一句："火烧大南了，说是日机投的燃烧弹，你看那浓烟!"我抬头一望，南边天的确浓烟滚滚——

"啊!"母亲突然惊叫一声，一把抱起我飞快地跑下操场才放我下地。"什么事?"我惊诧地问。"蛇！快走，别多话了!"母亲拉着我急往家赶……

火烧大南到底是不是日机扔燃烧弹所为，好像没确定，但没过多久，日机果然来空袭了。在小小的一个沙湾村，一天就投下两百多枚炸弹，这是千真万确。两个月后，日军乘橡皮船从大涌口登陆，一轮吊炮轰，几排机枪扫，跟着而来的是大队日军涌入村，杀人放火，奸淫掳掠。我跟着父母逃难回来后，有一次祖母、母亲和邻居的两三个大婶、姑姑坐在一块，一面糊火柴盒挣钱，一面聊天，我在旁边学着帮忙，听她们讲到一件很可怕的事：在沙湾竹树坡，有两个姑娘被日军强奸后，还用竹枝插入阴门，流了一大摊血，死了。那之后，附近的村民经常听到鬼哭，晚上还闪着鬼火。我听得毛骨悚然，更不敢走近竹树坡那一边了。那时我也只是听说竹树坡在村口附近，具体的位置也不清楚。

若干年后，又是在竹树坡，发生了一件令人震惊的事：我一个从外地来的同班同学的父亲，在竹树坡前被绑架了。有人亲眼看见三个大汉用黑布一下包住老人的头，架着老人的双臂，推到平埠头，塞入一只乌篷船里，快快撑走了。两天后，他家里收到一封信，绑匪提出赎人的条件，或是把老人那个漂亮的女儿送给绑匪头目做小老婆，或是交多少根金条（具体数目忘了）。听说后来他家卖了屋，借了债，凑够钱，才赎回一条老命。很快，老人带着小老婆和那漂亮女儿悄悄离开沙湾，不知去哪里了。我那个同学和他母亲（是大婆）还留在沙湾。高中毕业我上大学后，也就没联系了。

十几年后，我回到故乡，妹妹说我那个同学病重，住在沙湾医院。我去探望他。要不是妹妹带着，我根本认不得他了，瘦得皮包骨。见到我他就流下眼泪。我问他那个漂亮姐姐怎样了，他摇摇头，说了几个字，很含糊，声音又小，我听不清，也不敢多问了……

从医院出来，我想散散心，回母校看看我们当年的教室、操场，看看大榕树、竹树坡……可是，破教室不见了，只见两座新楼，操场变成通道了，大榕树还屹立路旁，一大把榕须拖到地上，把当年我们坐滑了的树根都盖过了。竹树坡只剩下几棵大竹，还在迎风摇荡，周围的杂树茅草不见了。我想，大蛇大概也早搬家了……

沙湾村口的竹树坡，我始终没勇气去探访。虽然后来我不信神鬼了，但那些恐怖事件，总使我心里发毛。

家乡到处有这样的竹林

军妓

沙湾沦陷初期，有不少日军布防在村里。那时我知道的，就有一些住在我的学校德明小学（象贤中学的前身），有一些住在大巷涌岸边的一间祠堂里，有一些住在罗山里的三叠祠，还有一些住在黎家祠。这样东南西北都有了。听说德明小学那边是总部，人最多。

经过进村时的一番烧杀抢掠之后，“皇军”驻防布局好了，也就实行“安民”政策。街市上的店铺逐渐开了门，菜市上也有青菜鱼肉摆摊了。逃难在外的人也逐渐回家。父母亲带着我逃难在外，大约半年后才回来。我家住在大巷涌，巷口就正对日军的驻地，只隔一条河涌。初回来时我连门都不敢出，后来跟着祖母去买菜，逐渐敢出门了。再后来，还敢跟着小伙伴出来玩，去涌边二叔婆的小摊口买糖果花生吃。

有一天，小伙伴“九奶奶”（绰号）拉我一起去二叔婆的摊口买糖，正好撞上住在对岸祠堂里的一个日本兵和两个涂脂擦粉只穿件内衣的女人也来买香烟糖果。其中一个脸上有一块大痣的女人说，她家里有个女儿也像“九奶奶”这样胖乎乎的很可爱。临走时她给我们几颗糖，但我和“九奶奶”都不要，转身快快跑了回家。母亲说我们做得对，说日军会用有毒的糖毒死小孩的。我问母亲，那些女人为什么会讲中国话的，母亲说，那些叫“军妓”，是日军军营中的妓女，很多是被抓去的中国女人，当然会讲中国话。本来看她们那涂脂擦粉的怪样子我很讨厌，但听说有些是被抓来的，又觉得她们有点可怜，怪不得那大痣提起她家里有个女儿时好像很伤感。

不久后的一天，祖母带着我去买菜，回来时路过二叔婆家，祖母进去买酱油，坐下来就聊天。二叔婆给我一把瓜子，我一面吃一面站在门口看“西水大”，她们聊什么我不关心，只盼河水快涨上来，好叫小伙伴出来玩，可惜还差三四尺才齐岸哩！

忽见对岸那祠堂里走出一群日军来，全是赤身露体的，只用一块白布掩盖住下身，像娃娃的尿片那样。“难看死了！”我冲口叫起来。二叔婆的女儿七姑说：“那些人不知羞耻的，经常这样。”接着有几个军妓，穿着内衣短裤，拿着一盆盆衣服从祠堂走出来，到涌边的一个埠头下洗。那个军妓大痣在最后，拿着一盆衣服慢腾腾地走过来。

“虾女！——”“九奶奶”从对岸边走边挥着手喊我。她只顾望我，没看路，走到桥中间一下子就滑倒，掉到水里。“啊！救人——”军妓大痣先喊起来，向河里的日本兵喊什么，指手画脚，大概叫他们救人。有两个日本兵急游过去，把“九奶奶”托出水面，交给大痣。七姑即赶过去，我也尾随着。七姑向大痣道谢，大痣说她的小女儿也曾掉入水里，幸亏有好心人救起来。

从此，我没那么憎恶这个被我们叫做“大痣”的军妓了。过了一段时间，一天晚饭后，我和“九奶奶”正在二叔婆门口玩，望见对岸有两个日本兵抬着一副担架从祠堂里出来，上面用白布盖着一个人，但这个人是死是活当时我不知道。过了好多天，听七姑说，那军妓大痣想逃走，被打死了，那天抬出来的正是她。

前些时，在电视上看到一些慰安妇控诉日军罪行，我不由想起了那军妓大痣。

德国医生雷尔士

故乡沦陷期间，来了个德国医生，叫雷尔士。他不满法西斯战争，不知怎的逃难到沙湾来，在黎家那边租间屋子开了个私人诊所，主要看外科。我们打球、跑步等常会受伤，他都细心治疗。他性情开朗，谈笑风生，平易近人，所以我们一帮同学有伤没伤都爱去他家聊天。他会讲国语，讲广州话却很艰难，更不会讲沙湾话，我们跟他谈话就只有逼着自己学国语了。

雷尔士高高大大，白里透红的脸，金黄的卷发，碧蓝的眼睛，高翘的鼻子，嘴巴周围长着短短的胡须。讲话时总带着点微笑，声调也不高，而且总会用手比画着，帮助表情达意，以补口头语言表达之不足。他会讲些我们的国语，但讲不好，好像没有高低音调的。有时表达不清楚，或者我们听不懂，他就急得摊开双手，或猛抓头发，甚至憋得满脸通红。此时，我们同学中那个“小调皮”就爱捉弄他，他不生气，反而哈哈大笑。

他是从省城来的，在沙湾黎家那边租了一间有点洋气的房子住，那屋主长期在香港住不回来的，这房子长期丢空了，脏乱得很，他来时我们的英语老师带我们几个学生干部去帮忙打扫，这样我们就与他熟识了，经常去。不是看病，也不是为了聊天，而是为了训练英语的听和讲的能力。英语老师跟我们说，学外语最好有个语言环境，特别是口语，最好同外国人多对话。

闲聊中，我们知道雷尔士有老婆孩子了。他拿相本给我们看，他老婆挺漂亮的，一双儿女很活泼可爱。我问他为什么不带来，他欲言又止，无奈地双手一摊，无语。我不敢再问。想想这兵荒马乱的时候，一家人不能在一起，常事啊，说不准会惹人家伤心哩！我也不说什么了。但当他把话题转移时，我觉得有点奇怪，不知为什么，他突然说什么种族歧视是不对的，从医学观点看，说犹太人是劣等民族是不科学的。虽然我不全懂他的话，只懂大意，但看他当时那激动的神态，我不禁怀疑他是不是犹太人。我不敢问。

后来我问我们的英语老师，他也不清楚，只是说，雷尔士是不想去当日军的军医，才来到沙湾躲避的。本来我们校长想请他来当老师，他说他从没教过书，汉语又不好，不敢教，就只好暂时开个私人诊所了。虽然请了一个曾在香港打工的后生当他的佣人兼翻译，但与村民交流还是很不方便，所以这个诊所是很冷清的，只有我们去的时候才热闹一下。因此，他也就很喜欢我们去。

有一次，比我们低几级的两个女同学，他们家人从香港回来，带回一对四个轮子的滑冰鞋，这两个女同学玩时摔伤了。我们班的阿闽带她们来到雷尔士诊所包扎伤口。我们没见过滑冰鞋，很好奇，也抢着来玩。诊所虽然有个小地坪，但地面不平，我也摔伤了。雷尔士一面很小心地为我们处理伤口，一面感叹着说："这里太落后了，连滑冰鞋都那么稀罕！"

抗战胜利后不久，雷尔士走了，我们去送他时，他紧握着我们的手说："在这里我没赚到钱，但赚到宝贵的友谊。"

乡长兼校长

小时候，我根本不关心谁当乡长。我认为这是大人们的事，与我无关。所以那时沙湾乡长是谁，我根本不知道。到了故乡沦陷后，乡里乱糟糟，学校也停办了，我正读着小学三年级的德明小学，被日军侵占驻防了，我在逃难中失学半年多，后来在“青年会小学”和“觉社小学”相继读了一个学期。在“觉社小学”我学了不少抗日歌曲。突然，学校散了，教我们唱歌和画画的两个老师失踪了。我正着急，听说在原来的德明小学校址，办起一间“表正小学”，是当时的乡长何表正当校长的。我万分高兴，马上去报名，读上五年级。

当时日军已撤走，乡里不少佩着枪的人。这些人几乎都是穿黑色的唐装衫裤，扎条宽腰带，枪别在腰间或后面，也有挎着的。人们叫这些人“大天二”，是什么意思我不懂。听大人们说，这些人都分别属于这个那个“堂口”的。有些“堂口”大些，有些小些。经常发生争执，甚至火拼。我在街上碰见过两个“堂口”的头头，一个叫“周仓成”，浓眉大眼，脸庞方，身材高大，的确活像“周仓”；一个叫“盲公保”，五官端正，脸白皙，眼睛小，中等身材，经常戴着眼镜，说“丢开眼镜就等于掉了眼睛”，所以叫“盲公保”。这两人都比较有名，“堂口”也比较大。何表正虽是我们校长，但我却没有正面见过他。听说他的势力比较大，威望也比较高，能制服其他“堂口”，所以能当上乡长。我想，那我们的校长一定是个高大威武的壮士了。直到有一天我正坐在操场右侧山坡大榕树下与同学聊天时，看见五六个“大天二”走过操场。我们的国文老师潜先生和走在前边那个人边走边谈，说说笑笑。一个同学说，前边那个人就是我们的校长何表正了。离得远，没看得很清楚，只见他是比较清瘦的，动作好像也比较斯文。这让我深感意外。这时候，突然从操场内飞出一个篮球，差点打在那校长头上——说时迟，那时快，只见他轻轻接住了篮球。一个小同学从场内旋风似的冲过来，一见潜先生领着这一帮人，惊吓地站住了，不敢再向前走了。那校长微笑着向那小同学招手，然后轻轻地把球抛过去。

我心里想，这校长还是和蔼可亲的！加上平时我很敬重潜先生，觉得潜先生与这校长的关系似乎很不错，那他也一定是好人。而他的形象，似乎与“大天二”头头这样的身份很不相称。我想，这种人应该是拿笔的，不应该是拿枪的。他怎么会成为“大天二”头头？还能制服其他的“大天二”？我满心狐疑回到家跟父母亲讲起，父亲说：“你们校长本来就叫先生端，是教书先生出身的，听说教得还不错的哩，许多学生都服他。现在有些堂口的头头还是他的学生啊。”我说：“那他为什么不来给我们上点课呢？”“人家当乡长那么忙，哪有时间给你们上课啊？傻女！”母亲说。

一个星期天早上，母亲带着我去趁圩（赶集）。在菜市，见一个摆地摊的卖鱼佬和一个肥婆争跤（吵架）。那肥婆面红耳赤，高八度的嗓音十分刺耳。三四个人把他们劝开了，一个中年女人塞了两张钞票给卖鱼佬，挽着肥婆离开了。一个猪肉店的老板拉着卖鱼佬说：“那是乡长奶哩，好厉害的，乡长都怕她三分，你快走！”卖鱼佬唠唠叨叨地走了。

我好奇地问母亲，乡长有权有势还有枪，为什么这么怕老婆。母亲说，因为那肥婆救过他一命。好像是前两年，县里来了些什么保安团的兵，要追拿抗日分子，先生端被追到一条尽头巷（死胡同）无路可走，他翻墙走入一间小屋里，一个肥妹正睡觉，把他藏入被窝里，骗过大兵，让他躲过了追捕。后来，他就与这肥妹结婚了。这肥妹就是刚才那肥婆。听说他还很有耐心地教他老婆读书写字哩。

“其实，这两人真不相配啊！”母亲说。“这也是命中注定吧！知恩图报总是好的。”祖母在一旁搭话。“他当校长相信能把学校办好，到底是教书先生出身的嘛，不过也要有些好老师帮手才行。”正在下棋的父亲也插嘴。“我见他与潜先生很谈得来的，潜先生一直跟我们讲很多抗日的道理，恐怕也是他的好帮手。”我说。“还怕外头有人捣鬼啊！明争暗斗多着哩！他得坐稳乡长这个位子，校长才做得顺当啊！”正和父亲下棋的金先生敲着棋子说。金先生是乡中有名望的人，他知道很多事情的。我想知道先生端更多的事情，父亲不高兴我打扰他们下棋，就拦住我说：“小孩子别问那么多！”

后来我升上初中不久，学校改名为“沙湾中学”，先生端也不当校长了。听说是因为这学校以前主要是先生端集资来办的，现在由沙湾乡集资来办了。先生端还是当乡长。他与潜先生还是好朋友。到后来什么时候不当乡长我就不知道了。我只知道他有一栋房子在我母校象贤中学旁边，名叫“学陶”。当年曾经有人议论说，是不是有“学习大教育家陶行知”的意思？还说这个名是与潜先生商量着起的。新中国成立初期被没收了，曾做过学生宿舍。听说后来又平反了，房子又还回给他家。但他去了香港后就再没回来。结果怎样我就不知道了。

灯

我在家乡生活了十六年半，见得最多的是“龙珠灯”，又叫“玻珠灯”。

龙珠灯有六七寸高，下半部是一个圆形的玻璃瓶，也有些是葫芦形，是装火油的（沙湾人叫火水），上半部是个玻璃灯玻（又叫灯筒），中间一个是铜或铁做的灯头接连。灯头中心有个小圆孔，棉纱灯芯就从这里穿过，横架一条轴，左右拧动，灯芯随着上下移动，就可以调节灯火的光亮大小。这种灯当时在沙湾是最普遍的。为什么叫龙珠灯或玻珠灯呢？听大人们说，因为那灯玻像家乡舞龙时的“龙珠”，又像小孩儿玩的“玻珠”（玻璃珠）。为什么大家都喜欢用呢？因为它轻便又省油。即使是这样，我家还有条规矩：聊天时要把火拧小，做工时才把火拧大；有人时才点亮灯，人离开时即把灯熄灭。

我家偌大的房子——后座大堂，左右两个卧室，中座大客厅，前座小客厅，左右两个卧室。两个天井两侧都有小耳房。旁边还有个大厨房。后座、中座、前座都有阁楼。但平时只设三盏龙珠灯。我从小就在这小油灯下看书、写字，习惯了。而且，大祖母规定，读“正经的书”（四书五经和学校的课本）才能把火拧大，看小说故事之类就只能拧小。我往往很快就把“正经的书”读完背熟，作业也很快写完，就钻到小说故事堆里去了。有时把灯放在床前，看到深夜。《封神榜》《聊斋》中的妖魔鬼怪我是又害怕，又想看，放下蚊帐蒙着被子也要看。有一次，精神恍惚，妖怪就像在面前晃动，我惊跳起来，蚊帐把油灯拖落，差点着火。挨骂一顿，我也认了错，却不悔改。母亲只有串通亲祖母为我打掩护。每逢这种时候，父亲就埋怨我是被母亲和祖母宠坏了。

虽然躲躲闪闪，但我还是看了许多大祖母认为“不正经”的书。我初小三四年级时就已经看完了《说岳全传》《春秋列国志》《薛仁贵征东》《薛丁山征西》《七侠五义》《五虎平西》《平贵别窑》《粉妆楼》《孟丽君》《封神榜》《聊斋》等等。这些都是母亲从娘家带来的书，还有许多我没看过哩。听母亲说《红楼梦》里有很多美丽的姑娘、优美的诗词，我也想看，但那字太小了，白天上课，晚上灯太暗，怕我看坏眼，不让我看，说等有钱买本字大一点的才给我看。可没等到这一天，日军的炸弹和吊炮，把什么“梦”都炸碎了！

在连连空袭警报的日子里，灯火管制，晚上不得点灯，或要用黑布把灯罩起来。后来连火油也没得卖，只能点木油灯。这木油不是放在龙珠灯里点的，而是放在瓦灯盏里，用两根灯芯或棉纱点的。火苗很小，不够光亮，看一下书眼睛就痛。这还不算，最难受的是，木油味很臭，臭得刺鼻子、刺眼睛，会使人打喷嚏、流鼻水、淌眼泪。我就是在这样的灯光下读完高小的。潜先生说，我们要卧薪尝胆，总会熬出头来，木油灯总要被踢开，会点上大光灯、挂起五彩灯的！

当然，家里也不是只有龙珠灯，还有竹笋灯、焗纱灯和大吊灯。

竹笋灯大概有一尺高，下半部是一个圆筒形或葫芦形的玻璃瓶，用来装火油；上半部是一个圆筒灯玻。中间也像龙珠灯那样，用一个铜灯头连接起来。但这灯头比龙珠灯的大，中间放的灯芯也大得多，而且是扁的，不像龙珠灯的灯芯是圆的。竹笋灯点起火来又大又亮，比龙珠灯亮多了。大概由于那灯玻像竹笋，就叫竹笋灯吧。焗纱灯是在竹笋灯上面加上一个灯罩，这灯罩一般是乳白色的，也有画上一些花的。大吊灯是由一个铁造的大吊架安装上三或四盏大焗纱灯组成的，形状比较讲究，装火油是用大钵，灯玻也有各种形状，灯罩的颜色与花式也多种多样。

那时的家里，有一盏竹笋灯、一盏焗纱灯和三盏大吊灯。大吊灯吊在客厅中间，只有年三十晚和年初一晚才点亮，平时只是个摆设。焗纱灯放在父母亲房间，什么时候用我就不知道了。竹笋灯放在大堂，是在年三十晚吃团圆饭时才用的。我考大学前夕，因为生“眼挑针”，一下子看书很吃力，由此才享受用竹笋灯来看书。

别人家是不是这样我不知道。但我去同学家玩时，也多是见龙珠灯。开店铺的，就有用竹笋灯的。而那些小摊贩，还是用龙珠灯。在街市上，只有两三间大商行有大吊灯，而且只是单个的，比不上我家客厅的那个豪华。

还有一种是手提的小油灯，叫风雨灯。用一个茶杯大的玻璃瓶装油，安上小灯头，外面用个大概五寸高三寸宽的玻璃盒装好，用来遮风挡雨，顶上配上一条小链条和一根小木棍，就可以提着走夜路。那时手电筒是稀罕物，人们晚上出街多用这种风雨灯。我读高中时，教民众夜校，学员都是拿这种灯来上课的，不管冷热，风雨无阻，老人和孩子都这样，令人佩服。

关于灯还有一些零散片段的回忆。那就是在入夜后，村里寂静的街道上，会闪现出一些如豆的灯光，在街头巷尾流动，这是晚上货郎担的小手提灯。随着这些光点，可以听到一些用地道的沙湾话，扯开嗓门喊的各种叫卖声："新鲜热辣的云吞面啰！威记卓的云吞面！""又香又脆的油炸鬼（油条）啊！刚起镬（炸好）的！"天冷时，会有喊："热蔗——又甜又脆！"天热时，会有喊："雪糕——清凉爽口！"……我往往听得流口水，好不容易才得吃一回。但我喜欢听这些声音。

有一种声音我却是很害怕的，听得有点打冷战。那就是，夜深时，叫卖的声音逐渐没了，街上黑沉沉的，偶尔有几声狗吠。此时，会传来一些铜锣声："咚、咚、当！""小心火烛！""平安无事！"是一个沉闷沙哑的声音。祖母告诉我这是"打更佬"，大祖母说是"提醒人们防火防贼的"，还说以前有个"打更佬"被贼佬打死了，暴尸街头，第二天人们才发现，一脸血，小提灯的玻璃被打得粉碎，还糊着血。附近有两家挨打劫了……

还有一种是大光灯，即"汽灯"，那是在学校教室、礼堂和演戏的舞台、戏棚用的。印象中，我是读中学以后才见过汽灯。最初是我在沙湾青年粤剧团演戏，舞台搭在村中心的郡侯祠内。舞台前后、剧场内外，都挂起许多汽灯。后来又在罗山里三叠祠演戏，在中学大礼堂演戏，到了在留耕堂中厅演戏，都是用汽灯。这不单是为了照明，而且是用来布景的。虽是很简单的灯光布景，但也加浓了剧情气氛，增强了舞台效果。那时汽灯的保养、打气、检修到点燃，以及定位装挂、配合布景等，都由几个男同学负责，他们很辛苦，可谓幕后英雄。除了演戏，民众夜校每个教室和办公室的汽灯，每个周末晚会用的汽灯，也都是他们负责。他们工作起来积极热情，不怕疲劳。有一次，汽油突然爆炸，一位同学受伤了，包扎好后，大家叫他休息，他还要坚持工作。工作时，伤口还在涔血。

火炬游行

“日本投降了！”

记不清当年是谁首先把这消息告诉我的了。反正我像是做梦似的，好久反应不过来，呆了好一会儿。等到我证实这消息是真时，未吃完饭就丢下碗，跑去找同学，找老师，找校长，问我们准备怎样庆祝。当时还在暑假中，学校不好召集同学，校长就让我们商量着干。

我不是班长，只是个管文娱的班干部。由于平时一帮男女同学，除了本班的，还有些别班的，都喜欢到我家来玩，谈天说地，弹弹唱唱，打扑克，走象棋……这也许是由于我家的客厅宽敞、明亮，我的家人又好客，祖母有时甚至给他们做好吃的。

很快，一帮同学就聚集到我家，叽叽喳喳，闹了半天，决定下来：火炬游行！

这可是前所未有的方式啊！大家都没经验，商量，试着办！光拿着一支支火把，太单调了，不过瘾，搞多些花样。搞什么呢？大家动脑筋，出点子。有了！舞狮，舞龙，舞鳌鱼！热闹是够热闹了，可哪来那么多钱啊！各人向家里要也要不到那么多钱的。自己动手做吧，还没有那么高的技术哩！大的不会做，做小的不行吗？我突然想到小时候每年元宵节父母亲给我买的小花灯，有圆的，有扁的，有长的，有八角宫灯，还有各色鱼灯，有些上面还画有花，写有字。这些，我们可以自己制作，买的材料也不用多少钱，每人向家里要点，不成问题，大人们也为抗战胜利高兴呀，难道出这点钱都不肯吗？“我肯出！”我母亲不知什么时候站在屏风后面听我们争论，此时出来表态。同学们都为她鼓掌。

说干就干，第二天，什么竹篾呀，砂纸呀，墨汁呀，颜料呀，糨糊呀，绳子呀，竹竿呀，都买来了，分别放在我家客厅和天井里。大家七手八脚地干起来。开头都不会，不仅做得歪歪斜斜，烂了一个又一个，有些女同学（包括我在内）还被竹篾割破手，鲜血淋漓，我们包扎起来又继续干。有些男同学弄得脸上墨汁加颜料，活像戏台上的大花脸。大家干得可起劲了，连饭都不愿回家吃，我祖母给他们端来三大碟滑肉炒粉，一大锅柴鱼猪骨粥，一大锅乌鸡汤。我父亲拿出他收藏了好久的什么酒来，要与大家干杯。男同学兴高采烈地喝酒，我们女同学则是以汤代酒。

差不多完工了，姑妈捧来一堆折成三角形的符咒，是用红朱砂写在黄纸上的。这些三角都折得很整齐，细小而精致。姑妈说贴在每一个花灯上，菩萨保佑大家平安，因为她听人说，有些坏人还在干坏事哩。我说同学们不迷信，要这些符干什么。母亲说不要辜负姑妈一片心，收下来就是。

游行时，一支支火把夹着一串串花灯，走在大街上，宛如闪耀的游龙。其中最引人注目的，是我们班以阿民为首的几个男同学合作制成的一个大花灯，是一个丈把长的黄色大“V”字（英文“胜利”之意），上面贴着四个大红字“中国万岁”，里面用两排小电珠来照明，一闪一闪的，特别耀眼。其他的花灯都是用蜡烛来照明的。不过，那些小花灯上面都画有各种各样的花鸟虫鱼，写着各种标语口号，形状款式也多种多样，真是百花齐放，斗艳争妍，美不胜收。我们举起花灯，喊着口号，走遍大街小巷，穿过热闹的村中心，人们都走出来看，议论着，欢呼着，小孩子跟着尾，追着来，颇有万人空巷之势。也许因为这是沙湾有史以来第一次火炬游行吧。

又是我们班（后来的“锋社”人马）的创举！我很自豪，到处炫耀，有些人也向我们伸出大拇指。

20 世纪 80 年代我去广州住在华侨新村的女儿家时，阿民带着孙子来看我。老同学叙旧，兴致正浓。谈起当年在周末晚会上他表演口里吐火，博得观众一阵阵热烈掌声；谈起当年为庆祝抗战胜利搞火炬游行，他带头制作“V”字形花灯，弄得满面黑墨加油彩，活像舞台上的大花脸时，他还哈哈大笑着说：“我还准备把这些绝活传授给我心爱的孙子哩！”

古镇一角

车·船·轿

我小时候，看见沙湾有三种交通工具：车、船、轿。

车还是简陋的。主要是人力拉的大板车和马车，运货用的，来往于村内到渡头的公路。马车也有搭客的，只是那时的公路坑坑洼洼，人坐上去颠簸得很，我是不喜欢坐的。除此之外，还有单车，但很少，偶尔能看到有人用旧单车运货，但不搭客。抗战胜利后，才有了一些大户人家的子女骑着新单车逛街的景观。

那时沙湾很少见到单车

沙湾是水乡，船就多见了，是主要的交通工具。在大巷涌经常见到的船有两种，有篷的和无篷的。有篷的叫乌篷船，主要是搭客，也有用来做生意的，就是在船上向沿岸的人兜售鱼鲜或甘蔗、香蕉什么的。这样的船在往市桥和紫坭的水道上是常见的。很多穷苦疍民都住在船上，以船为家。

没有篷的小船又叫艇仔，或叫舢板仔，多用在河汊运货。因这种艇仔小巧灵活，有些年轻人喜欢划着游玩，甚至出海闯。所谓的海实则是西江，因水面辽阔，沙湾人都叫海。记得大弟弟比我水性好，就很爱玩这种艇仔。

此外，还有一种大帆船，但进不来大巷涌这样的小河汊，得出了大涌口以外的西江上才能见到。出了西江还能看到电船（又叫火船）和花尾大渡船，是开往广州或万顷沙的。

车和船是与外乡交往时用的，轿则村内村外都有用。常见的轿叫青衣轿，大概是因为轿子都用墨绿色的布盖。此外还有迎亲用的大红花轿，只在嫁娶的热闹日子才能看到。

那时家里时不时也会用轿子。比如大祖母生病，得请一位老中医来家看病，就是用那种青衣轿子接送的。大祖母是三寸金莲，寸步难行，因此一出门就要坐轿。有一年大祖母回娘家市桥，带着我。一直坐轿到渡头，然后再搭乌篷船去市桥。不管是坐轿还是坐船，我都要拉起小窗帘来，看外面的风景。在沙湾村内，没什么好看的，出了村，就不同了。经过一个地方，我看到有些石人石马稀稀落落地立在路旁，觉得很好玩，要求大祖母让我下去看清楚。大祖母一口拒绝，说这里很多鬼。我更奇怪了，急追问个究竟。大祖母不耐烦地说："这里是打靶（枪毙）场，那石人石马上都有血的。"我吓得忙住了口，打个寒噤。到渡头下了轿，透透气，好受些，但一上乌篷船，摇摇晃晃的，我就晕船，作呕，打开窗帘，伸出头去看看岸上风景，才舒服些。一上市桥码头，有个表伯就来接我们坐上一顶较大的青衣轿。拉开窗帘望出去，那些街巷比沙湾漂亮热闹，县城嘛。

大祖母娘家是当地的大姓望族，房子很高大。迎我们进屋的人很多，那些人对大祖母都很尊敬，叫她"姑婆""姑奶奶"，那些佣人和丫鬟叫我"表姑娘""表小姐"。大祖母教我叫"舅公""表伯""表叔""舅婆""舅母"等等。他们还给我红包，又捧来一盘盘水果、糖饼给我吃。因为来之前大祖母就一再教过我，要守什么规矩礼节，所以我不敢轻举妄动，只觉得周身不自在。虽然有个比我大点的表姐，有个比我小点的表弟，但都规矩得像木头人，不和我玩。经过这一回，本来我再也不想去了。但到了第二年，听说从沙湾到渡头这段路有马车坐，我还没见过马车哩，为了尝尝新，我还是跟大祖母一起去了。马车比轿子宽敞，好坐些，又有盖遮风挡雨抵日头（阳光），只是路上坑坑洼洼的，颠簸得屁股都疼，头又晕，很难受。那以后，我就真的不愿意再去大祖母娘家了。

说也奇怪，亲祖母带我回渡头娘家时，是在砖瓦窑做工的舅公拉着大板车来接我们的，车没有盖，祖母撑着伞给我挡日头，凉风迎面吹来，我觉得好舒服好舒服！看着周围，青葱的山坡，金黄的稻田，碧绿的菜地，有些蝴蝶、麻雀飞来飞去，好美啊！舅公拉车会避开坑洼，实在不行就让我们下车来走一下。正好在石人石马附近我们下来走路，我嚷着要去看，舅公正要带我去，祖母急制止，说如有什么闪失她赔不起。我噘起小嘴老不高兴，直到舅公带我去钓了一篓螃蜞回家，炸得香香的，脆脆的，“嘎吱、嘎吱”咬得好滋味，我才又笑起来。这比在大祖母娘家吃大鱼大肉好多了。舅公还会用砖瓦泥捏成不倒翁给我玩哩。只可惜那比我大不了多少的表姐老忙着干家务，没空跟我玩。

我最喜欢的是跟母亲坐乌篷船回娘家，那里只有外婆一个人，外婆虽也是小脚，但很能干，煮饭洗衣、上街买菜都行。她很爱我，我一去，她一定会设法买我最喜欢吃的菜——笋，不管是大头竹笋、簕竹笋、冬笋、胶笋（乌胶）等，我都爱吃。不当造（当季）时，她会托她的佃户阿狗哥去找。我吃起来，觉得比大祖母娘家的山珍海味要好吃多了。更让我高兴的是，左邻右舍的许多孩子都来跟我玩。这里没有人喊我“姑娘”“小姐”，只听到一声声“珠女、珠女”的叫唤，让我觉得很亲热，很自然。

医务所

我小时候，故乡是没有医院的，连医务所、诊所都没有。也没有西医，只有两三个中医和草药土医。我生病，一是我那自梳女姑妈为我求神拜佛，用红朱砂在黄纸上画些符，然后对着神位念些咒，她虔诚地跪着，双手合拢在胸前，口中念念有词——我不知道她念什么，最后把符烧成灰，冲些开水，让我喝下去。有时祖母还用晒干的木棉花、鸡蛋花、灯盏花、玉米须之类的煎水给我喝。有时候，的确把我医好了，如果医不好，病加重了，就只好请医生。记得是用青衣轿子把医生抬到家来的，还要封红包。所以请一次不容易。那些医生多在家里，后来有些在药店坐堂。请这个医生就得在这个药店拿药。那时沙湾只有两家中药店。不知道有没有西药卖，反正我小时没见过西药，直到读初中后才见过。

那时人生病多是求神拜佛

那时的女人生孩子只请接生婆。我出生时就是接生婆接的，听说差点要了我母亲的命。若干年后，来了个叫余云英的，挂起西法接生的牌子，初时许多村人还不相信哩。但母亲生我弟弟时是请她接生的，听说因为弟弟的头大，出生时要用钳，母亲很痛苦。如果没有西医母亲就没命了。

到我读初中时，有了个医务所，从广州请来一个医生，一个护士，是亲兄妹俩。好像是姓刘。那医生高高大大，挺精神的；那护士高挑个儿，白白净净，蛮利索的。不过他们好像都有一股傲气，有点看不起我们乡下人土里土气似的。看病时没多句温暖人心的话，有时讲的话还挺难听的。所以去看病的人不多。但听说他们对那些有钱佬是很好的，有个少爷想追求那护士，还可能成事哩。

后来又来了一个外科医生，姓周，比较年轻。听说刚在哪个医学院毕业。这医生和蔼可亲，没有架子，和乡亲们聊得来，特别是对我们这些年轻学生，非常友好。有时我们在运动中负伤，他都很耐心处理，甚至不收钱。有一个大耕家（财主）的女儿看上了他，但父母嫌他家穷，极力反对。他很苦闷。我们都替他抱不平。有一次，我下巴的一颗痣发脓，请他看，他说发展下去会变毒瘤的，割了才能根治。我大祖母说这是用舌头舔得到的“衣食痣”，保我一生不愁衣食的，不能割。我告诉周医生，他笑着说，这是迷信，说我是中学生了，应相信科学。我信了他的话，把那痣割了。伤口很快就长好。村里人自此也更信他。可我大祖母还一直骂了我很久。

但他只看外科，看内科病还是要找刘医生的。当然刘医生医术是不错，就是有时不够耐心，还爱摆架子。不过有些事也是乡下人缺乏科学头脑。比如有一次，我一个同学的小弟得了肺炎，刘医生给孩子打盘尼西林，打好了，还剩下半支想丢掉。孩子的老祖父说那么贵的东西，丢了可惜，叫医生把这半支药水打在自己身上。医生说这不可以，老人不肯，医生就给他打了。结果老人晕倒，幸亏急救过来。

后来，我大祖母得了肺炎，她不信西医，坚持要看中医，看了几天没好转，父亲背着她去请刘医生看。刘医生还没认真检查，开口就说迟了，救不了，还不想开药。父亲一再求他，才打了盘尼西林。不过，是晚了，大祖母走了。听父母亲说，这当然不能怪医生，是我们误了时间，但作为医生，也不该说什么“不信西医，活该”等让家属难堪的话呀。

不过无论怎么说，这个医务所对沙湾来说，还是做了不少贡献。沙湾人是忘不了它的。

武帝古庙

“不落夫家”和“朋友”

一天我放学回家，见大人们一脸紧张，正交谈着什么。碰到这种情况，我不敢随便插嘴，只站在旁边竖起耳朵听。原来术弟的母亲突然发病，上吐下泻，吃药没法止，半天就死了，说是一种很可怕的病，叫霍乱！——我第一次听说，心里发毛。想起术弟与我同年，有个比他小两岁的弟弟，还有个才会走路不久的妹妹，太可怜了！他们怎么办？

过了几天，我忍不住向母亲打听。母亲说找他的大妈回来带。这时我才知道术弟的母亲原来是偏房，怪不得我是叫她细伯母的。过了没多久，听说那个大妈又回娘家去了。母亲说，那大妈是个不落夫家的女人。什么叫“不落夫家的女人”？我第一次听到，觉得很新鲜。母亲简单地说，就是出嫁后不愿留在夫家，回到娘家去的那种。但不是离婚的。还说这一带水乡不少这样的女人。这些女人和那些不出嫁的自梳女不同，自梳女一般是靠娘家养着的，有自己的房屋和丫鬟。不落夫家的女人许多是自食其力的。有些靠养蚕抽丝为生，有些是靠绣花做针线活为生等等。

而且有个奇怪的现象，就是那些不落夫家的女人很多都有“朋友”，不是一般意义的朋友，而是有一种特殊意义的，那“朋友”都是女人。小时候我就弄不懂是怎么一回事。

比如，我听大人们议论说，那个大妈不落夫家的原因是舍不得她的“朋友”。我就觉得奇怪，交女朋友与嫁丈夫有什么矛盾呢？她们不落夫家，不与丈夫住，而要回去与“朋友”生活在一起。

那个大妈我没见过，听母亲说，高高大大，白白净净，娘家还是邻县的名门望族，小姐出身，嫁来这边也是个有钱人家，夫妻和睦，家人对她也很好，但她却不落夫家，回去又不是住在娘家大屋，而是和“朋友”挤在一间小屋子里，两人靠养蚕抽丝和摆水果摊为生。

在我们沙湾也有嫁到外地去而不落夫家的女人。有一次我见一个叫阿香姑的来我家，向我母亲学绣花，挺斯文的，还送一盒酥糖给我。母亲说她家是个破落户，嫁去那边是做大生意的。夫家对她也不错，但她却不落夫家，回沙湾来跟她那靠车衣为生的“朋友”过日子。

还有一个也是沙湾女人，嫁去外乡。她在家是个长女，下面几个弟妹，家境一般。嫁去初时夫妻还很恩爱，后来丈夫做生意亏了本，她就去给一家沙湾的大财主当佣人，大财主死了，剩下一个寡妇。这财主无儿无女。后来她丈夫的生意又旺起来了，要接她回去。她不愿回，原因是她做了那寡妇的“朋友”了。主仆成“朋友”，一时还传为“佳话”。

有些自梳女也有“朋友”。我大姑妈是自梳女，我见有两个老姑婆，我叫三姑婆、四姑婆的，久不久就各自带着她们的贴身丫鬟来我家，有时聊半天就走，有时还住上好几天。除了聊天她们还会打麻将、玩骨牌等等。她们和丫鬟都住在我家的客房。大姑妈住在后座天井旁边的一个耳房。我不关心她们聊什么，偶尔无意中听见她们多是谈那些佛经里的事，什么佛偈、符咒之类，我听不懂。大姑妈心直口快，性情开朗，一次我听见她和母亲聊天时愤愤地说：“有人说我和三小姐、四小姐做朋友，无聊！我是个净女，一心拜佛念经，哪有心思去搞这种事！她们每次来不是都由丫鬟陪着的吗？谁胡说我请菩萨惩罚他！”

为什么姑妈对人家说她有“朋友”那么反感呢？为什么要强调自己是“净女”？“净女”又是什么意思？我都不懂。问母亲，母亲只回一句：“小孩子别管那么多事！”

深闺

门槛变门楣

“留耕堂的门槛变门楣啦！”

在我读初中的时候，听见我祖母这一辈有些老人不时在一起聊天时会说这句话。我乍一听来觉得很新鲜，不懂是什么意思。就追着问祖母。祖母说，是指那些“何何联婚”的事，说以前按族规是不准许何何联婚的，违反者要放进猪笼丢入西江。好可怕啊！我问有人挨过不，她说听说有过，但她没看见，不知是真还是假。不过有一对相好的年轻人，为了逃避这种族规，双双私奔，远走他方，一直不敢回来，这是事实。当时祖母还说得出那女的名字，只是我忘了。

不知什么时候，这条族规被破了。一对又一对的“何何联婚”都没有被丢入西江。原来，俗话说“进了这个门槛就是这家的人了”，老一辈人认为，留耕堂门槛之内，都属于何氏子孙，男女不能通婚的。从前人少管得住，后来人口发展得快，到了一万多两万人口就难管了。加上有些去外面读书或谋生的人，受一些新潮思想的影响，就不再受这些老规矩束缚了，何况能出外读书的多是大户人家的孩子，家里有些权势的。族老们也就奈何不得。于是，人们感叹地说：“留耕堂的门槛变门楣啦！”门槛被吊上去做门楣，没有门槛，没有限制，没有族规了！——族老们只好捋着胡子叹息。

但是，那时，“何何联婚”还是被人非议的。有些大户人家，有些头面人物，还是鄙视这种行为。

记得我们学校有一位主任，是一位很善良很有学问的老师，人也长得很端正，都快四十岁了，还是独身。当时我见他经常喜欢逗一个白白胖胖的小学生玩，有人偷偷议论，说这个女孩子是他与一个大户人家的小姐的私生女，因为小姐的父亲反对“何何联婚”，小姐被嫁去远方，而这位老师却一直独身。

还有一个比我大几岁的女同学，父亲是乡里的头面人物。这位同学健康漂亮，喜爱运动，和一位年轻英俊的体育老师经常在一起打乒乓球，人们说他们谈恋爱。事情传到她家人那里，学期还未结束，家人就强令她转学去省城了。也是由于他们犯了“何何联婚”这条禁忌。为此，那女的哭了好几回。

不过，也有些人是不怕的。那时，我们有两位老师，都是姓何的，那女的家里也是有点名气的。那男的家里倒是有点落魄。他们不顾家庭反对，不怕闲人非议，公开谈恋爱，结婚。

有一个大户人家的小姐，家里想让她结交大人物，特地送她去省城读书，她去了两年都交不到男朋友，回家不久，却与乡中一个营长的跟班（警卫员）好上了，家里反对，她就要生要死，最后还是结婚了。婚宴的请帖上只写名，不写姓。据说是两个“何”字并排不好看。

与之相反，听说有一家“何何联婚”的，排场很大，在省城的一间大教堂，举行新式婚礼，用洒金的大红纸写着斗大的字，还不是两个“何”字并排写！母亲把这新鲜事告诉祖母，祖母说，留耕堂的门槛升上去做门楣了，或者也是天意。

到底是什么力量使这两个“何”字并排写，让留耕堂的门槛升上去做门楣呢？真的是“天意”？那个时候的我还想不清楚。

劫富济贫

沙湾水道①

大巷涌的南端通往一条较宽的河汊，涌口处有个高高的炮台。有时晚饭后父亲会带我去那里散步，看日落美景。最好玩的是爬上那炮台。那炮台全是用长方形的白石砌成的，左右有好多级台阶。上面是平顶，下面是圆拱。西水大时，水就从这圆拱下面，“哗啦啦——”地涌入大巷涌。这里是“丁”字形的水口，平时水流也很急，而且还有“水转”（旋涡）。所以上炮台时，父亲都紧紧拉着我的手，不准我乱跑。父亲和我讲过炮台的一些故

① 当年的大巷涌已经没有了，涌口外的这条较宽的河汊还在，称“沙湾水道”。

事，说村人曾经利用炮台的险要，多次打退了什么强盗的，可惜其中详情我忘了。

只记得姑妈多次跟我说在我一岁多时，有过一次什么匪乱，有些乡丁在这炮台打死了几个贼佬。乡人害怕，有些人逃去外乡。父母亲和姑妈带着我，跟着亲戚逃去香港。一次出街，姑妈抱着我坐在前面的黄包车，父母亲坐在后面的黄包车。我的手腕系着一根红绸子，我举起手来，风吹起红绸，飘来飘去，我咯咯地笑个不停，还朝后面车上的父母亲挥手。母亲说我是“开心丸”，父亲却说想起乡里那么乱，祖母不知怎样，心烦得很，开心不起来。不久就回家了。听说炮台那边死了不少人，许久没人敢去。到处都长满茅草。

后来匪乱平息，这一带逐渐也大变样了。

那个时候的炮台两侧是河旁小路，延伸得很长，长着许多树，桑树最多。所以这里叫“桑畿”。这些桑树大部分都比我高，年龄也比我大。三四月天，叶子绿油油的一片，点缀着红艳艳的小桑枣，美极了。站在炮台顶一眼望去，如正值落日霞光，晚风吹拂，绿波涌动，金光闪烁，有时还有雨后彩虹横挂天边，真真令人陶醉。可惜我当时还不会写诗，只会吃和玩，吃桑枣玩河水是当时最快活的事。

我“玩”的兴趣很广泛。有一回见到一个同学家里养蚕，看着那些肥嘟嘟的蚕虫一弓一弓地爬行，一点一点地吃桑叶，成熟了慢慢吐丝把自己封在里面，待睡够了就变成蛾子飞出来，像蝴蝶一样好看……不禁让人想起“蚕吐丝，蜂酿蜜”“作茧自缠”“飞蛾扑火”等词汇的含义，令我十分入迷，回家嚷着要母亲也养蚕。母亲说没有工具、不懂技术是养不成的。大祖母更是怕弄脏地方，严词拒绝了我的请求。我沮丧极了，只好向同学讨了几条偷偷放在纸盒里养。

有一天，我跟着五公的小儿子十二叔去桑畿采桑叶。十二叔比我大很多，很会游泳，那天他是为教侄儿阿海游水来的。一个从广州来的表妹（我叫表姐）跟着来玩，我就与她搭档来玩兼采桑叶喂蚕。表姐住惯大城市，来到乡村觉得什么都新鲜，她连桑叶和灯笼花的叶都分不清。我索性不要她摘，自己很快摘了一小篮，就和她一起摘桑枣吃。熟透了的桑枣酸酸甜甜的十分好吃，我们吃得嘴角都紫红了。十二叔上来见状，笑我们是“胡须猫”。我们追着他打，他三脚两脚就跑上了炮台顶，回头向我们做个鬼脸，大喊：“来打我呀！”然后一个猛子就扎入水里，水花飞到一丈多高，几乎溅到我们脸上来。

我拉着表姐下河边去把脸洗干净，再摘了些桑枣，准备回家。谁料突然身后闯来个凶神恶煞的家伙，拦住我们喝道：“敢偷东西？放下！”一手抢了我们的篮子。我吓得“哗哗”大哭。十二叔闻声跳上岸来，振振有词地争辩：“路边树，路边果，谁不能摘？”“我家有钱，这桑畿我家买下来了！”那家伙喊道。“那我就劫富济贫！”十二叔毫不示弱。那家伙还想说什么，旁边那个老一点的拉拉他的衫袖，低声说：“那是阿头家的拉仔①，别惹他！”那家伙愣了愣，一把扔下篮子，气哼哼地转身走了。

回到家，我把此事告诉父母亲，问为什么他们怕五公，父亲说，五公是“绿林好汉”出身的，专门劫富济贫，后来“金盆洗手”退出江湖，回乡来归隐，安度晚年。因为不少人都得过他的恩惠，所以在乡中很有威望，人们尊称他为“阿头”，恶人都怕他三分。十二叔是他最宠爱的“拉仔”，又学得一身功夫，所以那个凶神恶煞的家伙也不敢惹他了。

---

① 粤语中将最小的儿子称为“拉仔”。

师承

有人问我："你那么会吟唱诗词，师承哪位大师的？"

严格地说，我没师承谁；若从广义来说，我承的师却又很多。探本追源求根基，我可以一一数出来。

首先是我那个丫头出身当妾侍的不识字的祖母。我断奶之后就一直跟她睡，她日日夜夜给我唱儿歌，有些我至今还记得：

鸡公仔，尾婆娑，三岁孩儿学唱歌。唔使（不用）爹娘教导我，自己精乖（聪明）无奈何！

鸡公仔，尾弯弯，做人新抱（媳妇）甚艰难。早早起身（起床）都话晏（迟），眼泪唔干入厦间（厨房）。厦间有个冬瓜仔，安人（太太）又话蒸，老爷又话煮。蒸蒸煮煮都唔中意，拍起台头闹（骂）几番。

月光光，照地堂，三舅父，卖槟榔。槟榔香，娶二娘。二娘头发未曾长，过得两年梳大髻，滴滴打打娶返归。双手抱住个甜甜仔，哎哎，哎哎，的的咁大个（一丁点大）。

月光光，照地堂，三舅父，卖槟榔。槟榔香，买子姜。子姜辣，买芋达。芋达苦，买猪股（腿）。猪股肥，买牛皮。牛皮薄，买菱角。菱角尖，买马鞭。马鞭长，起屋梁。屋梁高，买张刀。刀切菜，买锅盖。锅盖圆，买只船。船无底，浸死阿公两只金狗仔，一只噗（浮）头，一只沉底。

氹氹转，菊花园，炒米饼，糯米团。阿婆叫我睇（看）龙船，我唔睇，睇鸡仔，鸡仔大，捉去卖。卖得几多钱？卖得三百六十钱。

其次，是我那个从没进过学校（包括私塾与学堂），自学成才，读过大量小说故事诗词歌赋的母亲。母亲用甜润的歌喉教我唱山歌水调，用温柔的软语教我识对子、猜灯谜，还带着讲故事，很有趣，有些我至今未忘。如：

落雨大，水浸街，阿哥担柴上街卖，阿嫂出街着花鞋。花鞋花袜花腰带，珍珠蝴蝶两边排。(咸水歌)

提起笔，泪纷纷，血书频写告儿闻。上写你祖皇开国兴周汉，四百余年度至今。皆因进宝江南国，红罗包袱进到御林……(木鱼书《背解红罗》)

只老鼠，被猫追，被猫追到落坑渠，拱得周身坑渠水。哎呀，怕你个怎炊（这气味）！(儿歌)

竹笋初生，何时才得林秀茂。繁花竞发，怎会轮到叶先生。(对对子《才女戏痴郎》)

闭门推出窗前月，投石冲开水底天。(对对子《苏小妹三戏新郎》)

有女无地嫁，嫁到禾脚下。晚晚同鬼瞓，问你怕唔怕。（打油诗，字谜，谜底是“魏”字）

待月西厢一寺空，张生普救去求通。崔莺失了佳期遇，只为红娘不用工。(打油诗，字谜，谜底是“徽”字)

普救寺，草离离。(晋）空花园，或寄居。(国）夫人有病头难起。(天）一炷香，卜神祈。(下）薄暮日沉西。(莫）张公子，长别离，虽有约，失佳期。（强）疑是白马将军至矣。（焉）（串起来成一句话是谜底“晋国天下莫强焉”）

父母亲教我熟读了三本红皮书，我都背诵如流，虽然许多都不懂解，或一知半解，但都是韵文，顺口流畅易读易背，许多我至今还记得。《三字经》从“人之初，性本善”到“戒之哉，宜勉力”我还背得许多。《千字文》开头“天地玄黄，宇宙洪荒。日月盈昃，辰宿列张，寒来暑往，秋收冬藏……”《神童诗》的“天子重贤豪，文章教尔曹。万般皆下品，惟有读书高……”

姑妈教我念经，经文里也有许多韵文。

街头巷尾那些以卖唱为生的盲佬盲妹，也是我童年时代的吟唱老师，只可惜他们流动性大，我只听得个音，听不懂字，所以记不下来，现在还记得一句“秋风阵阵向着人吹透，一轮明月照高楼”，也不知是出自哪首曲的，好像是《客途秋恨》。

当年去过沙湾的粤剧老倌，如黄鹤声、黄超武、谭秀珍、谭玉真等，也是我的吟唱老师。我从小就是个戏迷，能够爬到戏棚顶上看完一出戏，有时会学着唱两句。有一次我爬戏棚把新衫撕烂了，父亲气得要打我，我赶忙躲到祖母背后，并舞手弄脚地跪下唱了两句《辕门罪子》的戏文：“请父帅刀下留人，孩儿知罪。”把大家都逗笑了，免去一打。

邻居五叔家那个留声机里面也有我好几个老师，如徐柳仙、白燕子、小明星、薛觉先、上海妹等等。《魂断蓝桥》《紫垠留恨》《胡不归》《夜半歌声》《含笑饮砒霜》《月向别方圆》《原来我误卿》等我至今还会唱一些，《再折长亭柳》我能全首唱完。

说起来，我最早听诗词吟唱是故乡沦陷的时候。那时学校停办，我去读了半年私塾，私塾的老先生（我叫大公的）就是用古法吟咏来念书的。小时候的我很顽皮，有一次因为我有意把“戒之哉，宜勉力”读成“戒豆腐，分开食”，被老先生用戒尺打了两下手板。我在家中受宠惯了，又痛又委屈地哭了半日。

到我读中学时，国文老师韦先生、冼先生、龚先生也用他们的方言吟唱过诗词，但我没学会。韦先生声泪俱下地吟唱李煜的《虞美人》——“小楼昨夜又东风，故国不堪回首月明中”给我留下最深刻的印象，深深震撼了我的心灵。后来，韦先生鼓励我用自己熟悉的唱腔来吟唱。于是，我开始尝试、探讨、摸索，走我自己的路，走到今日，就唱成这个样子。

所以，我说不清自己师承什么人。有人说，我是自创一个流派，也许有几分道理。但都是从许多“师父”那里学来的，我没忘本。追根溯源，还在我的故乡——沙湾。

师承

捧屎塔

“捧屎塔，卖腊鸭，卖剩煞（小半边），拎翻去归俾阿妈压(品尝)。”记得小时候祖母捧着我弟或我妹把屎把尿时，就会唱这顺口溜。

“捧屎塔”与“卖腊鸭”有什么关系呢？我始终不解。

屎塔，是大小便用的粪桶。大约有凳子那么高，圆形，底面直径约2尺，口径约1尺。屎塔有瓦的，也有木的，有的还做得很讲究。我小时候见过一个有钱佬嫁女，那一列嫁妆里面，有一只红底五彩花的油漆木屎塔。

那时，沙湾多是古老大屋，没有厕所。每个房间里面的一个角落都放一只屎塔。每天清晨，有专人来到各家房间，把屎塔捧出来，放在街巷旁边；然后倒到木桶里，一担一担地挑出涌边，倒到那准备好的没有篷的小船（村人叫“屎艇”）里。一船一船地运去沙田作肥料。到各家房间去捧屎塔的都是女人，挑粪与撑船运粪的都是男人。听说那些女人都是经过挑选的，不仅要力气大，还要人老实，因为要穿房入屋的啊。这种活又脏又臭又累，还被人歧视厌恶，叫她们“倒屎婆”。每天倒屎那一阵，臭气冲天，方圆一里路的人都要掩鼻。年轻人则以赛跑的速度飞奔而过。而这些倒屎的女人和运粪的男人还要认真地把屎塔和街道都冲洗干净。我多次看见那些装满大粪的屎艇沿着大巷涌向涌口驶去。岸上的人都快快躲开，但船上的人却怡然自得。我见过有些倒屎的女人和运粪的男人就坐在船头吃饭。

街边那一列列大小不同的屎塔，水上那两三条臭气冲天的屎艇，组成当年大巷涌的一道独特的风景线。不知有没有人来拍过照片。

我家后门对面那一家的香婆就是倒屎塔的，她丈夫是撑屎艇的。她家的房子很小，一进门是个小天井，再进是一厅一房，天井旁边是小厨房。四面都没有窗，暗暗的，只靠天井取光。简陋的几件家具全是破烂的。巴掌大的地方挤住着一对夫妇和两个没娶媳妇的儿子。她的女儿阿甜是我姑妈的丫头。我小时候还见过阿甜姐。面圆圆的，经常笑得甜甜的。虽然她比我大十岁，但和我玩得很好。可惜家乡沦陷，我跟着大人们逃难，半年后回到家就不见她了。我问家里人总不说，忍不住偷偷去问阿香婆。香婆抹着眼泪跟我说，原来日军进村时，她带着甜姐跟着一帮人逃走，碰上日本兵追“花姑娘”，……甜姐被吓病了。回来后，姑妈为她念过经求过神，给她吃过用朱砂写在黄纸上的符咒水，祖母为他拔罐刮痧，又给她吃过什么丸散，最后还请过在药材铺坐堂的先生（中医生）来把脉，人家都不肯开药，说救不了啦。事后姑妈出钱把她埋葬了，还为她诵经超度。阿香婆说我姑妈拜神修善，把甜姐当女儿来养，可惜她没福气。

许多人都对那些捧屎塔的女人很歧视，说她们满身臭，不敢亲近。但我从小就见我祖母、姑妈和母亲对阿香婆都很好，家里有一点好吃的东西都会送点给她们。我最记得过年时，家里做芋头糕、萝卜糕，捶白饼，炸煎堆、油角等，都少不了给她们送去。祖母还腌了很多腊味，叫我送过一只腊鸭给她们。我捧着腊鸭一面唱“捧屎塔，卖腊鸭……”，一面走向阿香婆的家，母亲追上来，拉着我，瞪了我一眼，低声说：“别唱！你为什么这样不懂事啊！”

阿香婆对我们也是很好。每逢我家有什么事需要帮忙的，她都主动过来帮忙。记得我读初中时，经常和阿香婆扛谷子去碾米厂加工，她总会把袋移后一点，减轻我的负担。有一次我们把谷子放去排队后，坐在门口聊天，她讲我们家的人都喜欢做善事，以前她丈夫向我祖父借钱去做生意，被人骗了，无法还，本想把这间屋拿来顶债，给我家做个后花园的。但这一来他们全家就没片瓦遮头了。是我祖母讲情，叫祖父行善积德，保她生个儿子，后来我父亲出世了，祖父晚年得子，高兴得很，就不要他们还债了。阿香婆一家谢天谢地，她丈夫也不敢再冒险去做生意了，就老老实实和妻子一起做清理粪便的工作，也算是安居乐业了。之后，在这白鸽笼般的小屋子里，他俩噼里啪啦地一连串生了五个孩子，两男三女。家穷，养不起那么多，闹饥荒那年，先后把两个女儿卖了，最后生下阿甜，舍不得卖。但这孩子从小就多病，家穷，哪有钱去看病抓药？都是靠我姑妈为她念经求神吃符咒水和祖母为她刮痧治好的。后来阿香婆听一位同行大姑说，阿甜命中注定不跟阿香婆的，母女俩命中相克，总要“赶走”一个，不如趁早送人。适值那时我姑妈想找个丫头，阿香婆就把甜姐送来我家了。为了改变“香甜相克”的命，来我们家后就改名叫阿娟了。“朝见口晚见面的，你们家人好，我一百个放心，谁知改了名还是不能改变她的命……”阿香婆喉咙咽住了。“都是日本人害的！”我恨恨地说。“就是嘛，外头乱糟糟的，我们宁愿倒屎塔撑屎艇也不去外头啊！”

现在大巷涌没有了，这道独特的风景线也早就没有了，它与涌底泥一起永远埋在地下，成为历史陈迹。

求职

读完大学二年级那年的暑假，回到家，见大人们好像都是心事重重，父母亲有时甚至是愁眉苦脸的。有一天，父母亲好像争论什么，父亲有点发脾气，母亲瞪了他两眼，他见我正走来，马上不作声，强忍着气走开了。我问母亲是怎么一回事。母亲不说。我去问祖母，祖母说也许又是为了我上学的事，父亲说没办法继续供我读书了，母亲说她车衣、绣花挣钱也要供我读到大学毕业。为此事父母亲争过多次了。

家庭经济困难，靠母亲车衣和变卖祖父留下来的东西过日子，连打更的铜锣都挖出来卖了……

我下决心休学去找事做，替父母分忧。我想在沙湾这么小的地方，能找到什么好工作！于是就往大城市跑。

我先去找表姐，求表姐夫帮忙。但表姐夫只是一个小小店铺伙计，能帮我什么忙！表姐是在家带孩子煮饭的，更毫无办法。他夫妻俩带着两个孩子，租住在一间只有十几平方米的小套间，一房一厅连着厨房厕所，我晚上只能睡在厅中一张用一块门板架起来的“床”上，天亮就得马上拆开，不然就挡住去路，出不了门。表姐很抱歉地说：“我们帮不了你，实在有心无力啊！”我也实在不好意思住下去，就硬着头皮去找我的好朋友珠姐。

珠姐与我同窗三载，感情深厚，但我不太想去她家住，因为她有个小妈，阴阳怪气的。幸亏她母亲还在，而她又是个独女，父亲爱她如掌上明珠，因为我学习好，她父亲就很喜欢我和他女儿交往。我想起她父亲是做生意的，很多朋友，我去求职，他可能帮得上忙。于是我就去找珠姐。

珠姐家的条件好多了，住在四楼，三房两厅。她父亲和小老婆住大房，她母亲住一小房，珠姐住一小房。我就和珠姐睡在一起。珠姐很同情我，帮着我向她父亲求援，要父亲一定帮我找份工作。

过了两三天，她父亲说，工作倒是找到一份，就是不知我肯不肯做。我急着问他是什么工，他说是去电影院做“带位员”。“这些工可是小学生都可以做的呀，叫一个堂堂大学生去做，不行！不行！”我还没作声珠姐就喊起来。“我也觉得是不合适，但现在求职的确很不容易啊！‘毕业即失业’这句话不是假的。就是这个带位员的位置，我也是请电影院的老板吃了一餐饭才争得来的啊。”她父亲沉沉地说。

“伯伯，谢谢您的帮助，我去，明天我就回家捡好行李来上班。”我说。“你——”珠姐还要拦我，我说：“先挣点钱，家里困难哩，以后有好的工作再去也不迟。”朱伯伯赞我懂事，当即拿出钱来，叫珠姐晚上陪我去看一场电影。

当晚珠姐带我去排队买电影票时，要买三张，说约了她表哥来。我知道她和表哥的微妙关系，就不作声了。谁料当她伸手进窗口去拿票时，突然尖叫一声，往后靠在我身上，一看，只见她手腕流血，手表不见了。她表哥刚赶到，急上前扶住她，一面大喊“捉贼”。可是人群一乱，贼已无影无踪。我想陪她去医院，她说不用了，一点外伤，表哥陪她去医院包扎一下就行，叫我先进去看电影，他们等会就来。我知道她父亲不太同意她与表哥好，他们难得幽会一次，我何必做“电灯胆”！也就顺着她的意，先进去看电影了。

谁知一直到散场都不见他们来，又不知他们去了哪个医院，就只好先回她的家了。谁料我由于受惊吓了一下，此时又因为等不到人而着急，在拥挤的人群中出到马路时，有点晕头转向了，竟然搭错了反方向的车。我本应搭去西关方向的车，下车时，才发现我去到东山了！此时已深夜十一点多，我急得直想哭，忽然想起有个同姓阿哥在附近卖糖水的，赶忙去找他，阿嫂正要收摊关门了，见我那么狼狈，既惊讶又疼爱地说，近来治安更乱，不久前有个电影院的带位员深夜下班回家，就在珠江边被强奸后还被抛尸入江中……听得我毛骨悚然，一夜没睡好。第二天回去见到珠姐，我叫她告诉她父亲，我回家问过父亲再回复她来不来当带位员。

不用说，回到家，一说开，全家都反对。

我不死心，广州去不成，我想去市桥也好，到底是县城，比沙湾繁荣得多。大祖母家是市桥的名门望族，虽然也开始破落了，但表伯在生意场上识人多，相信总会有办法。于是我又去市桥。表伯、表伯母和一个与我同龄的表弟，都很热情地接待我。表伯一口答应说帮我找事做“绝无问题”，因为几年前我们“沙湾青年粤剧团”来市桥演出时，我扮演那小梅香很出色，许多人都认得我。表伯兴致勃勃地还叫我唱了一首《平湖秋月》（啼痕透湿染薄裳，爱恋似梦场）和一首《流水行云》（卖花女，卖花过日长有恨）给他听。两天后，表伯就说白宫大酒家的老板请我去吃饭，在他的歌厅试唱两首歌，以后我就可以在那里唱歌了，说我肯定能唱红，还说在那里“薪水高，又轻松，还能结交大人物”。表伯大肆炫耀他如何有本事，轻而易举地为我找到一份这么美的差事，却万万没想到我一口拒绝了。他很不高兴地问我为什么，我只答了三个字“不喜欢”。当天我就要回家去。表弟极力想挽留我，他迫不及待地表白说他喜欢我，叫我跟他一起去上大学，他家可以全部负责我的费用。我婉言拒绝了。

回到家中，我很沮丧，我说愿意跟母亲学车衣，也一起来帮助家里渡过难关。母亲极力反对，叫我去求求校长潜先生。我对潜先生说，我愿当小学老师。潜先生说他可以给我当中学老师，但这是屈才了，以我这样的底子，努力学下去，将来是当大学教授的料子。他批评兼劝说，鼓励我回校完成学业。

在求职无路的情况下，我抱着“读完大学，求份好职业，挣钱帮父母，撑持起这个破落的家”的梦想，告别家园，踏上回大学读书的路。

正是秋风初起黄叶飞的时候，我匆匆走出家门，又回头望了那青砖古老大屋一眼，想不到，这是最后的告别。

沙湾的青砖古老大屋

第六辑

家族亲朋

小时候我最喜欢跟着母亲去外婆家。外婆家在紫垠，是一个很美丽的水乡。从沙湾的平埠头出发，乘只小小乌篷木船，「吱嘎、吱嘎」摇着橹，一个来钟头就可以到紫垠「大」码头了……

——《回外婆家》

昔日渡口已不见

二祖母

在过去那个旧家庭中，我永世难忘、终生愧对的是我的二祖母，我的亲祖母。她是我父亲的亲生母亲。我亲切地叫她“姐嬷”。这是由于我父亲和姑妈都叫她“阿姐”（这是对庶母的称呼），而广东人叫祖母“阿嬷”。我小时候就自作聪明地把这两种称呼合起来，叫“姐嬷”。后来，我的同学和朋友都跟着我这样称呼，她也乐意应，还笑呵呵地说：“我这么多孙子孙女，真好命啊！”

其实，如果讲“命”的话，那姐嬷的命可真苦。她是渡头人，姓李，名艳葵。家里很穷，小小年纪就死了母亲，父亲把她卖给人家当丫头，常常挨打受骂。十六七岁，就嫁给我祖父做二房妾侍，被改名为“旺喜”（妾侍与丫头一样，到了主人家就要另改名，不用做女儿时的名了）。在家里大祖母就叫她“旺喜”。大祖母是个很厉害的人，娶妾是为了生子，大祖母只生了两个女儿就不再生了，才把我姐嬷娶来的。当妾侍就像丫头一样干活，还要受大婆的管制，眼泪只有往肚里流。幸亏不久她怀了孕，生了我父亲，境遇好了一些。谁料我父亲才半岁，祖父就病死了。母老虎般的大祖母就向两个妾侍（我祖父娶姐嬷后第二年，见她还未怀孕又娶了三房）宣布：“你两个要留就留，要走就走，细婆仔，大婆儿，这个仔我会好好养大的。”那个三房没生孩子，无牵无挂，她收拾了几件衣服，就叫姐嬷与她一起离开这个家，说受不了大婆的刻薄。姐嬷抱着我父亲流着泪说：“我怎么舍得丢下这个仔呀，他才这么小！”

就这样，姐嬷从22岁开始就守寡，忍气吞声，受尽委屈，就是为了抚养大我父亲。我想，如果当年她离开了这个家，一定会有较好的命运。在我记忆中，姐嬷长得很漂亮，白嫩的皮肤，洁白的牙齿，水灵灵的大眼睛，笔直的鼻子。她温柔慈祥，善良和蔼，勤劳俭朴，十分能干。不仅会干一般家务，还有一手好厨艺，会做豆酱，腌咸蛋，制各种腊味：腊肠、腊鸭、腊肉、金银润、凤眼润、鸭脚包等，味道非常好，远比从市场上买来的好吃。在我眼中，我的姐嬷不仅有外形美，还有内在美。她的那些好品德，对我一生都有深远的影响。只是命运之神把她毁了。我从懂事起，就很为她抱不平。

可以说，我是姐嬷一手养大的。母亲把我生下来后，主要就是姐嬷来抚养我。特别是我病的时候，她更辛苦。记得我三四岁时，生过一场大病，发高烧，又哭又闹，还发狂似的用头撞台凳，撞得头上一个又一个包。姐嬷抱着我跪在神台前一边哭一边说话，当时我听不懂的话（后来母亲告诉我当时姐嬷是求神灵把一切罪孽归到她身上，让我好起来，她愿替我受灾）。我六岁开始上小学，姐嬷天天陪着我。我上课时她就坐在教室旁边，一下课，我还要扑在她怀里撒娇。那时我又病了一场，病后身体弱，她就炖了点燕窝给我补身子，我胃口不好，姐嬷端着半碗燕窝围着教室追我，喂我，我不肯吃，她含着泪说：“这点燕窝是全家人十几天的菜钱了，全家省吃俭用给你补身子，你不吃对得起全家吗?”我最怕见姐嬷流眼泪，就乖乖地吃下去了。

母亲告诉我，我断奶后就开始跟姐嬷睡了。今天，我记忆犹新：天冷，姐嬷就把我冷冰冰的手脚抱在她温暖的怀里；天热，她就一边给我摇扇子，一边拍着我的背哼催眠曲哄我睡。有时我翻来覆去不肯睡，她就会讲“熊人婆吃炒黄豆”的故事，讲到那假扮外婆的“熊人婆”半夜啃“二妹”的手指脚趾时，就吓唬我说：“你还不睡，熊人婆会来啃你的手指脚趾的……”我就乖乖地闭上眼睛，很快睡着了。我最喜欢的是天热时，姐嬷带我躺在客厅花砖地板的“猪栅”（擦干净用凳子围起来的一块地板）中，给我唱山歌、木鱼、龙舟、南音等等。姐嬷没有文化，更没经过什么声乐训练，但她会唱不少歌，而且唱得很好听。好些调子我至今记忆犹新，谱入古典诗词吟唱，得到了不少诗人词家的赞赏。可以说，我爱唱诗词歌曲，起源于姐嬷给我最早的启蒙。

姐嬷不仅对我好，对丫头、佣人都很好。

记得有一年冬天特别冷，有一个才大我两三岁的小丫头的手爆拆得裂开口子，有些地方还发炎流脓，她痛得哭起来，可大祖母还打她。姐嬷悄悄把她拉入房间，叫我把放在父母亲房间的药水药粉拿来，帮她洗净涂药，叫她先别沾水弄脏。厨房的事姐嬷就自己干了。我抢着去帮忙，因为我知道姐嬷那几天正伤风头晕。由于我不会干活，一不小心打破了碗。大祖母又借题发挥地骂开了，说二祖母“把丫头当作小姐，把小姐当作丫头”。任大祖母怎样骂，姐嬷只低头干活不作声。大祖母走远了，才柔声地对我说：“唉，丫头也是爹娘生养的嘛，人家来在我们家，就要照顾人家一点！”平日里姐嬷也是经常与丫头或女佣一起干家务，没有丫头和女佣时，一头家务就几乎全由她担当了。

姐嬷这种慈悲心怀，不仅在家中如此，还推广到社会上。往往有些穷人有困难来求她，甚至有些乞丐来乞食，她都会尽力帮助。记得我小时候经常见一个大眼乞儿婆来乞食，手中总拿着一根小棍子，姐嬷看到了都会给她一些饭菜。姐嬷说：“你别看她一双大眼睛，其实她是个盲婆。她儿子和丈夫都饿死了，她哭瞎了眼。”好可怜！此后，我也常把自己碗里的饭菜给她，有一次大祖母过生日，姐嬷把一大碗剩饭剩菜给了这个大眼乞儿婆和一个小乞丐，恰被大祖母看见，就骂："坐吃山空呀，一大家子吃，没人去挣钱，还学什么大派头去施舍行善！"碰到这种情况，姐嬷还是低头不语，我想顶撞几句也被她制止了，但看得出她是满肚子的委屈，满肚子的苦水，连哭都要背着大祖母，怕让大祖母看见，就会骂她"哭衰家"了。

我读中学时，经常带一大帮同学回家玩，弹琴唱歌，排练节目。这种时候姐嬷最开心，往往甜滋滋地在一旁看着我们玩，夜深了还煮粥炒粉做夜宵给我们吃。我们把客厅弄得乱七八糟，杯盘狼藉，姐嬷也从不埋怨，只是不声不响地收拾干净，重新摆得整整齐齐。有时，她还会对我们的排演提出一些看法。比如我在《苏州夜话》中扮演一个卖花女，初时我准备穿一套比较合身的时髦的花衣服，姐嬷说："这身穿着哪像穷苦的卖花女?"后来我改穿一套浅蓝色的不大合身的衫裤，姐嬷还特地为我在肩上补了一块深蓝色的旧布上去，整个形象就和角色很贴切了。演出时大受欢迎，观众反映很好。

从小到大，姐嬷对我无微不至的关爱令我刻骨铭心，没齿难忘，可悲的是，我想要报恩时，她已归天。"子欲养而亲不待"，遗恨终生。

回外婆家

水乡景色[1]

小时候我最喜欢跟着母亲去外婆家。

外婆家在紫坭，是一个很美丽的水乡。从沙湾的平埠头（一个古老的小码头）出发，乘只小小乌篷木船，“吱嘎、吱嘎”摇着橹，一个来钟头就可以到紫坭“大”码头了。近平埠头处，岸上排列着密密的水松，干笔直，叶如针。沿途两岸是碧绿的稻田，如青纱帐般的蔗林和蕉林。经常载我们去紫坭的是外婆的佃户四嫂（我叫她四婆）和她的儿子阿狗（我叫他阿狗哥）。阿狗哥常常上岸去掰甘蔗给我吃，摘“蕉蕾”给我玩，常被我母亲制止，他常笑嘻嘻地说：“没关系，都是熟人的。”有一次我见母亲给四婆一个大红包，说阿狗哥快要娶新娘了。四婆说：“十二婆给过了，你又给！你们

① 翻拍自番禺博物馆展出的图片。

母女对我真好。”母亲说：“你带大阿狗也不容易，总算盼到饮新抱（媳妇）茶的一天了！”后来听母亲说四婆也是早死了丈夫，带着个独子生活的。也许是命运近似，外婆一直很可怜四婆，遇到灾年都主动减免她的租。

我最喜欢外婆家那两个园子。那两个园子就在住房旁边，虽然因为无人管理而丢荒了，已说不上是花园，只有些破旧花盆和花架，七零八落地散落地面，还有一些果树，几棵高大，几棵矮小，由于少护理，果子也不多。而我喜欢的既不是赏花，也不是吃果，而是爬树。我爬树还爬出个门道来，会观察选择怎样的树好爬，什么样的树难爬，怎样的情况下容易滑跌，我会从这棵树越过另一棵树，或从爬树越过墙头，跳出街巷，也会在树枝上打千秋等等。一个表叔见识过我这些技艺，惊讶地说我可以当运动员。可为此事，我母亲和外婆都很伤脑筋，总怕我摔伤。有一年天冷，外婆买了一块很漂亮的绸子，白底五彩花的，母亲精心缝制好一件长棉衫给我，是专门为春节过年穿的。未到春节，给我试着穿，看合不合身，不合身还要改。哪晓得我一溜烟跟着表哥们跑到园子爬树去了。玩够了回来后，把母亲气得半死，因为我爬树时把这新柬柬（崭新）的长棉衫撕破了，从衫旗直撕到腋下，用手拉合才勉强裹着身子回来。母亲差点要打我了，还是外婆护着我才没打成，母亲还是忍不住气呼呼地骂道：“男人婆，马骝仔（小猴子），野猴子……”外婆说：“别骂了，你骂她野猴子，那不连你自己都骂了吗？”“以后不准再爬树了！”外婆回过头来瞪了我一眼。“以后就让她多在家里玩好了，别到外边跑来跑去！”

整天在家也闷得发慌，除了跟表哥表弟们去巷口大禾塘地坪捉迷藏，已没什么好玩的了。不过另一件事能吸引我的，就是听四舅父讲故事，猜谜语。

四舅父是当老师的，很有学问。他讲的故事有些母亲给我讲过了，不过他讲得比母亲深，有些话我听不懂。有时我回去问母亲，母亲说等我长大读多点书就懂了。母亲对四舅父说：“你给这些毛孩子讲古诗，岂不对牛弹琴！”我嚷起来了：“怎么把我们当作牛？”四舅父哈哈大笑，说：“对，对，以后我讲浅一点。”接着，他给我们猜个灯谜：“铁船木钛（舵），里面有个红块块。棹快、棹快，唔棹就会坏晒（坏完）。”（猜一件用具）我们猜了半天也猜不出来，后经母亲一再启发我才猜对了——用木炭的熨斗。

老园子

母亲告诉我，当时紫坭学历最高的是滚若四舅父和健白二舅父。二舅父是校长。一天，母亲带我去看二舅父。我只听见二舅父给母亲讲什么诗词，我不懂。回来后母亲教我读了几首，如“春眠不觉晓”“床前明月光”之类，我半懂不懂的，但很有兴趣，而且读一下就能背出来了。母亲说下次带我去看二舅父时，要我背几首给他听，他准会很高兴，我欣然答应了。但以后母亲再没带我去找二舅父了，听外婆说二舅父到外地去了。以后就再没消息了。

想不到20世纪80年代末，我应邀参加广州诗社成立五周年大会暨学术研讨会，是研究岭南韵文的。会上，我在发言中唱了一些家乡的民歌民谣，特别是其中一首“落雨大，水浸街，阿哥担柴上街卖，阿嫂出街着花鞋……”引起了在座的一位老诗人张采庵老先生的注意。他是诗社领导人之一，会后他亲自来找我聊天，问起我的家世，说着说着，他以一种异样的目光盯着我问：“你母亲叫什么名？”我说：“张黛凝。”“张黛凝，就是粉黛凝脂的意思，对吧？”老先生一字一板地说，把我惊呆了：“您怎么知道？”他长吁了一口气，说：“原来你果真是凝二的女儿，怪不得那么像！你还记得我吗？”“我——”我一时记不起来了。他又说：“你也见过我的，不过那时你还小。我就是你健白二舅父呀！”他说到几十年前的事，我才恍然大悟。他问到我母亲时，我说我母亲早几年去世了，他听了黯然，说：“你母亲是个才女，可惜耽误了！”

母亲也埋怨过外婆不让她读书，耽误了她的前途，1948年时，母亲要求外婆拨几亩田给她，供我上大学。外婆满口答应。这对我上大学起了很大作用。为此我很感激外婆。离家十年后，我和丈夫带着两个儿女回家，去到养老院看望外婆，送了一盒饼干和一包香烟给她。她笑得合不拢嘴。当时我见她牙齿全没了，不禁一阵心酸，万般愧疚。当年外婆送田地支持我上大学，我大学毕业后却不能报答她的恩情于万一。后来母亲告诉我，她到处请人吃这饼干和香烟，说是外孙女送的，甜滋滋。直到第二年去世时，外婆的衫袋里还有两根香烟。

门槛[①]

① 旧时沙湾的老屋门槛之高低是身份的标志。富贵人家的门槛通常比较高，故有“门槛又高狗又大”之俗语。

母亲的闺房

故乡的人说我母亲是大家闺秀，我看最多是小家碧玉。因为大家闺秀的小姐是住在漂亮的楼阁里，闺房有珠帘绣幕。而我母亲，只是住在古老平房里的一个小房间里，既没珠帘，也无绣幕。只有一个小光窗、一扇木房门和一块布门帘。

外婆的屋比我沙湾家的屋小多了，进门一个小廊头，只摆一张方桌。进去的门角是土地神位，对着门口墙上有个钟馗神位。隔墙是个小天井，天井壁上有个“天官赐福”的神位。神位对正大堂，大堂正中是观音菩萨的神位，右边墙上挂着外公的遗像——样子很严肃，我有点怕。那边就是外婆的住房，里面没有窗，白天都是黑麻麻的，我自己不敢进去。左边就是我母亲的闺房了。

母亲的闺房因为当街那面有个小窗，所以很光亮。房虽不大，但布置得好，让人感觉到又舒适，又温馨。房内是“丁”字形的两张床，里面横放的是老式大架床，对正房门直放的是木板小床。我去外婆家时，母亲睡大床，我睡小床。大床前，光窗下，贴着两张大大的画，一张是“昭君出塞”，一张是“丽君高中”。小床前，书桌上的墙壁，贴着两大版图画，一版是《金陵十二钗》，一版是《二十四孝》。这些画是我最爱看的。每天晚上睡觉前，母亲都会指着这些画给我讲一个又一个故事，我听得入迷而激动，随着故事中的人物喜怒哀乐，有时母亲睡了，我的思维还在故事中回旋，半夜还睡不着。因此至今印象还很深。我还记得《二十四孝》里“卧冰求鲤”“哭竹生笋”“卖身葬父”，《三国志》里“躬耕陇亩”，以及民间传说“劈山救母”等一个个生动的故事。还有《金陵十二钗》里“元春省亲”“黛玉葬花”“宝钗扑蝶”“湘云眠石”“妙玉听琴”“香菱学诗”等一幅幅美妙的画面。“昭君出塞”和“丽君高中”两幅大画是最抢眼的。王昭君全身披着雪衣，戴着雪帽，手抱琵琶，骑着白马，在冰天雪地中行进。孟丽君则是一身男装打扮，戴着官帽，穿着官袍，气宇轩昂，迈着大步，俨然是一位英俊状元。听母亲讲她们的故事，我被王昭君的爱国精神和勇敢行为感动，也为她拜别亲慈远离故国流泪。而对孟丽君女扮男装、反抗强权、才华出众、有勇有谋，十分佩服。这两个都是十分漂亮的美女，我是百看不厌。

有一天，我躺在母亲那张大床上定定地看这两幅画，忽然发现画的上方有一小块残存着的发黄纸片，觉得很碍眼，就想把它撕掉，可怎么也撕不脱。母亲告诉我，这里原来是贴着一个小小的秋瑾像，是在二舅父家一份旧报纸中剪下来的。后来母亲病了一场，外婆说秋瑾是被杀头的，贴在这里不吉利，就把它撕下来了。为此母亲很生气，但无奈。因为是用胶水贴的，所以总撕不干净。母亲说，外婆老不肯让她去读书，就是怕她去跟着那些人出来闯祸。母亲原来有一个哥哥和一个弟弟的，但先后夭折了，外公又死得早，外婆就守着我母亲一个独女，所以哪里都不让她去。母亲是不甘心的，但又可怜外婆，不忍强硬反抗。她就在家自学，看了很多小说和诗词，不懂的地方就去问二舅父和四舅父。他们都是老师。二舅父还当过校长，又是诗人。

在母亲的闺房中，我没看见有多少化妆品和漂亮衣服，但见到有文房四宝，还有些书。母亲说，大部分的书都作“嫁妆”搬到沙湾我家去了。但在母亲的闺房里，我还能闻到浓浓的书香墨气，完全盖过了脂粉气味。

父亲

小时候，我多亲近祖母和母亲，少亲近父亲。但如今想起来，脑海里依然留下许多关于父亲的印象。

姑妈多次和我说，我一岁多时，家乡曾经遭匪乱，父母亲和姑妈带着我，逃难到了香港。有一次，母亲和姑妈坐一辆黄包车，父亲抱着我坐另一辆。我戴着一只小手镯，上面系着一条红绸子。我老爱举起小手，看着红绸子随风飘就哈哈笑，笑得好开心，两个小酒窝显得更深、更圆、更好看。父亲高兴地亲我的小脸，说我是“开心丸”，可以“消愁解闷”。但当时我太小，没留下什么印象。

稍为大一点，事情就能留在脑海里了。最早的印象是父亲让我骑在他的双肩，他抓着我的双手做舞狮的动作，口里还唱着儿歌：“舞狮喳，舞咚喳，狮仔番黎（回来）食啖（一口）晏（午饭）！”母亲则戴着用纸糊的大头佛面具，在前面拿把大葵扇边扇边舞。我在父亲的头顶开怀大笑。大祖母在旁边也被逗笑了，说父亲这样纵（宠）我，像“坏鬼阿叔仔”。

再大一点，我爱跟父亲去炮台看风景，还偷偷玩水。这时开始挨父亲骂了。骂我不像个女孩子，太贪玩。为了使我安静下来学斯文些，父母亲开始教我读书写字。母亲教我读《三字经》《千字文》《幼学诗》。我很喜欢。“人之初，性本善”“天地玄黄，宇宙洪荒”“天子重贤豪，文章教尔曹”，都是朗朗上口很好听，很快就背得滚瓜烂熟了。父亲教我的是四书五经，什么“大学之道，在明明德”“学而时习之，不亦乐乎”，我一念就头疼，很难背熟。父亲还教我练毛笔字，从填红开始，要求很严格，坐要腰板直，抓笔的手要有力，手肘要平，手指握笔要求放得下一只鸡蛋，笔要垂直对正鼻梁等等。一笔一画一撇一捺一点一钩，都要稳重讲究。那时写毛笔字没有现成的墨汁，要用成团的墨条来磨，磨到稠稠胶胶发光发亮为止。都是细致苦功，光学握笔就学得我满头大汗，腰酸背痛，总想着法子偷懒。也是我生性好动，静不下来，始终没能练好毛笔字。如今想来，也许是父亲心中的遗憾。父亲的毛笔字很漂亮，每逢过年就会有很多人上门求父亲写挥春（春联）。

平日里，母亲喜欢教我吟诗，父亲教我学礼。父亲教我学礼和教我学写字一样严格。每逢过年，父亲都非常认真地领着母亲和我，先拜祖先，然后给大祖母和我的亲祖母跪下叩头拜年。他要求我的动作也得像他一样规范而有节奏。如果我随便地“扑通”一声就跪下，他就要我重新再好好跪一次。在家里跪了，出门拜年还得跪，到了庙宇也得跪，一直跪到膝头都痛，忍不住要哭，但大年初一是不准哭的。所以我很怕过年，也不喜欢这些礼节。父亲看穿我的心思，常训导我说：“不学诗，无以言；不学礼，无以立。”我似懂非懂，只是做乖顺样频频点头。

“你学了那么多‘礼’，也不见得能‘立’足于社会啊！处处受人气……”母亲在一旁就嘟囔了。父亲不吭声，涨红着脸。

我大一点了，慢慢就知道了父亲的难处。一次学校要填表，我回家问如何填家长职业。母亲叹口气说，填赋闲吧。“什么叫赋闲？”我奇怪地问。“问什么？照填就是！”父亲没好气地说。我不敢再问。过后祖母悄悄告诉我，因为父亲不愿做假账被老板辞了。过了一些时候，一个亲戚介绍我父亲去市桥一间鸦片烟馆做工，负责秤烟和记账。母亲跟着去照顾父亲的生活，租一间房子住，房东全家都去了香港。房子虽小，但母亲收拾得整齐清洁，倒也住得舒服。有一次，我趁着放假去看父母亲，带了祖母做的咸蛋咸菜。母亲用来蒸霸王猪肉（咸蛋蒸肉碎）给我吃。她把蛋黄切成两半，一半给父亲，一半给我。父亲把他那一半也放到我碗里，说："你是最爱吃蛋黄的，在家人多，你吃不上一个，这里人少，你可以吃一个了。"我不会说什么，傻笑着却不敢吃。"爹爹给你吃就吃嘛，乖乖听话就行。"母亲说。

也许因为有了工作，父亲脸上也多了些笑容，与母亲也融洽多了。但过了一段时间我再去时，见父亲的脸色又难看起来了。他在饭桌上对母亲说，看着那些来烟馆抽鸦片的人，一个个面黄肌瘦像只鬼，久不久又死一个，心都寒了。特别是想起祖父就是抽鸦片死的，害得祖母二十岁就守寡，苦了一世，他的心就发毛。他忍不住劝人家戒烟。这事被老板知道了，老板狠狠地骂了他一番，说他赶走烟客，拆老板的台，说："如果你那么好心，就捡包袱走人，回你的乐善堂老家当少爷，行善救世去！"父亲说他忍不下这口气，准备跟介绍他来的那个亲戚说清楚，就回家另谋出路。母亲低头无语，过了片刻，抬起头来叹了口气，柔柔地说："做人难啊！——那我收拾好东西，把房租交清楚就回去吧！"

父亲回家后，好长时间都没有找到工作。我时不时看见大人们找出一些据说是祖父留下来的古玩字画，都拿出去变卖来维持家用。有一次，父亲翻出一套祖父当年用过的鸦片烟具，祖母也准备一起拿去卖，父亲却把这些东西都砸烂了，狠狠地说："都扔去垃圾堆！别害人！"

听大人们说，本来祖父留下有七亩田，后来因抗日战事紧张，又收不起租，就索性卖了。当然，光靠变卖东西来维持一家人的生活是不行的，大家就想方设法地找些挣钱的门路。除了糊火柴盒、捶果仁等，母亲还帮人家打毛衣、做棉衣、钉纽扣，和姑妈一起绣绣品出卖。姑妈和祖母甚至摆摊卖过绿豆沙、炸蛋散及蛋卷等甜品。这样多少能帮补一些家用，但都是临时零碎的，不可能解决根本问题。本来父母亲曾经合计过，要腾空家里的大客厅作为教室招收学生，可以收些学费，这样的收入比较长久和稳定。即使暑期寒假办短期的也好。父亲虽然是私塾出身，但不仅熟读四书五经诗文辞赋，写一手漂亮的毛笔字，还精通珠算，甚至懂一点英语。乡邻里好些人听说我们家要办学，都想着要送子女来。但这事遭大祖母坚决反对，说："让那些马骝精来这里跳来跳去，搞烂我的酸枝台凳，踩脏我的花砖地板，人多了出出入入，门户把不紧，贼佬混进来也不知道……"大祖母是一家之主，这个家学也无法办了。

这是父亲特别无奈苦恼的日子，也就喜欢上和我的同学一起打桥牌、走象棋、打麻将，玩到兴起还叫祖母弄些炒粉之类吃夜宵。也因为这样，我的同学都喜欢聚拢在我家来弹琴唱歌聊天。

后来，父亲从一些大耕家（大地主）那里承批了一些田来转租给农民，收租时就从中赚些"手续费"，当然绝大部分是上缴给那些大耕家的。有时又管一些小公箱（小公堂的账目）。这些小公箱收回来的田租都变成现钱，绝大部分用来分发给这个公堂内的男丁，女儿是没有份的。听说能领到这两种差事来做是很幸运的，得托人情去求那些大耕家和抓实权的头面人物。那时在沙湾也有不少做这样差事的人，叫"著鞋耕"（土改时被划为"二地主"，大概是"中间剥削"的意思吧）。

父亲领到这些事做后，家中的生活就比较好过些。但好景不长，我上到高三时，见父亲经常愁眉不展。一天放午学回家，见父亲正在头厅跟一个疍家佬说话，台上摆着一瓦壶茶和一只大粥碗。见我回来，那疍家佬起身要走，父亲留他吃饭，他不肯，父亲塞给他一些钱，他拱拱手表示感谢就走了。那天父亲母亲都没好好吃饭，早早撂下碗进了房间。我想跟过去，祖母阻止了我。到放晚学回来，看见父亲在大客厅和一个穿长衫的男人坐在大圆桌边，桌上放着家里那套漂亮的茶具。我悄悄走进我自己的房间换衣服，隐约听见客厅里的谈话声："今年实在是天时不顺，收成不好，人家交不起租，我也没法子呀！"是父亲的声音。"那些疍家佬，你不弹（欺负）他他弹你，你不拿出硬的手段来，他会交出租吗?"一个沙哑的声音。"总不能把人逼死吧?"父亲的声音。"哼，你呀，就是软脚蟹！怎能镇得住那些疍家佬?老爷说，那几亩田明年批给别人了，不用劳烦你了。不过这一造的租你还得交够的呀！……"那个沙哑的声音开始骂骂咧咧的很难听了。"你，你们不讲理！……"父亲气愤得声音有点发抖。

我越听越震惊。"软脚蟹"三个字尤为刺耳。

父亲原来就话不多，这之后变得更沉闷了。幸好有金先生常过来跟他聊天，下棋，喝酒解闷。金先生是我母亲的陪嫁丫鬟屏姐的丈夫，比我父亲年长好些，人健壮又健谈，开朗大方，平易近人。他是当时的伪副乡长，知道很多伪政府内幕，经常听到他和父亲讲政府内那些黑暗腐败荒唐的事。有时讲到拍案大笑，有时又是唏嘘叹息。父亲在他面前才能说说心里话，倾诉长期失业到处碰壁遭人白眼的痛苦。两人很谈得来，结成忘年交了。

我考上大学时，父亲虽然高兴却又叹息不已，说他没本事供我读大学。金先生极力劝他，说考上国立大学很不容易，从长远看，千方百计也应该送我上大学，何况我成绩那么好，还有希望争取公费。这才把父亲说服了。当然，重要的是母亲和外婆的支持，还有象贤奖学金，我终于顺利上了大学。

1949年的暑假回家，看到家里实在困难，我曾想休学找工作，但四处碰壁。在金先生和校长潜先生的劝说下，我最后还是重返学校。离家那天，天刚亮我就出门，匆匆忙忙的头也没梳。父亲和祖母送我到门口，祖母说我的头发那么乱，父亲顺手就将他正在梳头的骨梳子给了我。我一面梳头一面小跑赶路，头也不回。想不到就此竟成永别。那把骨梳子我一直珍藏着，直到“文革”抄家中才丢失了。

父亲和祖母连照片都没留下，但他们的音容笑貌依然鲜活生动地留在我的脑海里。每回见到小弟阿敏，都让我想起父亲。敏弟酷像父亲，但比父亲高大健壮，性格也开朗外向。父亲是个文弱书生的模样，内向，抑郁。祖母的样子与父亲也有几分相似，身体却要健壮些，有一口整齐洁白的牙齿，笑起来特别好看。每当想起他们，内心便会涌来无边无尽的思恋和伤感。

自梳女

我小时候见沙湾不少自梳女，而且都是中老年的了，我都叫她们“姑妈”或“姑婆”。“自梳”就是自己梳头，不出嫁的意思。

我认识的那几个自梳女都是大户人家的女儿，从小娇生惯养的金枝玉叶，父母亲怕女儿嫁出去受委屈，俗话讲“鸡公仔，尾弯弯，做人新抱（媳妇）甚艰难”啊！就让女儿留在家里，买一间屋给她住，买一个丫头供她使唤，还分一份田产给她做生活费。她们的生活真是很优裕的，什么事都不用做，所以叫做“清闲人”。而那些出嫁的女人就叫做“世界人”。这样相对来说，“清闲人”就是超凡脱俗的了。这真不假，那些“清闲人”都拜佛诵经，终日与菩萨为伍。她们的屋叫“姑婆屋”，明窗净儿，堂上供着“大慈大悲观世音菩萨”，香烟袅绕。

我姑妈就是个自梳女，祖父买有一间姑婆屋给她，但她长期借给一家亲人住，搬来和我们住在一起，主要是为了照顾大祖母。祖父也买有一个丫头给她，叫莲姑，后来嫁给一个财主当填房（继室），生了两个儿子，比我大一点，经常来跟我玩。姑妈也日日念经拜佛，我三四岁时，她还教我念经，现在还记得几句，什么“色即是空，空即是色，受想行识，亦复如是。舍利子，是诸法空相”。我不懂是什么意思，跟着念口黄而已。我家大堂中央的神位上写着九位菩萨，我只记得中间是“大慈大悲观世音”，其他都忘了。左边另立一个神位，是“汉寿亭侯关圣帝君”，中间是关羽，两旁是关平和张飞。姑妈教我念《关帝经》，我还记得几句“卧蚕眉，锁未开，恨江山几改。亘古功名难比并，三天门下封元帅”，“大梦谁先觉，平生我自知。草堂春睡足，窗外日迟迟”。那时我半懂半不懂，只觉得读来很顺口。右边另立一个神位，是“齐天大圣”，就是孙悟空。姑妈也教我念《大圣经》，现在一句都不记得了，只记得什么“五指山”“花果山”“水帘洞”“如来佛”“观世音”等，我恨如来佛把孙悟空压在五指山下，我很羡慕“花果山”“水帘洞”的生活。祖母说我是猴子托世的，所以那么调皮。我跟姑妈去过几家姑婆屋，都只供观音菩萨。

其实我见这些姑妈、姑婆们，也不都是很“清闲”的，也许是有些人家里有钱些，有些人家里穷些吧。有两个姑婆久不久就带着丫头来我家小住闲聊，或邀我姑妈去什么观音山、罗浮山拜神。家乡沦陷后，就少见了。而且姑妈还常和我母亲、祖母一起，绣花、串珠、捶瓜子、糊火柴盒等，挣点钱来补助家用。有些家务轻工姑妈也帮着干，重工粗活她是干不了的，因为她的脚是半残废，小时候经过缠足后又放开的。常与我姑妈来往的那两个姑婆都是缠足的小脚女人，和我大祖母差不多。有一个年纪和我姑妈相近的姑姐也是个半残废的脚。看着她们走路一摇三摆的样子，真可怜。这也是她们的父亲要给她们买个贴身丫鬟的原因。她们都把丫鬟当作女儿来依靠，出嫁时都不会嫁去穷人家，但有钱人家是不会娶丫鬟做正室原配的，只有当妾侍或填房（继室）了。姑婆、姑妈们一定了解清楚底细，选择人品好的，不让丫鬟嫁过去受罪。好像我姑妈的大丫头莲姑是当填房的，和已故的大婆女儿相处得很好，女儿有什么心事都向她倾诉，把我们家当作“外婆家”。三姑婆的丫鬟笑卿姐是当二房的，经常跟着丈夫到处游去做生意。每次回家都带许多东西给三姑婆，还送东西给我姑妈。

坐食山空

我懂事之前家里是怎么过的我不知道，而懂事之后，就经常见家人拿些首饰和古玩等东西去换钱。听祖母说祖父做过珠宝古玩字画生意，赚过些钱，后来被人骗了，气得生了场大病，经常头痛心口痛，听人说鸦片可以止痛，他就抽上了，为此花去不少钱，而不久就死了。留下七亩田，寡母孤儿，勉强维持着这个家。那时我父亲不满一岁。

大祖母曾经对我夸耀过迎娶我母亲时怎样怎样的热闹，有多少多少的东西。有一样我印象特深，就是大堂神位上那个阁楼里放有一对“玉麒麟”，那两只纸扎的东西像鹿又像马，满身金银鳞。大祖母说这叫“麟吐玉书”，表示我们联婚的两家都是“书香门第”的意思。

什么叫“书香门第”当时我不太懂，大概是读书人的意思吧。不过我从小对家里那些对联、字画、挥春以及墙上的浮雕，都很感兴趣。有两副竹简雕刻的对联挂在客厅里，给我印象特别深，一幅是“世事洞明皆学问，人情练达即文章”，另一幅是“红豆啄余鹦鹉粒，碧梧栖老凤凰枝”。也有两幅是在天井两旁墙壁上的，脱落了，模模糊糊的看不清。但对联上方有两幅大大的浮雕：“五子登科”和“双凤朝阳”，两只大狮带着五只小狮和一对飞凤捧着太阳，色彩鲜明，生动活泼，神采飞扬，好看极了。还有客厅挂的那一大幅“八仙过海”彩图，图中的何仙姑美极了，而铁拐李风趣好笑，我至今记忆犹新。配上天花板上的彩色图案，厅堂里的酸枝藏云石的桌椅、古玩摆设，两面一丈见方的大镜子竖立在客厅两旁长桌上，映照着花街砖地板上的家具，显得金碧辉煌，好生气派。

对着这些，大祖母一面炫耀，一面埋怨：看，对着这些有什么用？不像田地长得出谷米，也不像矿山挖得出金银！

要出租吧，在乡村里有几个人租房住的？何况大祖母绝不答应，怕不安全。于是，长期吃老本，靠祖父留下来的家底。从变卖首饰、珠宝、古玩，到多余的家私杂物，我记得连旧香案、香炉、铜面盆、铜锣等都卖来做家用。这些东西多是放在前座楼上。后座大堂楼上主要是放旧衣服，一个个结实而涂有光滑油漆的大木箱，里面装着五颜六色的绫罗绸缎的古老衣服，是大祖母、姑妈和父母亲的。我小时候的衣服极少是买新布做的，都是拿这些旧衣服改装成时装，母亲手巧，改得可漂亮哩。我也学会了一点，所以后来我也会改装衣服给孩子穿。

有多少家底卖？终归有日会坐食山空啊！大祖母又埋怨了。大家想办法去找活路。我见过母亲和姑妈绣花、钉纽扣、穿珠子；我的亲祖母带着大家糊火柴盒、捶瓜子、挖榄仁等，又卖过甜品和油炸品，亏了本。父亲曾去当过店员，因为不肯做假账，得罪了老板，被炒鱿鱼了。又曾去烟馆做工，看见那些抽大烟的人个个像只鬼，回家来对祖母叹息，祖母说祖父是抽大烟死的，这份工不做也罢，父亲就辞了。三公说父亲懂点英语，去香港可以找到事做的，但大祖母死也不肯。母亲曾想与父亲一起在家里开个私塾馆，父亲教四书五经和珠算，母亲教诗词和缝纫。但大祖母反对，说招孩子来搞乱家里的东西……父亲又做过二业主，因为收成不好佃户交不起租，父亲不忍心去硬逼，那些大业主不满，就不给他做了。故乡沦陷，两度逃难，连仅有的七亩田也卖了。

坐食山空，父亲借酒浇愁，患上胃病，家庭困难日增，父亲说不能供我上学了。为此，母亲向外婆要了些钱，买了一部旧衣车，车衣挣钱准备供我上大学。我发誓要考上大学，挣钱养家，为父母分忧，支撑起这个日渐崩溃的家。此时，我躲在中厅楼上，紧张地复习功课。这里有一排书柜，装满四书五经、小说话本、诗词歌赋，都是父母亲的书，但没有新时代的。在这里，我体会到“书香门第”的味道，不禁有点飘飘然，但一想到大祖母说的“坐食山空”，心里就不禁有点发毛。

坐食山空

帮倒忙

我小时候，虽然调皮，贪玩，但爱劳动，爱读书，加上好奇，看见大人做事，什么都想去插手。

比如，我见祖母做菜很好吃，就总想去学，老跟在她屁股后面，一面看，一面问这问那，还出手帮忙。初时祖母很喜欢教我，让我干些小工，做下手。记得有一次，祖母教我做一味菜：板栗焖排骨。我很喜欢吃板栗，还没焖够时间我就打开锅盖，拿一个来吃，还硬硬的，我心急，就加大火，谁知一转身，就烧煳了。父亲说我是“帮倒忙”。幸亏祖母不嫌弃我，耐心地教会我怎样用慢火焖肉。到祖母做我最喜欢吃的“家乡鸭”和“霸王鸭”时，我就会定定地看着火，尿急都不敢离开，一直等到祖母来，差点尿裤子了。祖母笑着骂我“傻”，又回过头来对父亲说：“你这个女还是能帮点忙的，精灵，学什么都快。”我飘飘然了。可是马上又出乱子。祖母叫我切些葱花给她炒鸡蛋。我一面哼歌一面切，哎呀，切到手指了！我“哇”地哭起来，祖母慌了手脚，马上放下鸡蛋，赶来给我包扎。母亲闻声赶来，也说我“帮倒忙”。

祖母为了把我从厨房引出来，就叫我帮她捶瓜子或糊火柴盒，赚得的钱给我“喂肥猪”（放入母亲买给我的储蓄箱）。初时我有点不耐烦，捶瓜子老捶到手指，糊火柴盒又糊得歪歪斜斜，还得母亲来返工。这回是我自己骂自己“帮倒忙”了！急得想哭，想不干了。母亲却不骂我，只是一面干活一面给我讲“铁杵磨成针”的故事，讲“精卫填海”“女娲补天”“愚公移山”“蚂蚁搬家”的故事。听得我入迷了，似乎也悟到点什么，慢慢地做工也顺手了。祖母给我奖励一只红鸡蛋。我高兴极了，原来是我生日哩。

长大一点，我不满足于干这些简单的活了，我要学绣花，学打毛线衣，还要织出各种花样花纹，各种款式的衣服、袜子、帽子、手套、披肩、手袋、书包，学卷花扣子……为了不浪费，母亲都是拿些旧衣服、布碎、旧毛线等给我做。

到我十二岁那年，新学期开学，我穿起一件自己用几种颜色的旧毛线织成五彩图案花纹的毛衣，背起用几种颜色的碎布拼成图案的书包去学校，招来了许多同学围着我，看我的毛衣和书包，赞不绝口，连一位教家政的女老师许佩霞先生都夸我“心灵手巧”。我飘飘然地回到家里，冲着家人就自我炫耀一番，祖母和姑妈都甜滋滋地夸我“自小就聪明伶俐”，唯独母亲在一旁埋头打毛衣，一言不发，我撒娇地问她为什么不夸我，她说正为客人赶织毛衣，人家明早就要去省城的，还差两只衣袖未完成。我自告奋勇，拿起织针来就帮母亲织一只衣袖。那天晚上，在昏暗的煤油灯下，我和母亲赶工到半夜，第二天清晨，母亲就把毛衣送去了。哪知过了十几天后，那客人把毛衣拿来，说一只袖子破了。正是我织的那袖子。母亲不作声，马上拆了重新织好，还向人家一再道歉。

母亲没责备我，但我很难过，知道这回我又是“帮倒忙”了！

母亲巧手缝制的衣服

我从小到大穿的衣服，都出自母亲的巧手缝制。不少还在记忆中留下深刻印象。

最远的记忆要算那套“黄牛仔”了。听母亲说，那是用祖母一套不合穿了的旧黑纱绸衫裤改成的，面上的黑纱全脱了，剩下原身的泥黄色，已经很薄、很旧，但很软、很凉。那时我还穿开裆的衫搭裤（衫裤相连的，又叫蛤仔衫），经常穿着这样的衣服，在客厅那擦得干干净净光光滑滑的花砖地板上爬来爬去，家人就叫我“黄牛仔”。大热天时，祖母就在花砖地板上哄我睡觉，一面给我打扇，一面哼着好听的儿歌。

我上小学了，是春季插班的，一入学就读第二册。父亲说第一册的课本太浅，怕我无心向学只管玩，就等到下学期开学才送我入学。但由于上学前我已熟读了三本红皮书（《三字经》《千字文》《神童诗》），还读了一些《大学》《学而》，所以第二册课本我还是很快就读完了，整天爱玩，弄脏衣服。特别是祖母要我喝什么草药或“靓汤”时，我往往扭扭捏捏不愿喝，把我当时最喜欢的那件绿色点红花的夹背心也弄脏了，我心疼得捧着衣服哭。祖母费了好大的工夫才洗净了。为了不弄脏衣服，母亲用旧衫改了一个大的“口水肩”（围嘴）给我，上面还绣有两朵花，我很喜欢，祖母喂我喝草药或“靓汤”时，就把它戴上。同学们笑我，这么大还戴“口水肩”！

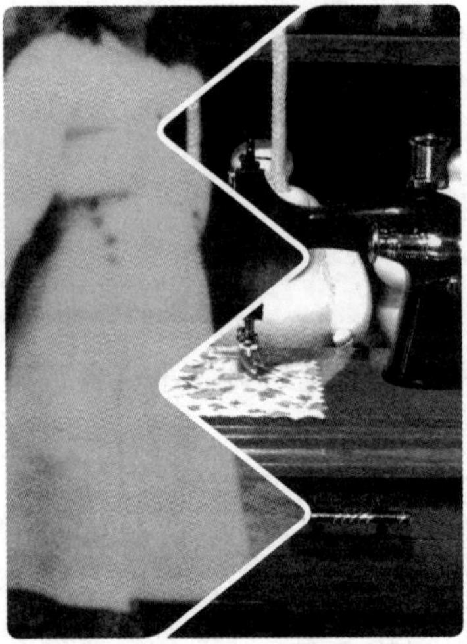

母亲巧改新衣①

那时的学生都是穿唐装，没人穿西装和裙子的。我也一样。有一回，一个在香港打工的三叔公带回一大块叫“窝”的布，薄而透明像轻纱，浅绿色的底子上撒着点点小花，很好看。三叔婆叫我母亲用这块布给她的独生女儿做一件衫，做好了还剩下一点布，我母亲求她卖了给我们。母亲心灵手巧，七拼八凑，给我做成了一条连衣裙，对门的大婶说我穿起来像公主，这就是“公主裙”了。我高兴得飘飘然。去外婆家时穿了，还在紫坭包公厅的花园里一棵石榴树下照了个相。这张相片一直摆在家里。1949 年离开家后，再也见不着了。十几年前我去游宝墨园，惊喜地发现里面的包公厅就是原来的紫坭包公厅，那棵石榴树也还在，树皮斑驳，记录着人世沧桑。我又站在树下照了一张相。这是后话了。

就在我穿着“公主裙”飘来飘去的时候，故乡沦陷了，什么靓衫都不能穿了。母亲拿大人们的旧衣裳改了好几套衣服给我换上，都是黑的、灰的、蓝的、褐色的、泥黄的。虽然很旧，但很合身，穿起来很舒服。特别是玩起来时不用怕弄脏弄破挨骂，自由自在多了。我随着父母逃难到那偏僻的山村独岗（现名丹山）时，那里的孩子多是穿得破破旧旧的，我穿这样的衣服她们爱跟

① 我小时候的衣服极少是买新布做的，都是拿些旧衣服改成时装，母亲手巧，改得可漂亮哩。这就是母亲用父亲的唐装衫裤改成白恤衫和三角裙，我最喜欢穿了。

我玩，我那堂姑姐穿着讲究，小伙伴们就不太爱接近她了。逃难回家后，我曾跟着老师做抗日宣传，在街头演唱《全国总动员》《保卫中华》《松花江上》《渔光曲》的时候，就是穿着这些衣服。

故乡沦陷时期，日军驻防的时间很短，不久就调走了，由伪军代替，成立了伪乡政权。但听大人们说，那都是“白皮红心”的，“还暗中支援游击队”哩。所以在学校里，还能接受爱国主义教育，在剧团里，还能公演弘扬民族精神的戏。

那个时候，我还是穿母亲用旧衣服改成的“靓衫”。母亲改得既合身又好看，还花样百出，连卷的纽扣都别出心裁，有蝴蝶结，有梅花结，有枫叶结等，所以我都很爱穿。记忆最深的有两套衣服，一套是全黑的，长袖，扎袖口，斜襟，方衣角，蝴蝶结扣；另一套是白底蓝色图案花的，那图案是一只蝙蝠伏在一个“寿”字上。那上衣是半截袖，圆衣角，大襟，梅花结扣，很有古典韵味。国文老师韦先生说我穿起这些衣服很有点“鉴湖女侠”秋瑾的风采。当我跟着他吟诵“小楼昨夜又东风，故国不堪回首月明中”“休言女子非英物，夜夜龙泉壁上鸣”时，他不禁拍手叫好，说：“有机会上台表演，就穿这套衣服最好了！”后来我还真的穿着这些衣服上舞台了。母亲把这些衣服叫“国难装”。

抗战胜利后，故乡逐渐安定繁荣起来，有些逃难在外的大户人家也陆续回乡，他们的子女有不少来我们学校插班读书。这一来，学生的衣装就时兴多了。我也穿上了白恤衫黑裙子，但都是母亲用旧衣服改成的，老式的唐装裤很宽，两个裤腿合起来就成一条裙子。父亲的白汗衫也宽，母亲两下子就改成一件白恤衫。我非常喜欢这“学生装”，春节里大冷的天也穿着到处跑，还配上“波鞋波袜”（白球鞋和白色短筒袜），光着腿也不怕冷。

后来，我看见有个女同学穿工人裤上台演唱很好看，就缠着母亲说也想穿工人裤。母亲找出父亲一件米黄色的布长衫，改成一条工人裤给我。穿起来居然吸引了不少女同学，就借了我这条裤去当样板来做。不知怎的，从这个转到那个，转来转去，竟然丢失了，她们却谁也不认账，气得我哭了一场。母亲哄着我，说等她车衣赚到钱，做一条新的给我。

原先我家没有衣车（缝纫机）的，衣服全靠母亲用手缝，要车衣服就去对门借大婶的衣车用。到我上高三那年，有个表姐全家搬去香港，把一部半旧的“胜加”（当时的名牌）衣车廉价卖给我母亲。从此，母亲就在家里接衣服车缝，赚点钱帮补家用。其实也赚不了多少钱，虽然她手工好，不少人来光顾，但亲戚朋友，以至于我的同学找她，她都不要钱，甚至连线和纽扣都贴上。后来，母亲还是用她赚的钱给我新做了一条蓝色的工人裤、一条白色的西装裤和一件浅绿色的短袖外套，又用她的一套白底蓝条纹的绸衣服改成了一条背心裙，用父亲一条唐装裤改成一条三角裙给我。这几件衣服我都非常喜欢，上大学后还经常穿。

我考上大学时，母亲考虑到我去桂林天气太冷，就向外婆要了些钱，给我缝制了一件草绿色底叶子花纹的短棉衣和一条深咖啡色的绒裤，还买了一件墨绿色人字绒大衣。外婆感叹说：“你母亲没上过学堂，从没穿过这么漂亮的衣服啊！”母亲说：“女儿代我上大学了，这就叫‘大学装’吧。”

大一、大二时，我都常穿这些衣服，到了大三、大四，新中国成立了，为了追求进步，我尽量选些朴素的衣服来穿。大学毕业参加工作，正赶上暴风骤雨的土地改革，我将从家里带出来的衣服留下几件换身之外，其余的全部打包寄回了故乡农会，附信说是退还给农民的血汗钱。农会挺负责的，还给我寄回了收条。

永远对不起小弟妹

何家曾租住的房屋

钟灵毓秀，人杰地灵。这些词语，是弟弟出世时，我听见父亲和大伯公商量，为了给弟弟号名一再提起的。当时我虽然读过三本红皮书（《三字经》《千字文》《神童诗》），但对这些词语还是一知半解，只大约知道是说地方美丽人物聪明吧。头二字却成了弟弟的名字，这就让我羡慕不已，因为我不满意自己的名字，就暗地里胡思乱想：弟弟是男的，他一出世，大祖母就喜洋洋地说："添丁了，家门有后了！"还说如果母亲这回又生个女，就要马上给父亲娶二房三房妾侍了。可见弟弟出世多么重要啊，好的名字当然就给了他啦！但奇怪得很，母亲却不是很喜欢弟弟，说他长相不好看，像"一个芋头挖七个洞"。又说弟弟出生时险些要了她的命，幸亏当时已有了西法接生的医生余云英，如果像我出生时那样，由用土法的接生婆来，她肯定没命了。

弟弟虽然比我小好几岁，但个子比我高，头大，粗壮，有力。还是我教他爬树，教他游水的，可是他很快就比我爬得高、爬得快，游水也比我游得远、游得快，特别是潜水耐得久，跳水也比我灵活，花样多，姿势好。他读书也很聪明，而且善于用谐音会意的字来篡改书上原文，串出一些笑话来。好像他把《神童诗》中“满朝诸紫贵，尽是读书人”读成“满朝猪屎仔，尽是钝猪人”。我把这句话捡到私塾去，挨先生用戒尺打了一下手掌。母亲常骂他“好灵不灵左灵”①。大祖母听见就会护着他说：“他就是有灵气！”

大祖母求神拜佛都希望弟弟带多几个小弟弟来，好让“人丁兴旺”。母亲怀了第三胎时，大祖母往往一厢情愿地说：“看那肚子是尖尖的，肯定又是个慈姑丁（男丁）。”但事与愿违，母亲生出了一个眉清目秀娇小玲珑的小妹妹。大祖母不高兴，说：“又是个扁货！”母亲和我亲祖母却很喜欢这个小妹妹，说她很像我。真的，妹妹很像我，而且比我漂亮、温柔、斯文，唱歌跳舞也比我强，聪明伶俐，小嘴巴把树上的小鸟也哄得下来，而且没有我那“马骝精”“三步跳”的野。所以特别讨人喜欢。当象贤中学办附属幼儿园时，她有幸读上了。幼儿园的老师都夸她，有什么节日演出，几乎都有她的份儿。我上大学放暑假回家，那时她才七岁，我把我在大学里学到的歌和舞教给她，她很快就学会，而且跳得比我好，表情还生动。记得我教她跳《青春舞曲》，她一边唱“太阳下山明早依旧爬上来，花儿谢了明年依旧一样的开，美丽小鸟飞去无影踪，我的青春小鸟一样不回来……”一边绕着客厅的台凳翩翩起舞，舞姿灵活美妙，歌声婉转甜蜜，十分感

---

① 把聪明才智用在歪门邪道上之意。

人，至今我还忘不了。

最小的妹妹出生时我不在家，到我大二那年放暑假回家，她刚学走路。那时她有点胖，走起路来左右摇摆，一颠一颠的，很好玩。她爱笑，而且是大笑，母亲叫她“乌龙王”，算是爱称吧。因为漫画里的“乌龙王”是胖胖的，经常哈哈大笑。虽然她还不会说什么，但经常给家里带来笑声，所以祖母叫她“开心丸”。记得我离开家时，还特别走回去亲了她一下，当时她睡在母亲身边，嘴角似乎还在笑。

小弟弟出生时我也不在家，一直到他九岁，我才见到他。那是我离家十年后第一次回家，带着一双儿女（大女儿和大儿子）。当时小弟很瘦小，穿着布满补丁的旧唐装衫裤，但很干净。母亲教他叫我“大家姐”，他睁大眼睛看着我，爽快地叫了。我定睛一看，心中不禁一震：这模样，多么眼熟啊！对，就像当年一直挂在父母亲房门口那张用镜框藏着的照片——我亲祖母年轻时与我父亲八九岁时的合影，

留耕堂门匾：入孝出弟[①]

① “入孝出弟”又为“入孝出悌”，指的是回家要孝顺父母，出外要敬爱兄长。

小弟弟就像那照片里的小孩，只是衣服多了两块补丁罢了。我一下子愣住了，半天说不出话来。直到母亲叫我“带你的儿女去给外公、太婆上炷香吧”，我才反应过来……

又过了十六年，经历了一场“十年浩劫”，我第二次回家，也带上一儿一女，那是三女儿和小儿子。我一进家门，就听见后面传来一个洪亮而爽朗的声音：“大家姐，回来啦！母亲盼到颈都长了！”回头一看，一个高大健壮的年轻汉子正挑着满满两大桶水进来。我又是一愣：这面影，多像我小时候见到的父亲啊！虽然没有那么高大健壮，甚至是羸弱斯文，但五官面相十分相似。“怎么？大家姐，不认得我啦？”小弟一手提起一大桶水倒入水缸，笑着问。

“认得，认得，只是想不到你有这么高大健壮。”我笑着答。

“我也没想到他这几年长得那么快，小时候总是弱懒懒的。唉，说起来，他能活下来就算菩萨保佑了，差点你都见不到这个弟弟啦。他几个月时，突然抽风，气都没了，都用畚箕装着放到门口土地公脚下了（故乡俗例对夭折的孩子都这样处理），幸好一位医生经过，是他哥同学的父亲，见他哥在门口抹眼泪，听见我哭得凄凉，就用艾火救了他。”母亲在厨房一面烧火炒菜一面说。

“那真该好好报答那医生啊！”我说。

“后来听说因为那医生当过国民党军医，劳改去了，生死都不知哩，怎样报答！”母亲说。

我默然无语。

我的弟妹都比我聪明，但他们都失去了升学的机会。本来我读大学的心愿就是为了帮助父母，供弟妹读书的，可是我什么都没有做，他们最困难的时候我背弃了他们，我永远对不起他们——这是我毕生的负罪感。

我的小猫

我小时候，家里有一只大母猫，生了两只小猫。一只毛色金黄，间着雪白斑点，四只脚全是雪白，祖母说，这叫“四蹄踏雪”，能飞起来抓老鼠。另一只毛色雪白，间着金黄斑点，母亲说，这叫“雪里藏金”，高贵。我听不懂祖母和母亲的话，只觉得两只小猫又好看又可爱，特别喜欢，叫它们“小黄”“小白”。小黄的叫声洪亮，小白的叫声娇柔。虽然它们是姐妹，但听声音却似兄妹。

当小黄和小白长大到会自己抓老鼠吃的时候，外婆家的猫不知什么原因死了，老鼠闹得凶，外婆征得我祖母同意，把我们家的大母猫带回紫垞去了。小黄小白一下子失去妈妈，怪可怜的，我向祖母提出，以后我和娟姐一起负责照顾它们。祖母很高兴，赞我有爱心。

有一天，娟姐感冒头晕，忘了喂猫，饭桌上的剩菜又来不及收好，小黄跳上饭桌叼走了一块吃剩的鱼头，回头就跑。娟姐想追它打，我阻止了，暗中跟着看它躲到哪里去吃。出乎我意料，它一点也没吃，却叼回去它们的小窝，全给小白吃了。我很感动，回过头收拢饭桌上的剩鱼和剩饭，拿去喂它们。岂料我把饭拿来时，看见小黄正在吃一只还挣扎着的老鼠。娟姐说，刚才它一眨眼就钻入水沟拖出只老鼠来了。“厉害!”我吃惊地伸伸舌头。“它还抓过麻雀哩。”娟姐说。

可能是本领高强，胆子也大，小黄就是这样。人说猫和狗是仇敌，碰面就要争吵。小黄每逢出去碰到对门五公家的大黑就是这样。“汪汪汪……”“咪咪咪……”互不相让，越吵越激烈，声音越来越高，没完没了。有时吵到要十二叔或海哥出来喝令大黑才收声。有一次，我和小黄小白在门口玩得正欢，冷不防大黑突然扑上门来挑战。“汪汪汪……”一连串的狗吠突然从背后响起，我吓得跳起来，赶忙奔进屋，下意识就把堂栊拉上。小白也紧跟着我急跑入屋。小黄却不跑，像将军似的守在门外，“咪咪咪……”地大喊，毫不示弱。双方对峙一阵，大黑好像发火了，“唔——啊哦——”想扑过来。“哎哟——”我惊叫起来，想出去把小黄抢救进来，又不敢，我是怕狗的呀！“咪喵——”说时迟，那时快，随着“咪喵”一声，小黄已经缘着堂栊爬上了门楣，还探头下来，朝着大黑“咪喵”一声，似乎是胜利者的嘲弄。

有过那一回，我更佩服小黄的勇敢了，它不仅是我的玩伴，还成了我的小保镖，出出入入带着它。本来猫是怕水的，但小黄并不是很怕。有时我在大巷涌边玩水也带上它，不小心弄湿了身，它会在地面上滚几滚，抖几抖，又神态若然地蹲在河涌岸边人家门口的台阶上，安安静静地看着我和小伙伴在水中嬉闹，直到我玩累了上来，它才忽地跳下来撒着欢跟着我回家。

在我心中，小黄和小白是我童年里最亲近的朋友，可在故乡沦陷时我却永远失去了它们。如今想起来真是后悔和痛心。当时跟着父母逃难没能带上它们，回来后听姑妈说，日军拎着鸡鸭兔猫闯入我家厨房弄吃的，看见了小黄小白，也一把抓起来，小黄和小白拼命挣扎，小白被活活捏死，小黄却挣脱了，还把那日本兵的手咬出血来，日本兵大为恼火要抓住它，它已逃得无影无踪。但从此，再也不见它回家来了。

后来姑妈又告诉我，当天那些日本兵吃饱喝足离去后，她打扫厨房看到了一小堆白猫毛，认定就是小白的，将之埋在了厨房前那条小巷里的一盆铁树下面，还为它念经超度。我听了，跑到铁树下哭了一场。第二年，那铁树竟然破天荒地开了花。大祖母大喜，说是好兆头。可我却只有满心悲凉。

祖母还跟我说，有一次她去买菜路过巷尾那个“畿园”（一片草木丛生的荒地），一只黄猫突然从她面前窜过，也是“四蹄踏雪”，很像我们家的小黄。我满怀希望背着家人到“畿园”及附近找过好多次，但都失望了，为此偷偷哭了几场。

猫

娘家

小时候，祖母和姑妈多次带我去过两个地方玩，一个是阿翠婆的家，一个是阿爵姑婆的家。这两家离得不远。她们的屋子都很小，里面还堆满杂物，又脏又乱。那时我很小，不知她们家是干什么的。但每次去，她们都塞不少番薯干或者花生豆之类给我吃。临走时，祖母或者姑妈会说“有空多回外家（娘家）倾倾偈（聊聊天）”的话。

古镇一角

阿翠婆高高大大的，讲话也大声，而且有点沙哑，一开口就呵呵地笑，人家叫她“大只翠”。祖母和姑妈叫她阿翠，跟她说笑时也会叫她“大只翠”。阿爵姑婆瘦瘦小小的，讲话也阴声细气。人家叫她爵姑，祖母和姑妈叫她阿爵或晋爵。听母亲说阿爵姑婆是大祖母的陪嫁丫鬟，来到我们家也是大祖母的贴身丫头，只服侍大祖母的生活琐事，因为大祖母是缠脚女人，生活不能完全自理。阿翠婆是祖父在世时家里的女佣人，她和我亲祖母一起，承担着全部家务。阿翠婆和阿爵姑婆先后离开我们家之后，还经常与我们家来往，看作“娘家”。

比他们年轻一点的有一个叫阿莲姑的，是我姑妈的丫头。姑妈是大祖母的大女儿，她不出嫁的，是自梳女。祖父给她买了一间屋和一个丫头，以便她养老。这也是沙湾的习俗吧。我见好几个自梳女都是这样的，她们是姑妈的朋友，常来我家，都带着丫头。她们比姑妈大，都是缠足的。姑妈也缠过足，但因为她哭闹得厉害，大祖母忍不住就给她放了，所以她成不了“三寸金莲”，却成了半残废，走路还利索。阿莲姑出嫁得早，因为有几分姿色，被一个大财主看上了，当了二房，很得宠，嫁过门就连续生了两个儿子。大的比我大一岁，小的比我小一岁。都是我的小伙伴。他们常来找我玩，我没去找过他们，除非跟着大人去。因为他们家不仅有狗，而且有铁门铁闸。家里大人多。那大财主的夫人早死了，留下一个大少爷和四个小姐。大少爷外出读书，在政府里做事，很少回家。四个小姐都在家，有一个很漂亮，她哥哥介绍她嫁给一个什么官，她父亲也很乐意，但小姐另有心事，硬不肯，与父兄闹得很厉害。阿莲姑很同情她，把她带到我们家来躲避。我见那小姐在我家人面前哭着说了许多话，阿莲姑也帮着说，多半我听不懂，只听到阿莲姑说：“这里是我的娘家了，会帮你的……”后来怎样我就不知道了。大人的事是不跟小孩说的。

阿莲姑出嫁后，大祖母又买了个丫头给姑妈，叫娟姐。那时，我母亲也带着一个陪嫁丫头来，叫娉姐。我懂事之后，就见她们两个在家中干活了。她们好像都比我大十岁左右，都很能干。我亲祖母主持整个家务，她们两个就是得力的助手。好像是我七八岁那年，阿翠婆带了个人来向母亲说，有个金先生死了老婆，留下四个孩子，想找一个品性好的姑娘来当填房，听说娉姐人品好，又能干，就来求亲。还说金先生人很和善，家庭也不错等等。初时我母亲舍不得，说娉姐还小，娉姐也舍不得我母亲。后来有个从省城来的亲戚说，现在北方战事紧张，日军不知什么时候打来，这么大的姑娘出嫁了倒安稳些。外婆害怕，就叫母亲劝娉姐答应。于是，娉姐出嫁了。那金先生的确很和善，对娉姐很好，而且经常来我家，拿着酒菜来和我父亲下棋喝酒，谈天说地。他在乡政府里任职，往往评论到政府里什么混账事，就哈哈大笑，和我父亲谈得很投契。有人笑他是上门女婿与外父佬成为好朋友了。只是他心太善，管不了子女，几个大婆的子女很凶，欺负娉姐，他毫无办法。娉姐回来哭，说："这是我的娘家了，我有冤不来这里诉去哪里诉！"我母亲说对不起她，让她嫁错了，娉姐说不怪我母亲，只怨自己命不好。我亲祖母抹着眼泪说："幸亏有金先生疼你。看开点吧！"

那时亲祖母生了一场病，干不了多少家务，初时阿爵姑婆来帮忙，后来她要回家带孙。阿翠婆就找来两个小女孩，比我大些。说她们家里出了什么事，养不起那么多，听说我家人善，愿把孩子送给我家当丫头，不讲价钱。但我家还是给了些钱，把这两个女孩收留下来了。一个叫阿巧，一个叫阿云。阿巧面圆圆，眼大大，很活泼；阿云瘦瘦小小，不爱说话。她们与我都很好，我们很快成了好朋友，一起捞鱼喂小猫，一起摘花做花环，一起……可是好景不长，日军迅速南侵，沙湾遭受大轰炸。父母带着我和小弟逃去山村躲避了一段时间。大祖母、姑妈和娟姐、阿巧、阿云都没走。逃难回家后，大人们商量，觉得家里钱紧，加上常常空袭，逃难带不了那么多人，小山村比沙湾安全，不如把阿巧和阿云送回她们自己的家去。第二天，就把阿翠婆叫来，请她把阿巧和阿云送回家，向她们家人说明道理，并给了点钱她们家。临别时，我和她们都哭了。说好等没有空袭了，就接她们回来。

可是，空袭日日紧张，不久，日军还进村了。父母亲带着我和弟弟逃到更远的山村去，大祖母和姑妈还是留在家里，阿娟姐也留下照顾她们，因为她们两人都是半残废的啊！日军进村那天，姑妈出门想去打听消息。大祖母想想，怕我们家的屋子大，又当街，日本兵一定会进来，就叫阿娟姐换件黑色的老太婆衣服，用锅底灰涂在脸上，弄乱头发，装成个老乞丐婆的样子，出去躲避，又叫她不要去找阿莲姑，说阿莲姑全家逃去香港了；也不要去找娉姐，说娉姐家在大市上，不安全；教她要抄小路去找阿爵姑婆或者阿翠婆，那两家屋子小，又偏僻。阿娟姐听话地出去了。姑妈回来，急死了，说阿娟平时笨笨的，胆子又小，路上碰到日本兵怎么办？就赶出去找，但到处都是日本兵，姑妈不放心大祖母，又转回来。在所有的神位前都烧上香，跪下诵经，求神保佑。大门虚掩着，没拴，免得日本兵把门打烂。

不出所料，一帮日本兵“叽里呱啦”地进来了，手里提着许多鸡。姑妈仍然跪着诵经，没动。一个日本兵带着翻译问姑妈是不是“佛教信者，这里是不是佛门圣地”，姑妈点点头。那日本兵说了一番什么之后，就把全屋搜索一番，把东西翻得乱七八糟，拿走了一些古董，就在厨房煮鸡，大吃一顿才走。天快黑了，娟姐才回来。神情木木的，问她去了哪里也说不清楚。姑妈看她身上没有伤痕，就猜想她是被吓坏了，不放在心上，岂料不久她突然发高烧，姑妈找医生看，吃了好几天药都不好，竟然死了。姑妈好不容易出钱求人，把她埋葬了。

此后，每年七月十四——村人说是鬼节，姑妈在门口给我出嫁后死去的二姑妈烧纸钱时，就叫我给娟姐也烧一份。说我们家也是她娘家。

父亲的朋友

老屋内景

在我印象中，父亲的朋友很少，也许因为他找不到固定职业，总是在家赋闲的时候多。只有两个人经常来我家跟他下棋，聊天。一个是对门五公的第五个儿子，我叫五叔的。另一个是母亲的陪嫁丫鬟娉姐的丈夫金先生。五叔比我父亲小几岁，金先生可比我父亲大十岁。可他们谈得挺投契的。

听母亲和祖母说，五公是“绿林好汉”出身，因为一向劫富济贫，所以很受人尊敬，金盆洗手回家后，村人都尊称他为“阿头”。他不想儿子干他那一行，想供儿子们读书走正道，可惜妻子生了十三胎，只养大八个。我没见过的大叔娶了老婆，留下一个小儿子，就早早死了；四叔读不成书，也干不成什么事；五叔读了点书，却由于情场失意，受疾病折磨，也闲在家里；九姑姐是独女，父母爱得像掌上明珠，都想供她读书，她却怕自己年纪大，和小同学一起不好意思，读一下就不读了；十叔、十一叔不肯读书，偷偷跟人家去玩枪；只有十二叔和十三叔去读书，但成绩都不好。五叔对自己的命运很悲观，对家庭也很悲观。

五叔比我父亲还瘦弱，我父亲肤色比较白，五叔比较黑黄。听说他有痔疮，经常便血，所以这么瘦弱。他没结婚，有人给他介绍对象，他说身体弱，不结婚了。母亲说，其实不完全是这样。若干年前，他曾与一个从广州来的表妹相爱，后来不知是什么原因，成不了。从此他就不再谈了，而且精神颓丧，不找工作，在家“赋闲”，听粤曲，拉二胡，下象棋，闲聊天。金先生爱喝酒，他一来的时候父亲也陪着喝两杯，五叔拿过杯来想喝，父亲马上劝阻，把杯收了，说喝酒会使痔疮出血。五叔听话地吃了两颗花生豆，就又拿起二胡，拉小曲《流水行云》。有时他会叫我：“珠女，来，唱个《卖花女》——愁侵鬓……”他用低沉嘶哑的嗓子给我发音。每当我父亲和金先生喝酒聊天时，他就会走过来和我们一帮同学拉琴唱歌。他最喜欢拉《流水行云》《双星恨》《昭君怨》。有时我的同学拉《赛龙夺锦》《旱天雷》，叫他来和，他会说“没这气魄”。他说来我们家聊天是最开心的，因为这里的男女老少都对他好，没有人看不起他。我心里有些纳闷：难道在外头人家看不起他吗？他可是“阿头”的五公子啊！

我忍不住问母亲，母亲说：“你爹爹也是‘乐善堂’的少爷啊，可因为他是‘软脚蟹’，就到处被人欺负。金先生那么有学问，有威望，还不是由于太善太软，人家才叫他‘金猪’？或者正因为这样，他们三个人才这么谈得来吧。”

“金猪”？给人起这么个花名，太缺德了！不过，金先生胖胖的，脸方圆，嘴唇有点厚，其貌不扬，但很憨厚和善老实，真有点像猪八戒。他也当过老师，很有学问，是乡中有名望的人，后来还当过副乡长。他对我父亲和五叔，对我家人，都很有礼貌，谈吐也不一般。听父亲说，他在乡中人缘很好，因为他从来不摆架子，又很喜欢帮助别人，他这个“副乡长”可能也是这样当起来的。他对我父亲说，他自己可一点都不想当官，说不会管人，连自己的儿女都管不了。他妻子死后，留下四个孩子，就是想找个和善又能干的女人来管好家，带大孩子。他对我家的娉姐是很满意的，娉姐把我家当作娘家，所以他对我家人也很尊敬。但也很内疚，因为他太和善，甚至有点软弱，对自己的儿女都管不好，儿女欺负娉姐，他都无法主持公道，有时娉姐委屈得哭了，他就陪着娉姐回我家来，直向我母亲道歉。我母亲没责怪他，父亲拉他下棋或喝酒聊天，为他解闷。从管不好家谈起，金先生叹口气说：“当家长难当，当，当这个副乡长更难当啊！许多事情看，看不入眼，可我，我管，管得了吗！……”五叔把琴弦一按，拉出个怪音来，说：“那你不管就是!”父亲端起酒杯说：“对，对，不管，不管，喝!”

我发现他们谈话中经常骂这骂那，好像都是讲坏事多，好事少。有一次金先生还指着我说：“你们的公民课不是讲有‘新生活运动’吗？不是讲到男女平等，讲到礼义廉耻吗？可，可是那些大官，妻妾成群，女人死了老公再嫁就要挨骂，这，这，这平等吗?”他激动时，说话就有点口吃。他还讲蒋介石后来一身花柳病，没生育能力了，蒋经国不是他的儿子。还讲有一位国民党老前辈白天点着灯笼去见蒋介石，蒋介石问他为什么，他说，因为周围太黑暗了。讲到这些，他们又都笑了。

我高中快毕业时，父亲说家里经济困难，没能力供我读大学。我那当家的大祖母也说我是个女，读饱书有什么用，又不能光宗耀祖。金先生极力劝父亲，说我聪明伶俐，成绩优秀，会前途无限的。后来我考上广西大学，他更具体地说桂林山水甲天下，我去读中文系最合适了。又说抗战时期许多文人学者都聚集桂林，是有名的文化城，马君武当校长时，打下很好的基础，又说我入学录取时是全国第三名，肯定有公费……这一番劝说辞，终于说服了我父亲，让我去西大上学。但到了西大我却没拿到公费，倒是在沙湾我领到了留耕堂的“象贤奖学金”，还有我外婆的资助和母亲辛劳车衣赚钱给我补贴，我才得安然在大学读书。就凭这点，我是很感谢金先生的。

还有，金先生给我留下一个很好的印象，就是他很有抗日爱国的思想。记得大概是 1943 年，他在我家讲到当时政府招募“十万青年军”的事，非常激动而兴奋，还说他的儿子亲自在广东的惠州负责这件事，他很自豪。他还动员我们的男同学去报名，说中学生去到那里可能都会被培养当军官的。我有个同学去了，但很快又回来了，说那里“条件很差，很多人挤在一个小房间，睡在铺禾草的地上，什么样的人都有，臭气熏天，不像是培养军官的地方……”金先生很失望，叹了口气，说：“把日本人赶，赶走，条件就好了！”五叔淡淡地说：“家里有丫鬟、使妈（女佣人）捧着，哪能挨得苦？”我说：“觉慧家里还不是有丫鬟、使妈吗？他不是离家出走，去参加革命了？”五叔说：“那是小说。”父亲一边摆棋子，一边瞪了我一眼，说：“多嘴！管那么多事！”

但求无过

20世纪80年代，有一次，我在故乡偶然碰见几十年无联系的一个儿时的小伙伴承孝。听大人说，我们两家是有点亲戚关系的，所以他叫我姐。其实我只比他大几个月。

要不是我妹介绍，我一点都不认得他了。又黑又瘦，眼睛眯眯的，还戴着一副深度近视眼镜。“姐！”他用力握着我的手，许久不放开，那种激动劲使我吃惊。因为小时候虽然玩在一起，但他从来没有这样握过我的手。

“你家人还好吗？”我一时不知说什么好，随口问候一句。没想到他马上脸色一沉，支支吾吾的不知说什么。我妹扯扯我的衣角，把话题岔开，推着我们走进宝墨园去看大金鱼。

吃完午饭，各自回家休息了。妹妹告诉我，几十年来，承孝的家庭变化也很大。主要是他父亲被枪决后，整个家都散了。承孝和妹妹兰媛当时在外头读书，才得以幸免。

记得小时候，我去他家玩时，见他家里好多人的。有大伯公（他祖父）、大伯婆（他祖母）、大伯父（他父亲）、细伯母（他母亲），还有三个姑姐和两个丫头。大伯公会看病，多次来给我大祖母看病都不要红包，所以我家与他们虽不是很亲，但来往比较密切。大伯婆是个小脚女人，但很能干，一头家务都是她主持。大的两个姑姐都不出嫁，是自梳女，在家里当母亲的助手。最小那个姑姐还年轻，在读书。细伯母是承孝的母亲。为什么叫细伯母，初时我不懂，后来听我母亲说，因为她是“妾侍”。

大伯婆生了八个孩子，只有大伯父一个是男的，人们称为“七月伴星”。这颗星当然很珍贵了。大伯父的大名叫体善，书名叫寿山，就是取身体健康、长寿百岁这个好意头（好兆头）。恰巧他的性情和相貌也很和善。一双大眼睛，两道长眉毛，中间一个直鼻梁，嘴角好像常微笑。有人叫他“长眉罗汉”。读书也很聪明，听说他是在省城读大学的什么法政专科，后来在外面做法官。那个地方是山区，很穷，离家又远。大伯公老两口都不愿他去，叫他回来管管田亩收收租，过个清闲日子算了。但他说那里的人对他很好，舍不得他走，一再挽留他，他也就不忍心走了。他有时回家，我见过他在大伯婆拜神诵经的佛堂顶礼膜拜，胸前还挂着一串很漂亮的蜡黄发亮的佛珠，算着念经。我觉得很奇怪，当法官的人也拜神念佛么？忍不住问母亲和姑妈。姑妈说大伯父是正式参加什么佛教的，是佛教的忠实信徒，懂得许多佛经，有什么“宗”什么“宗”的，每年还去罗浮山、峨眉山等圣地参禅。

我不懂这些，好像我没有和大伯父正经对过话，但见他的样子确实有点像“长眉罗汉”般的慈善，和我心目中的“威严”甚至“凶暴”的法官形象一点都对不上号。而从一些事情看，他确实是慈善的。

一是他和他那原配夫人的关系。两人婚后从没吵过架，相敬如宾，但不久后那原配夫人就回娘家去，不再回来。乡人叫“不落夫家”。当时大伯公老两口很生气，要和亲家理论争吵。是大伯父劝阻了，说婚姻不能勉强，强扭的瓜是不甜的，平息了一场风波。后来娶了这个细伯母，虽出身低微，但大伯父对她也很好，不久就生了承孝，过两年又生了个女孩兰媛。

二是他最小的妹妹，本来家里送她去省城读书，是想让她找个省城的少爷夫婿，谁料她偏偏和一个同乡的木匠的儿子好上，而且又是同姓的。大伯公老两口大为恼火，几乎要赶她出家门。又是大伯父劝服了父母，给小妹自由恋爱结婚。

三是听我姑妈对我父母亲说，大伯父不愧为佛门弟子，的确很有善心，他当这个法官还救过一些好人哩，所以当地的人舍不得他走。

由于这样，我对这个几乎没与我讲过一句话的大伯父，始终是有些好感。当听到我妹说他被枪决时，我不由得心头一震。

后来我又有机会见到承孝，他才详细和我讲起，他在北京读完大学后，就在北京工作了，一向谨小慎微，即使做出多大成绩，也都是不求有功但求无过。所以几十年来，还算平静度过，还能平稳地逐步提升到高级工程师，有个安定的家庭。本来曾经有过两位当年他父亲的同事叫他写申诉，要求为父亲平反，说他们可以出来作证，他父亲当年曾经救过两位地下党同志。但承孝不敢，怕惹是非，到时引火烧身，自身都难保。我问他兰媛的态度怎样，他说妹夫是高干，兰媛也是处级干部，更不敢沾这个边。他沉默了好一阵，又说，他爷爷临死前，拉住他的手说，我们家三代单传，给他起承孝这个名，是希望他读好书，长大后能继承孝道的传统，好好孝奉宗亲，守住家业。但他什么都没做，连为父亲申诉都不敢，只有终生负疚！

听后，我黯然无语。

二叔

小时候，每逢年初一，父母亲就要带着我去亲人（指父亲那边的亲人）家里拜年。三婆家人很少，三公早死了，我没见过。三婆有两个儿子、一个女儿，我叫大叔、二叔、三姑姐。我每次去拜年通常只能见到三婆和三姑姐，偶尔见到大叔一眼，却从来没见过二叔，听说他去很远的地方读书了。后来日军南下，战事紧张，又听说他参加了什么游击队，去打日本兵了。为此，三婆哭得眼睛都快盲了，因为她从小就最疼爱这个儿子。说是儿子去外边读书放假回来，都十几二十岁了，还坐在母亲膝头撒娇哩。听到大人们讲这些，我很好奇，很想见见这个二叔。三婆从房间里拿出他的照片给我看，浓眉大眼方脸盘，挺精神的。我母亲问三婆，是不是二叔有个“未婚”（未婚妻）了？三婆高兴地说是的。还拿出一张照片给我们看，是个短头发大眼睛的女学生，模样很好看。可惜照片太小，看得不是太清楚。母亲问三婆什么时候给他们办婚事，三婆说这女学生也和二叔一起去打游击了，谁管得了他们！三婆说着又抹眼泪了。我听了这些，心中可佩服二叔了。我认定我的二叔也像十九路军一样，是顶天立地的抗日英雄！那时我有个玩具娃娃，是做成跪着打枪的“十九路军”模样，每回玩起来，我都想象着二叔杀日本兵的情景，心里可痛快了！

后来故乡沦陷了，日军在沙湾驻防了一段时间就走了。那时沙湾虽然还有个乡政府在，但社会治安很乱，街上到处都可碰见一些戴着黑眼镜，穿着黑胶绸唐装衫裤，散开胸扣，露出白线衣，扎着宽腰带，挎着驳壳枪的人。村人称之为“大天二”。这些人集结成一个又一个“堂口”，互相争斗。地痞流氓偷鸡摸狗的就更多了。记得当时有过两起绑票的事，一个是从广州逃难来的老人，一个是本地财主佬家的孩子。这两件事都是我听说的，还有一件事却是我亲眼所见了。就是邻居五公碰到刺客，他的两个儿子为了保护父亲而受了伤。一个伤得较重，落得下肢残废，瘫痪了，一个轻伤。凶手一直逃亡外地，不敢回村。

过了一段时间，县里派来一些兵，说是维持治安的，带兵的叫“护沙大队长”（保护沙田的意思，因万顷沙是属沙湾的）。听父亲说，这个护沙大队长就是三婆的小儿子，我叫“二叔”的那个。我惊讶极了，二叔不是去打日本兵的吗？怎么会回来当了汉奸？父亲说不知道，说我小孩子家莫管那么多事。但我出于好奇，还是爱打听。听大人们议论，说二叔这次回来不住在原来那间小屋子了，全家都搬到“农荫厅”去住。那里原来是一家大财主的屋，有两座洋楼，中间有一座“天桥”连接起来，大门还有铁闸，还有卫兵守门口，有时还蹲着一只狼狗，很气派的。我很好奇，叫祖母带我去看看，祖母说：“今时不同往日啦，人家门槛又高狗又大，我们攀不起，不去！”母亲压低声音说：“当汉奸的，人家有看法，我们不去沾边的好。”

从抗日英雄变成汉奸，太奇怪，也太可耻了！我又是憋屈又是气愤，把我的“十九路军”洋娃娃拿出来，拧开发条，“哒哒哒哒……”地使劲往前冲，口里喃喃地喊着：“打鬼子！打汉奸！”

那时我还是照常去上学。奇怪的是，我们最喜欢的潜先生不来上课了。他病了吗？以前他病了也来上课的呀！我们想去看望他，但教务主任说他不是病，是辞职了。我们更急了，说潜先生辞职，我们也不来读了。当然这仅是气话，家长怎会同意？我们只有没精打采地去上学。

一天，我们几个同学正坐在山坡上的大榕树下玩沙包，突然看到潜先生和我那个汉奸二叔并肩走过大操场，后面跟着几个拿枪的卫队。潜先生指指点点的，好像向二叔介绍什么。我惊讶极了。潜先生一贯是积极抗日的态度，怎么也和我那个汉奸二叔走得那么近呢？

第二天，潜先生突然出现在课堂上。大家喜出望外。潜先生讲课还是和以往一样，照样讲抗日救国，并更多地引用历史典故来给我们讲爱国抗暴和民族气节。如勾践卧薪尝胆、岳飞精忠报国、荆轲刺秦王、文天祥"留取丹心照汗青"等等。我们的作文和壁报稿，都充满了抗敌爱国的内容。那时我们学校已经从"表正小学"改为"沙湾小学"，据说是因为由沙湾乡政府拨款来办学了。何表正不当校长了，由潜先生来当。二叔在沙湾掌握大权，所以他就当了"校董"，时常来学校视察。学校的现象他自然都看在眼里，奇怪的是从不见他有什么异议。也是这期间，我们学校发展得很快，从小学发展为初中，进而发展为高中，后来还有附属幼儿园。校名也因此一改再改，从沙湾小学到沙湾学校再到沙湾中学。教师也越来越多，潜先生亲自去广州等地请来许多好教师。这些教师多是不愿意与日本人合作，宁愿放弃大城市生活，跑到我们这水乡来的。能明显地看出，二叔很敬重这些教师。如当时有名的南国词人韦翰章先生，就经常和潜先生一起去二叔家里做客，二叔把他们敬为上宾。

后来，我听人说二叔家里有很多文艺书，大感兴趣。因他家和我家有一点远亲关系，就怂恿母亲带我去看望大队长的夫人。果然，他家书柜上很多文艺书籍，古今中外的都有，除了有《唐诗三百首》《宋代六十名家词选》《古文评注》等，还有鲁迅、瞿秋白、邹韬奋、巴金等人的著作。我以为书是二家婶的。二家婶说书是二叔的。我很意外，以前以为二叔只爱舞刀弄枪的。我当即就借了《唐诗三百首》《鲁迅小说集》《宋代六十名家词选》等好几本书。兴高采烈地抱着书出来时，正好碰着二叔，一紧张，书掉落一地。我生怕二叔责怪我弄脏他的书，不知说什么好，只管弯下腰去捡，没想到我还没开口，二叔就笑着说："我听韦先生说了，你也喜欢诗词，这套《宋代六十名家词选》就送给你吧。"他说着，帮我把书全捡起来，仔细地叠整齐了才递给我。我喜出望外，连连道谢，心里还很激动。平时我碰见二叔都远远躲开，一来讨厌汉奸，二来怕他一脸严肃，加上怕他身边那一帮拿着枪的卫队。但这个时候，我突然觉得他并不是那么讨厌了。尤其是我渐渐发现，二叔作为我们学校的校董，却一点不限制我们的自由发展和各种激进活动。

二叔很喜欢看粤剧，对我们的沙湾青年粤剧团是大力支持的。我们演《荆轲刺秦王》《卧薪尝胆》《冰山火线》《刺虎》《王佐断臂立奇功》等历史剧，都是宣扬爱国思想和民族气节的，他和他的家人几乎都去看，而且让大叔（他的亲哥哥）参加演出，在《荆轲刺秦王》里饰演高渐离，在《王佐断臂立奇功》里饰演王佐，都很成功，深得观众好评。可以说，沙湾青年粤剧团的演出，不仅丰富了沙湾人的文化娱乐生活，更激励了人们的爱国思想。

在当时，沙湾还先后办起了盲人救济院（包括其他残疾人）和医务所（后发展为医院）。我听人说，二叔在外头打日本人的时候，有一次很危险，是一位残疾人救了他，所以他那么热心地来办这救济院。这些举措，使当时沙湾的医疗卫生福利有了明显的改善。

同时，沙湾的市面也逐渐安定繁荣起来了。抢劫绑票打架之类的事很少再发生。听大人们议论说，二叔对那些“大天二”有一套手法，对“上头”的“督察”也能应付过去。还有人说他是“白皮红心”，暗中给抗日游击队送枪支弹药。当然这些都是风闻，具体内情我一无所知，因为大人们讲这些事时，都是不让我们小孩子听的。但有时我无意中也听到一点。比如，有一次在二家婶房中，我听见二叔和潜先生、韦先生在外头小厅聊天，讲到什么“死地庄”“直地庄”的游击队怎么怎么厉害（当时我只从语音上听，并不知道这些地方的真实名称是什么，只觉得这名称很特别，很恐怖，故印象特深）。还听到他们兴致勃勃地讲到什么豆皮勤（吴勤）、郑少康的队伍把日本军打得落花流水，一起哈哈大笑，特别开心的样子。豆皮勤、郑少康这两个名字，我在家里也多次听父亲与他的好朋友金先生和邻居五叔提过，知道他们是抗日英雄。我好奇地问过二家婶，二叔是不是认识这两个人。二家婶说不知道，还小声地跟我母亲说，二叔很封建，叫她管好孩子就得了，外头的事不要管。还说就这点，她和二叔争吵过，说二叔把她关在笼子里，不得自由，二叔却说是为了她安全。为此她很苦闷……

这些所见所闻让我深感迷惑，弄不清二叔到底是好人还是坏人。

但有两件事我是清楚的：一是有一次潜先生带着我们班的同学去“欢迎”一个日本军官来“视察”，回校后，又布置大家就这件事写日记，我写了一篇题为“白手套”的日记，抒发了我对侵略者的痛恨之情，潜先生在班上公开表扬。另一次是“上头”派人来视察，要考日语（沦陷区的学校都要设日语课，进行奴化教育），潜先生（那时当校长了）授意日语老师，把答案预先告诉学生，让全体学生得以顺利过关……这些事情，作为校董的二叔，一定很清楚。何况潜先生与二叔走得那么近，潜先生和韦老师经常是二叔家里的座上客。

在当时那么复杂的环境下，二叔到底扮演着什么角色呢？我一直没想明白。

还有一件事，我也一直没想明白，就是二家婶是怎么死的。这件事在乡里很轰动，当时的情景我依然历历在目。

那天我们正在专心听潜先生讲课，突然一位值日老师急匆匆地走进教室，在潜先生耳边低声说了几句话，潜先生的神色即刻一变，向我们说：“我要先去处理一点急事，你们先自己复习吧。”说罢，即同值日老师一起急匆匆地走了。

我们不知是怎么一回事，低声地交头接耳胡猜。一下课，我匆匆忙忙赶回家，正想把刚才的情况跟家里人说，岂料一进门就见大人们聚在一起，神情严峻地在谈论什么。我满怀疑窦地追问母亲，母亲说：“二家婶自杀死了，二叔哭得死去活来，三婆吓得都昏倒了……”我一下惊怔。太突然啦，怎么会自杀呢？只听见大人们议论。“他们两个不是很好的吗？经常对出对入，拍拖（恋人手挽着手）去逛街，拍拖去看戏，好像没听说过他们争吵呀！”姑妈说。“一家不知一家事，你知道多少！明里不争暗里斗哩，外人能看到？”父亲说。“有一次我单独和二嫂聊天，她就说过在这里太不自由，出街都要一帮人（指二叔的卫队）陪着，整天待在家里，像坐牢，她想回广州去当医生，她喜欢那份工作，二叔不同意，说不安全。会不会为这些事争吵起来？”母亲回忆着说。“那不是为了她平安？小心驶得万年船！怎会争吵？”大祖母说。“即使争吵也不至于自杀啊！”二祖母低声自语。

那些日子，在街头巷尾，甚至在学校里面，都听到对此事的种种猜测和议论。有些讲得很可怕，有些讲得很神奇……

有人说，二家婶以前有个恋人，回来找她，骂她嫁给汉奸，无耻，她受不了而自杀。有人说，二叔和家里一个女佣人勾搭上，二家婶受不了而自杀。还有人说，二家婶吃醋与二叔吵起来，打起来，二叔的枪失火打死她的。有些人说得更是玄乎，说那女佣有点像二叔以前在抗日游击队里的那个恋人。我听母亲说过，二叔对他那个恋人是念念不忘的。以前二叔迟迟不结婚，三十出头还单身，他母亲急死了，给他介绍了好几个他都不要，就是为了要等那个恋人。后来听说她牺牲了，他才娶了二家婶的。那个女佣是不是真的像他那个恋人？小时候我是见过他那个恋人的照片，但印象已经模糊了。后来还有人说，是二家婶知道了二叔的什么军事秘密，夫妻吵架时二家婶以揭露这个秘密来威胁他，他情急之下开枪把妻子打死了……这个说法太可怕了……

议论归议论，二家婶的丧事办得很隆重。在他们新屋“适园”的大厅，设了一个大灵堂，摆满花圈，挂满挽联，大厅门口两旁，挂着一副二叔署名的长联。长联写得哀痛感人，我至今还清清楚楚地记得：

平地一声雷，忽令双雏失恃，弃我如遗，不知卿果何心，欲起黄泉一问；

结缡甫三载，此日孤雁离群，留卿莫住，大抵我原福薄，何堪百折回肠。

听说这副挽联是经过韦翰章先生修改润色的。我信，因为这样的婉约风格很像韦先生的作品。

二叔日夜在灵堂守孝，接待来吊唁的人。出殡那天，二叔披麻戴孝穿着孝子丧服，送殡的队伍很长，排尾望不到排头，从大涌口一直排到涌尾，还要转到大街。我们学校的老师几乎全去了，各班学生也派了代表参加。

二家婶安葬后，建了一座大坟。二叔在坟头守孝，整整过了七天七夜。他的卫队也陪着。有人说，二叔真是有情有义，义重情深；有人说，他是良心自责，愧疚负罪；还有人说，他是假情假意，装腔作势。总之众说纷纭，莫衷一是。

过不久，在放学路上，我偶尔碰到二叔，见他明显瘦多了。

街谈巷议当然不能全信，但也不全是空穴来风。过了七八个月后，他们家那个年轻女佣人，的确为他生了一个儿子。我祖母教我喊她做“细婶”。

二叔对二家婶不忠诚不专一，从这个“细婶”生小孩的事，可以证实。

不过，二家婶到底是怎样死的？是她自己有什么过不了的坎而蓄意自杀？还是在夫妻吵架中二叔失手，枪走火误杀？至于说二叔是有意开枪打死妻子来保守什么军事秘密，这个说法我很难理解，什么秘密就那么重要吗？

二家婶到底是怎样死的？在我心中成了个谜。

这是二叔私生活中的“谜”，但最后那种说法，就牵涉到他的政治生涯，我觉得也是一个“谜”。二叔在沙湾掌握大权时，到底扮演了一个什么角色呢？是不是真的像有些人的说法一样，他是“白皮红心”的人物？当时我的内心里，也许希望这个说法是对的。要是这样，那二叔还是当年那个我敬佩的抗日英雄了。

后来我离开家乡了。断断续续知道了一点他的消息。

“谜”

先是听说新中国成立后他曾经是广东省某个民主党派的头头，还当上代表去过北京开会，但从北京回来后，就被作为汉奸而枪决了。改革开放后，又说给他平反了，没收了的房屋都还回给他的家属。可后来又听说，又有人坚持说他是汉奸，不准平反。最终的结果如何，我就无从知道了。

如今细想起来，当年就有许多人拥护他，但也有人要整垮他。他后来的遭遇，对那些曾与他有深交的人似乎都影响很大。20世纪80年代我回家乡和同学聚会时，席间听大家议论，当年和二叔关系很好的潜先生、韦先生离开家乡后，即便母校如今一再邀请他们也从不回来，就是因为对二叔的事情还耿耿于怀。我听了心情黯然，想起韦先生曾对我说过，二叔为乡亲做了许多好事，到头来却还挨骂，他感到很不平。他还以笔名“寒蛰”写了一首诗《咏红棉》题在我的笔记本上，我记得末尾两句是这样的：“纵教沥尽英雄血，也作东园败叶看。”

直到今天，二叔真实的政治面目和二家婶的死，还是我心底的一个无法解开的“谜”。

后记

岁月无情，流光飞逝，我今年八十五岁了。十七岁前，我一直生活在故乡广东番禺沙湾。虽离家几十年，却始终没有忘记故乡。故乡的许多人和事，总在我的脑际久久萦回。趁现在头脑还比较清醒，把一些记忆碎片写下来，聊以寄托我深切的乡恋以及对亲人们的愧疚。

这些短文，曾被故乡的一些文化人看上，零散地登载在报纸上，据说颇受欢迎。我很高兴，想到我这个不肖女儿还能为故乡出点绵力，总算是一点安慰。

文中的主要事件与人物，都是来自我在故乡的生活年代。因岁月久远，又是少不更事之时，难免有谬误之处。而有些人和事，也不方便直点，因而文字上会有隐讳含蓄及文学性的处理。书中一百多篇短文是近几年来断断续续写成，是在家务缠身日夜照顾生病的老伴之中挤出时间来写的，所以经常出现文思不连贯语气不流利的地方。若有错误之处，还望读者不吝指教。

这本书的出版，全是由我几个儿女及孙辈的努力促成和合力操作完成，小女儿负责图片制作，外孙女精心设计了封面，大女儿和大儿子特为此书写了优美的序文。我娘家的妹妹、姨甥、侄女和好些朋友，也都非常喜欢这些短文，一直鼓励我多写，期待成书出版。这些，都是我的精神支柱，在此感谢他们。

还特别要感谢广州市番禺区工商职业技术学校（广州社区学院番禺分院）和番禺社区网对此书的出版给予了大力支持。

衷心感谢暨南大学出版社愿意为我出版此书，感谢周玉宏、黄志波、周海燕、小朱、王勇等老师为此书的出版所付出的辛勤努力。

何瑞澄

2016 年 8 月 15 日　南宁